KB266786

칠대천마

七代天魔

EXCINTING ORIENTAL FANTASY

칠대천마 5

김운영 新무협 판타지 소설

초판 1쇄 찍은 날 § 2007년 8월 14일
초판 1쇄 펴낸 날 § 2007년 8월 20일

지은이 § 김운영
펴낸이 § 서경석

편집장 § 김대식
편집책임 § 조수희
편집 § 이환진

펴낸곳 § 도서출판 청어람
등록번호 § 제1081-1-89호
등록일자 § 1999. 5. 31
어람번호 § 제2-1262호

주소 § 경기도 부천시 원미구 심곡1동 350-1 남성B/D 3F (우) 420-011
전화 § 032-656-4452 팩스 § 032-656-4453
http://cyworld.nate.com/bluebook_
E-mail § blue_book@hanmail.net

ⓒ 김운영, 2007

ISBN 978-89-251-0851-3 04810
ISBN 978-89-251-0689-2 (세트)

七代天魔

칠대천마

대마
천

5

삼무쟁패(三武爭霸)

김운영

新무협 판타지 소설

EXCITING ORIENTAL FANTASY

BLUE K
도서출판

目次

　- 천마신교는 원래 변황 중 한 곳인 신강의 패자에 불과했다. 그런데 초대천마인 무극천마가 중원에서 오십여 년간 최강자로 군림하면서 적지 않은 중원인들이 그곳으로 넘어가게 되었다.

　패도의 극을 추구하여 강한 자가 신이 되는 천마신교의 교리는 중원인들을 배척하지 않았다. 그들 중에 강자가 있다면 기꺼이 고개를 숙이고 윗사람으로 모실 정도였다.

　그 후로 천마신교는 변황의 문파도 아니고, 중원의 문파도 아닌 어중간한 상태에서 유지되었다.

　문제는 그런 천마신교가 항상 중원의 무림계를 장악하는 것을 꿈꾼다는 점이다. 그리고 그들은 문파이념 상 다른 문파들과의 공존을 인정하지 않는다.

천마신교는 항상 중원 최고의 문파가 될 것을 원했고 그로 인해 다른 모든 문파들의 배척을 받게 되었다.

- 세월의 흐름에 따라 천마신교는 중원 무림이 가장 경계하는 악도의 무리로 취급되었다.

천마신교 역시 묘하게 변질되어 이제는 중원의 무림을 점령할 대상으로밖에는 생각하지 않게 되었다.

이것은 초기에 천마신교에 들어온 중원인들이 바라던 것과는 비슷해 보이면서도 전혀 다른 목표라 할 수 있었다.

第一章
절대무적(絶對無敵)

내가 최고다!

說南斗延壽保爾時老君告天師曰

天八會之真文三洞三清之上

而彙道元始天尊昔經歷于億萬刼天地始終

太上說南斗延壽保爾

安真經太上說南斗

此經乃九天八

熙衰而人倫五運遷變萬彙

절대무적(絶對無敵)
내가 최고다! 천하가 내 앞에 무릎 꿇을 것이다

혈불의 등장은 모든 사람을 경악시키기에 충분한 것이었다.

특히 중원 무림인들의 자존심을 심하게 건드리는 일이기도 했다.

천하제일을 놓고 다투는 자들이 있다.

천마와 혈불.

그런데 그들은 모두 중원의 무림인이 아니다. 중원은 단지 그들의 먹이에 불과할 뿐이다.

이보다 더한 치욕이 있을까? 마교멸절을 주장하던 사람들은 고개를 숙이고 입을 다물었다. 이제는 마교와 천마를 물리

친다고 해도 혈불이 있으니 의미가 퇴색된 셈이다.

이때, 천마는 중원 천하에 파격적인 선언을 했다.

"천하에 절대무적은 둘일 수 없다. 또한 절대무적은 상대의 수를 따지지 않는다. 본 천마는 감숙의 경계선에 있는 천수의 마양평야에서 혈불과 비무를 하겠다. 그리고 그 자리에서 중원이 최강자라고 내세우는 쌍성과 남도왕을 한꺼번에 무릎 꿇릴 것이다! 그날 천하는 본 천마의 앞에 엎드릴 것이고, 본좌는 무림의 역사가 끝날 때까지 절대천마라 불리게 되리라!"

일방적인 선언. 그러나 그것을 발표한 자가 천마라고 하면 무시를 할 수는 없다.

천마는 과연 혈불과 싸워 이길 수 있을 것인가? 그리고 쌍성과 남도왕의 연수합공마저 감당해 낼 수 있을까?

중원의 무림인들은 대부분 천마의 무공 수준을 제대로 인식하지 못하고 있었다.

그들의 상상력 끝에는 쌍성이 있다. 그렇기에 천마가 쌍성과 비무를 해서 승리를 했다고 해도 그다지 큰 차이는 없으리라 판단했다.

그런 만큼 만약 천마가 날뛰어도 쌍성이 같이 나서면 충분히 그를 제압할 수 있으리라 믿었다. 단지 쌍성과도 같이 무림 최고의 배분과 명성을 지닌 자들이 천마를 상대로 연수합공을 하지는 않을 것이기에 문제가 복잡해 질 뿐이라고 서로들 말했다.

그런데 막상 마교가 중원을 침공한 이후, 천마는 단신으로 청성파를 상대했다. 사실 이거야 쌍성도 가능한지 안한지 모르니 크게 신경 쓰지 않았다.

그 뒤에 무림인들이 경악한 것은 혈불의 대나한진 격파다. 이건 쌍성이라고 해도 절대 못한다고 봐야 한다. 그로 인해 천마나 혈불이 쌍성보다 약간이 아니라 훨씬 윗줄에 있는 고수라는 것이 증명된 셈이다.

이때 다시 천마가 세상의 모든 강자를 향해 비무장을 던졌다.

쌍성과 남도왕이 한꺼번에 덤비라는 말은 그들을 완전히 하수로 본다는 뜻이다. 그것도 혈불과의 싸움이 끝난 다음에 연속해서 싸우겠다니 한마디로 상대도 안 된다고 선언한 것이나 같다.

이로 인해 무림맹은 크게 흔들렸다.

천마가 정말 스스로 주장하는 것처럼 강하다면, 마교를 막을 수 있는 수단은 없는 것이나 마찬가지다.

무림맹의 실무를 대부분 담당하고 있는 매설비천 초산은 즉시 천문기사 서문량을 찾았다.

"어떻게 생각하나?"

서문량도 이미 정보를 받았기에 생각할 필요도 없다는 듯 대답했다.

"과거 천마들이 중원에 들어왔을 때와 마찬가지가 아니겠습니까?"

"으음, 그렇다면 천마가 스스로 물러나기 전까지 중원은 끊임없이 피를 흘려야 한다는 말인가?"

초산은 다시 한 번 확인하듯 물었다. 그가 생각해도 천마를 막는 것은 어렵다고 판단되었다. 하지만 여태까지 시기적절한 묘안을 내온 서문량마저 이를 곧바로 시인해 버리는 것은 의외였다.

서문량 또한 이런 초산의 마음을 알았지만 어쩔 수 없다는 표정으로 다시 입을 열었다.

"현재를 사는 우리가 항상 조심해야 할 것은 옛사람들의 능력을 과소평가하는 일일 겁니다. 저도 그들이 왜 천마를 막지 못하고 그렇게 고생을 했을까 생각해 봤습니다만 딱히 답은 없더군요. 역시 천마는 너무나도 강해서 정면에서 상대할 수 없기에 천마가 아니겠습니까?"

"그건 그렇네……."

초산은 고개를 끄덕이며 서문량의 말을 인정하고야 말았다.

현재 무림맹은 쌍성을 중심으로 똘똘 뭉쳐 있다.

과거의 어느 때보다 무림맹의 힘이 강하다고 할 수 있다.

그러나 그것이 천마를 감당할 수 있다는 보장은 되지 못한다.

초산 역시 과거에는 쌍성이 함께 나서면 천마를 막을 수 있지 않을까 하고 생각했었다.

그렇기에 어떻게든 쌍성이 힘을 합치게끔 하여 천마를 상대하고, 다른 마교도들은 무림맹의 힘으로 치면 충분히 승리를 할 수 있으리라 계산했었다.

그러나 지금 상황을 보니 역시 힘들 듯싶다.

"군사의 의견을 들려주게. 어떻게 대비를 해야 하겠는가? 혈불의 이동 속도를 보자면 앞으로 한 달 뒤에는 마양평야에 도착할 것이네."

무림맹의 정예무인들 역시 적지 않게 그쪽에 몰려 있는 상황이다. 천마는 그것까지 다 생각해서 비무 장소를 정한 것 같았다.

중원의 무인들에게 자신의 무력을 똑똑히 보여서 싸우기도 전에 기세로 승리를 할 속셈인 것이다.

"검성께는 말씀을 드려 보셨습니까?"

"아니, 아직일세. 사실 나보다야 서문군사가 직접 말씀을 드리는 게 나을 것 같네만."

초산의 말에 서문량은 알았다는 듯 고개를 살짝 숙여 보였다.

검성은 요즘 들어 서문량과 대화하는 것을 즐기고 있다. 평생 개성 이외의 사람들과는 거리를 두고 살아온 그였는데, 왠지 모르게 서문량만큼은 마음에 든 듯했다.

'천문기사가 무림 출신이 아닌 점이 오히려 그분의 마음을 열게 했는지도 모르지.'

실제로 무림에 몸을 담고 있는 자치고 검성을 우러르지 않는 자가 몇이나 될까? 그것은 웬만한 존경이 아니다. 그야말로 하늘을 대하는 듯한 느낌인 것이다.

그런 면에서 초산 또한 검성에게 자연스럽게 대할 수 없는 자들 중 하나였다.

반면, 천문기사는 다르다. 그는 전형적인 문인이고, 무림인도 아니다. 적어도 무림맹의 모든 이들은 그렇게 알고 있었다.

그래서인지 천문기사가 검성을 대하는 태도는 명성과 지위에 따른 예우와 존경. 그 이상도 이하도 아니었다.

초산은 서문량의 그러한 면이 검성에게 신선하게 느껴졌을 것이라 조심스레 추측했다.

서문량은 검성에게 할 말을 정리하는 듯 잠시 생각에 잠겨 있더니 곧 다시 물었다.

"그럼 남도왕 쪽은 어떻습니까?"

"그게 문제야. 사실 서문군사가 이곳에 왔을 때 했던 조언대로 이미 남도왕에게 힘을 합치자는 전갈을 보냈지 않은가?"

"그렇지요."

"남도왕은 이미 해남검파를 떠나 행방을 찾을 수 없다고 하더군."

"음, 긴급히 연락할 방법도 없답니까?"

"없다고 했네. 하기야 그자는 과거에도 행적을 찾기가 힘들었지."

"하아, 아무래도 숨은 것 같군요."

서문량 아쉽다는 듯 한숨을 쉬며 말하자 초산은 확인하듯 되물었다.

"군사도 그렇게 생각하나?"

사실 초산도 그런 생각을 했다. 하지만 아무리 저 유명한 남도왕이라고 해도 중원의 운명이 달린 일에 그런 반응을 보일까 하는 의문이 든 것도 사실이다.

그러나 정작 서문량이 즉시 단정 지어 말하는 것을 보니 역시나 하는 마음이 들었다.

초산의 이런 생각에 확신을 주듯 서문량이 다시 덧붙였다.

"남도왕에 대한 정보를 보면 그렇게밖에 생각할 수 없습니다."

오죽하면 그에 대해 모든 세인들이 인정하는 말이 하나 있을까.

남도왕은 강하기는 한데 비겁하고 치사하기로는 그 강함보다 더하다!

이를 빗대어 사람들은 무공으로는 남도왕이 쌍성을 못 이

기지만 뻔뻔함으로는 둘을 합쳐도 이기고도 남는다고 비웃을
지경이었다.

단지 시류를 알아 처세에 능하거나 약삭빠른 정도로 중원
의 최고수인 그를 그렇게 나쁘게 말할 리는 없다.

사실 남도왕은 공공연하게 한 말이나 약속을 지키지 않는
걸로도 유명했다. 보통 이름이 알려진 고수쯤 되면 절대 이런
행동을 하지 못한다. 무림이란 원래 체면과 위신, 명성이 무
엇보다 중요시 되는 곳이 아닌가?

설사 신의를 지키고 싶지 않더라도 일단 밖으로 알려지면
억지로라도 지키는 것이 무림인들의 습성이고 상식이다.

하지만 남도왕은 자신의 체면도 돌보지 않아 약속을 하고
도 그걸 안 지키기를 밥 먹듯이 한다고 했다.

초산은 남도왕의 과거 행적에 대해 다시 생각하고는 서문
량의 말이 틀림없다는 생각이 들었다. 천마에 대적하여 승산
이 없는 싸움을 할 바에야 몸을 숨겨서라도 압박에서 벗어나
겠다는 생각이었을 것이다.

"하기야 그자는 워낙 신의가 없는 자라서 처음 사람을 보
낼 때에도 상당히 망설였었네. 서문군사의 주장이 아니었다
면 그런 생각도 안 했을 것이네."

"어쩔 수 없군요. 일단 제가 검성께 말씀을 드려 보겠습니
다. 불행인지 다행인지 모르겠지만, 천마가 혈불과 먼저 싸운
다고 했습니다. 그 뒤에 쌍성께서 서로 힘을 합하시면 승산이

있을 것입니다.”

“그럴까? 그리고 무엇보다 과연 검성께서 그런 식으로 차륜전 적인 비무를 하시려 할지 모르겠네.”

사실 초산도 그 점을 생각해 보았다. 하지만 그가 내내 보아온 검성의 성정을 생각할 때 감히 권하기조차 어려운 방법이다. 검성이 서문량의 말을 잘 들어준다고 해도 승낙하리라고 기대하기는 힘들었다.

서문량 또한 초산의 생각을 잘 안다는 듯 고개를 끄덕이며 대답했다.

“그러니까 그 부분을 먼저 확인해 봐야 합니다. 만약 검성께서 정말로 안 하시겠다면 다른 방법을 생각해야 합니다.”

“그게 좋겠네.”

초산도 검성의 승낙 여부를 확인하는 것이 가장 먼저 해야 할 일이라고 생각했다.

“그리고 이것을.”

검성에 대한 이야기가 끝나자 서문량은 서탁 위에 있는 작은 책자를 집어 초산에게 내밀었다.

“오, 완성되었는가?”

“어젯밤 겨우 끝낼 수 있었습니다. 인명록 안에 있는 자들 중 신원이 확실하면서도 재능이 있어 장래를 기대할 만한 자들로 뽑았습니다. 출신문파 또한 어느 정도 배려를 했습니다만, 우선은 개개인의 능력을 먼저 생각했습니다."

"그게 좋네, 그게 좋아. 이런 상황에서 출신문파가 무슨 소용이 있는가? 만약 정말로 천마의 세상이 된다면 구대문파나 오대세가 중 한두 개는 크게 무너질 가능성도 없지 않네."

초산의 말처럼 천마가 한번 힘을 쓰면 한 지역의 문파를 초토화시킬 수 있다.

비록 마교가 영구적으로 지배를 하지는 못한다고 해도 잘못해서 크게 당한 문파들은 그 뒤로 힘을 잃고 몰락의 길을 걷는 것이다.

실제로 과거 구대문파에 속해 있던 몇몇 문파들이 그렇게 사라져 이제는 흔적도 남지 않았다.

소림이나 무당처럼 일반인들에게도 널리 퍼진 곳은 어떻게든 뒤를 이어나갈 수 있지만 다른 문파나 세가들은 그렇게까지 질기게 이어지진 않는다.

서문량은 말했다.

"이번에는 가능한 한 그런 문파가 없어야 하겠습니다. 무림맹은 최선을 다해 맹에 가입한 문파를 존속시켜야 합니다. 그렇지 않다면 결국 서로 간의 생존을 우선하여 힘이 분산될 겁니다."

"그렇지. 무림맹에 힘을 모으는 것이 문파가 유지될 수 있는 가장 좋은 길이라는 걸 그들이 느끼게 해야 한다네."

초산은 그렇게 말하면서 서문량에게 받아든 책자를 살짝

흔들었다.

"이 인원들이 그걸 증명하겠지."

"뿐만 아니라 차후에 마교와 싸울 때에 가장 큰 힘이 될 것입니다."

"그야 이를 바 있겠는가?"

초산이 받아든 책자는 일종의 인명부였다.

서문량이 무림맹에 와서 가장 우선적으로 추진한 일은 바로 각 문파의 젊은 인재들을 모아 숨기는 것이다.

회천신무회(回天神武會)!

서문량은 그들을 그렇게 명명했다.

천외신무회는 마교의 무공들을 적지 않게 알고 있다. 그 외에도 마교가 즐겨 쓰는 독이나 전술 등에 대해서도 중원의 어느 문파보다 훨씬 자세하게 파악하고 있는 실정이다.

이것은 다 일로마협의 사부가 마교의 주요 인물이었기에 그로부터 전해진 것이다.

서문량은 검성과 개성에게 말했다.

회천신무회는 바로 천마가 중원무림에 군림했을 때를 대비한 최후의 안배이다.

그들은 아무도 모르는 곳에 숨어서 무공을 수련하게 된다. 그와 동시에 마교의 무공을 연구하여 그것의 효과적인 파해법을 찾아내는 것이 바로 그들의 임무다.

이미 활선문에서는 최고의 영단들을 다수 보내왔다.

검성과 개성이 직접 그 영단을 보았다. 소림의 대환단이나 무당의 자소단과는 비교하기 어렵지만, 그래도 보통 무인들은 평생 구경해 보기도 힘들 정도의 영단임에 틀림없었다.

그런 것이 백여 알이나 있으니 활선문이 이 일에 대해 얼마나 큰 투자를 했는지 알 만하다.

마교의 무공비급 또한 어느 정도 확인을 했다. 그들이 감탄할 만큼 뛰어난 것들이 다수 섞여 있었다. 대부분 중원에는 잘 알려지지 않은 마교의 비전이었다.

이것들을 연구하여 파해법을 찾아내는 것이다. 앞으로 회천신무회는 마교의 천적과도 같은 존재가 되리라.

문제는 그곳에 소속될 무인들 중에 마교의 끄나풀이 있어서는 안 된다는 것이다.

서문량은 심혈을 기울여 인선을 했다. 적어도 초산을 비롯해 이 일에 대해 알고 있는 사람들은 그렇게 생각했다.

그러나 사실 서문량이 사람을 골랐는데 그중에 마교의 첩자가 있을 리가 없다. 첩자 명부를 가지고 있는 서문량이 일부러 넣지 않는 다음에야 어찌 틀릴 수 있겠는가?

서문량이 고심한 것은 그게 아니다.

'사형이 보내준 각 문파들의 장래성을 생각해서 인선을 하는 것은 참으로 쉽지 않았지.'

그는 초산의 소매 속으로 들어가는 인명록을 보며 속으로 쓴웃음을 지었다.

회천신무회는 향후 무림의 중추가 될 조직이다.

천마가 죽고 마교가 중원에서 물러가도 그들은 수련과 연구를 계속하게 되어 있다. 그래야 또다시 있을지 모를 천마의 탄생에 대비할 수 있기 때문이다.

그런데 그 안에서 수련하는 자들은 모두 활선문이 제공한 단약을 먹게 된다. 또한 그들의 생활에 필요한 대부분의 물품은 거의 활선문에서 나온다.

물론 각 문파마다 자금을 걷게 되겠지만, 그걸 실제로 식량과 의복으로 바꾸어 일을 하는 것은 활선문이다.

결국 회천신무회의 사람들은 십여 년에 걸쳐 활선문의 호의적이 되도록 알게 모르게 세뇌를 받게 된다!

'이번 마교의 침공이 끝나면 활선문은 절대로 흔들리지 않는 명성과 세력을 얻을 것이다.'

서문량은 속으로 그렇게 중얼거렸다.

그 후, 몇 가지 사소한 일들에 대한 논의가 끝났다. 초산이 방을 나서자, 서문량 또한 의복을 정돈하고 검성이 있는 검향각으로 향했다.

*　　　*　　　*

검성은 무림에서 쌍성이라 불리게 된 직후 강호삼대신검 중 하나인 거화검을 얻었다. 그 후 그는 무당파의 진산지보인

태청검을 현 장문인에게 넘기고 거화검을 애검으로 사용했다.

서문량이 검향각에 들어가 검성을 보았을 때, 검성은 거화검을 뽑아 무릎위에 놓은 채 손으로 가볍게 쓰다듬고 있었다.

"그런가? 천마가 나와 개성, 그리고 남도왕의 연수합공을 이겨낼 수 있다고 선포했다는 말이지."

검날의 꽃잎 문양을 감상하듯 보며 중얼거리는 검성의 목소리에는 어떤 분노도 느껴지지 않았다.

"그렇습니다. 하지만 남도왕은 이미 종적을 찾을 수 없습니다. 만약 검성께서 자존심을 버리신다면 개성 어르신과 둘이 나서셔야 할 것 같습니다."

서문량은 서슴없이 그렇게 말했다.

"자존심을 버린다. 그건 어렵지 않은 일이네. 그러나 내가 그렇게 할 경우, 무당의 후예들은 그걸 보고 배우지 않겠는가?"

"무당의 도인들이 윗사람의 행동에서 장점이 아닌 단점을 배우리라고는 생각지 않습니다. 그분들이 배운다면 자존심을 버리는 것을 배울 것입니다."

"후, 과연 서문군사는 말을 잘하는군."

검성은 마침내 한숨을 쉬며 말했다.

"십 년을 고민했었지. 쓸데없는 고집이라는 생각은 했었네. 혈장천마, 그는 너무나도 강하고 나는 이미 나이가 들어 더 이상 발전을 하기 어렵지. 하지만 그럼에도 불구하고 한 번도 고집을 꺾으려는 생각을 하지 않았는데, 서문군사의 말을 듣다보니 다 부질이 없다는 생각이 드는군. 혈불이란 자도 나타났고 말이야.”

서장에 혈불이란 고수가 있다는 소문은 예전부터 듣고 있었다. 그러나 그가 천마와 같은 수준의 고수라는 것은 미처 생각지 못했다. 검성은 그 사실을 알았을 때, 적지 않은 충격을 받았다.

세상은 넓고 숨은 고수는 구름처럼 많다.

천마를 꺾어도 혈불이 있다. 천마가 사라져도 일인자는 되지 못하는 것이다.

그런 생각을 하니 검성은 평생 쌓아온 자존심의 벽에 금이 가는 것을 느꼈다.

“…….”

서문량은 딱히 할 말을 찾지 못했다. 마치 순백의 학과도 같은 고고한 성품을 비추는 검성의 모습에 그 또한 감탄했었다.

중원 무림을 위해서라지만 어쩐지 허전해 보이는 지금의 검성의 모습에는 자신의 책임도 있다.

“나와 개성이 같이 싸워도 혈장천마를 이기기는 어렵네. 만약 그가 혈불과 싸워 힘을 소모했다고 해도 승산은 삼 할 정도일까?”

검성은 솔직하게 자신의 마음속에 있는 말을 꺼냈다. 지난 세월 동안 억지로 부인했던 패배를 인정하니 오히려 속이 편해진 모양이다.

"그 정도입니까?"

오히려 서문량이 약간 놀란 눈으로 검성에게 되물었다.

"만약 내가 남도왕과 싸운 뒤에 소림, 개방, 화산 장문인의 연수합공을 받게 된다고 해도 별로 질 것 같지는 않네. 그러니 천마, 역시 그럴 것이네."

"그렇군요."

서문량은 더 이상 강하게 권유를 하지 못했다.

일을 꾸미는 사람은 최소한 칠 할의 승산이 있도록 계획을 세워야 한다. 그런데 검성이 삼 할이라고 단언을 한 이상, 이 계획은 패지를 해야 할지도 모른다.

'검성께서 그렇게 판단한다면 거의 맞을 것이다. 그렇다면 만약 혈불이 천마에게 승리를 할 경우 어떻게 될 것인가?'

엄하게 혈불의 천하가 될 수도 있다. 그러나 곧 서문량은 그건 아니라고 판단했다.

'만약 혈불이 천마보다 강하다고 해도 그 차이는 크지 않을 터. 그럴 경우 천마는 혈불과 동귀어진을 하게 될 것이다.'

원래 이 계획은 천마가 혈불을 이긴 후, 쌍성에게 처절하게 패하는 것으로 완성된다.

그 후에는 그곳에 모인 무림맹의 정예들이 마교의 잔당들을 공격할 것이다.

천마와의 싸움에서 승리한 쌍성이 이끄는 정파의 고수들이 마교에게 질 리가 없다. 결국 마교의 무리들은 치명적인 타격을 입고 신강으로 물러날 것이다.

그 와중에 청염마조 서정은 죽음을 맞이한다. 그것으로 소운은 자유를 되찾게 되는 것이다.

'어떻게 해야 할까. 더 이상 검성에게 이 계획을 주장할 수가 없구나.'

서문량은 묵묵히 생각에 잠겼다. 단지 시선은 검성을 바라본 그대로였다.

그런데 검성은 서문량의 시선을 무언의 권유로 받아들였다. 승산이 적다는 것을 알면서도 실행을 원하는 것이다. 죽음의 길이 될 수 있기에 더 이상 입을 열어 권하지는 않지만 다른 방법이 없다고 생각하는 것이 분명했다.

'좋은 아이로군. 정말로 최선을 다해 무림맹의 미래를 위해 계획을 짜고 실행한다. 이 아이에게는 검성인 나도 하나의 장기말에 불과한 것이지. 이런 마음가짐이 있어야 향후 무림을 마교로부터 지킬 수 있지 않을까? 허허허.'

상념이 흐르다 보니 자신도 모르게 웃음이 나왔다. 검성은 마음속에서 묶여 있던 무엇인가가 풀린 것 같은 기분이 되었다.

만약 승산이 칠 할 이상이었다면 검성은 나서지 않았을지도 모른다. 그런데 결코 정당할 수 없는 이번 비무가 승산 또한 삼 할에 불과하다는 판단이 검성의 마음을 움직였다.

"비무에 져서 죽는다면 그것 또한 나쁘지 않겠군. 알겠네. 내가 개성과 같이 천마를 상대하지."

"어르신!"

"서문군사는 뒷일을 부탁하네. 비무에 이기든 지든 무림맹의 미래를 자네에게 맡기도록 하지."

검성은 그렇게 말하고는 다시 검날을 쓰다듬기 시작했다. 나가보라는 의미였다.

서문량은 잠시 검성을 바라보며 무엇인가 말을 하려고 했다가 결국 입을 다물고 방을 나섰다.

'어쨌거나 이것으로 수레바퀴는 돌기 시작했다. 앞으로 한 달인가? 그때까지 준비를 모두 끝마쳐야 한다.'

검성이 승낙을 한 이상, 준비해야 할 것이 많다. 서문량의 머릿속에는 이미 그것들이 차례대로 떠오르고 있었다.

*   *   *

남도왕은 이미 삼 개월 전부터 감숙지방에 들어와 있었다. 그는 아무도 자신을 알아볼 수 없게 모습을 바꾸고 기세를 완전히 죽여 일반인 행세를 했다.

수하들에게도 전혀 이 사실을 알리지 않았다. 오직 그의 제자인 칠종쾌도 전목이 그를 따라와 이것저것 사부의 뒤치다꺼리를 했다.

그러던 중 남도왕은 천마의 선언을 들었다.

"크하하하, 이건 정말 천재일우의 기회로군."

전목도 같이 웃었다.

"케케케케. 그러게 말입니다. 삼 대 일 비무라니, 천마가 무공수련을 하다가 머리가 살짝 이상해졌나 보군요."

"그 썩은 웃음소리는 좀 고쳐라. 그리고 천마 놈이 머리가 이상해진 게 아니다. 당연한 거지."

"네?"

"원래 그놈은 쌍성과 내 연수합공을 충분히 감당할 수 있단 말이다."

"케켁, 정말인가요? 저는 사부님이 세상에서 가장 강하고, 천마가 재수가 좋아서 이긴 건 줄 알고 있었습니다!"

"아부하지 마라. 네놈이 아부하는 습성 때문에 무공 발전이 더딘거다."

"아부라니요! 전 정말로 그렇게 믿었단 말입니다. 그리고 아부와 무공 발전이 무슨 상관이 있다고……."

"사부가 있다면 있는 줄 알아!"

"케켁, 그런데 사부님께서 방금 말한 천재일우의 기회는 또 뭡니까?"

"흥, 말이 막히면 바로 화제를 돌려 버리는 재주는 여전하구나. 아무튼 잘 들어라. 천마란 놈이 혈불과 싸운다. 그리고 그 뒤에 다시 쌍성과 싸우겠지."

"예, 사부님께서 같이 싸우지 않는다면 쌍성하고 싸우겠지요."

"그런데 말이야. 내가 결정적인 순간에 끼어든다면 어떻게 될까?"

"결정적인 순간에요?"

"그러니까 혈불이든 천마든 쌍성이든 필사적이긴 하잖아. 그런 만큼 결정적인 순간에는 그야말로 세상이 놀랄만한 절초를 쓸 거란 말이지."

"거야, 그렇죠."

"특히 승부가 결정나는 상황에서 만약 쌍성이 패할 것 같으면 틀림없이 동귀어진의 수를 쓸 거거든."

"것도 그렇죠. 쌍성까지 패하면 무림은 천마가 꿀꺽하게 될 테니까요."

"그런데 말이야. 그런 결정적인 순간에 내가 협공을 한다면? 천마가 막을 수 있을까?"

"앗! 설마?"

그때서야 전목은 남도왕의 의도를 깨닫고 놀람의 탄성을 질렀다. 말이 협공이지 남도왕이 하려는 것은 암습이라 할 수 있다.

최악의 비겁한 한 수!

정파의 무림인이라면 비겁하다며 침을 뱉을 일이다. 하지만 전목은 다름 아닌 남도왕의 제자다. 오히려 절체절명의 순간에 누군가의 등 뒤에 꽂히는 칼날을 상상하며 기뻐서 호들갑을 떨었다.

"케케케, 역시 사부님의 계책은 절묘합니다!"

"작게 말해라."

"예, 그러니까 사부님께서는 그때 그 은신법으로 숨어 있다가 천마의 뒤통수를 치시겠단 말씀이진 거죠?"

"그런 거다. 흐흐흐."

남도왕은 이건 먹힌다고 확신하는 듯 회심의 미소를 지었다.

사실 그는 혈장천마에게 패한 후, 그 자신이 아무리 수련을 해도 혈장천마를 넘을 수 없다는 판단을 했다.

그렇다고 최강자의 자리를 포기할 남도왕이 아니다. 그는 지난 십 년 동안 천하에 존재하는 은신술을 찾아다니며 연구를 했다.

심지어는 동영까지 가서 인자들의 술법까지도 배웠다.

그리하여 남도왕은 삼 년 전 하나의 은신법을 새롭게 만들어냈는데, 이 수법이라면 천마에게도 들키지 않고 숨어 있을 자신이 있었다.

이번 일이 있기 전에도 그가 노려온 것은 바로 암습이었다.

그래서 남도왕은 천마가 중원을 떠도는 사이 감숙으로 들어와 암습을 하기에 가장 좋은 매복 장소를 찾으려 했다.

천마라고 해도 내공수련을 하기 위해서는 경계를 풀고 외부와의 접촉을 끊어야 한다. 그럴 때 남도왕 정도의 고수가 암습을 가하면 누구든 당할 수밖에 없다.

즉, 천마가 수련하는 곳에 숨어들어 갈 수만 있다면 거의 확실하게 암습을 성공시킬 수 있는 것이다.

그런데 막상 천마가 있던 곳까지 와보니 경계가 삼엄하여 안으로 들어갈 수가 없었다. 지키는 놈들이 하나같이 뛰어나서 남도왕의 무공을 가지고도 침투가 불가능했다.

움직이지 않으면 절대 안 들킬 자신이 있지만 안으로 침투하는 것은 또 다른 문제이다.

"시팔, 역시 천마를 암습하는 것은 불가능한 건가?"

남도왕은 매일같이 욕을 해대며 천마의 숙소 주변을 서성거렸다. 그러나 지금까지 빈틈을 찾지는 못했다.

그런데 이제 길이 생겼다.

"마양평야라 했지? 빨리 가자. 남들이 몰려들기 전에 우리가 먼저 가야 한다."

남도왕은 서둘렀다.

"그러죠. 저야 사부님께서 천마를 척살하는 걸 구경만 하면 되니까요."

"그래그래, 네놈이 할 일은 아무것도 없다. 구경이나 해라.

도움도 안 되는 놈. 크하하하.”

“케케케, 도움이 안 된다는 게 이렇게 좋은 건지는 미처 몰랐어요.”

“그 썩은 웃음소리는 그만두랬다!”

“케켁, 어떻게 사람이 웃음소리를 고칠 수 있어요.”

“고쳐. 아니면 혀를 반쯤 잘라라.”

“고칠게요.”

전목은 즉시 반항을 포기하고 고개를 열렬히 끄덕였다. 여기서 더 반항하면 정말로 혀가 반 토막 날 수 있다는 걸 그는 잘 알고 있었다.

남도왕은 다시 한 번 만족한 웃음소리를 내며 걸음을 옮기기 시작했다.

그는 여전히 익살스러운 얼굴 표정을 짓고 있었지만 눈만은 먹이를 노리는 맹수처럼 날카로웠다.

“강한 자가 이기는 것이 아니라, 이기는 자가 강한 자다. 이제 그걸 알게 해주마. 혈장천마!”

남도왕의 가슴속은 십년 전의 패배를 드디어 만회할 수 있다는 생각에 활활 불타올랐다.

*　　*　　*

혈장천마와 소운은 이미 감숙으로 돌아와 있었다.

혈장천마는 예의 무적선언을 하고 곧 장로들에게 폐관수
련을 하겠다고 선언했다.

혈불과 중원의 세 강자들과의 비무에 대비한 폐관이다.

다른 장로들은 감히 방해하지 못했다.

그러나 혈장천마는 폐관에 들어가기 전, 천마령으로 장로
들에게 몇 가지 중요한 명령을 내렸다.

이에 긴급히 회의가 열렸다. 현재 감숙지방에 들어온 장로
는 모두 여섯 명, 그들이 모두 참석했으니 일단은 장로회의라
고 할 수 있었다.

대장로 전홍은 말했다.

"모두들 보고 계신 서류는 바로 천마령의 내용을 옮겨 적
은 것이오. 그 내용을 보면 천마께서는 우리 천마신교의 모든
자금을 빠른 시일 내에 모두 중원에 뿌려야 한다고 하셨소."

전홍의 말에 다른 장로들은 저마다 심각한 표정으로 서류
에 적힌 내용을 확인했다.

그 안에는 이렇게 적혀 있었다.

중원이란 대지는 그야말로 넓어서 지금 씨를 뿌리면 차후 백
배로 거두어들일 수 있을 것이다.

"확실히 천마께서 말씀하신 것은 옳습니다. 하지만."

경천마뇌도 천마의 말에 동의를 했다. 그러나 그는 조심스

럽게 물었다.

"자금을 뿌린다고 해도 어디다 뿌려야 하겠습니까? 이곳 감숙지방이라면 몰라도 다른 곳에서 우리 천마신교의 자금이 사용될 곳은 그다지 많지 않을 것입니다."

옆에서 소운 역시 살짝 반대 의견을 냈다.

"외총단이 관할하는 비밀거점에 꼭 자금을 더 투자할 필요는 없을 것 같습니다. 만약 새로 교도들을 확보하거나 거점을 늘리려면 자금보다는 적절한 무공비급이 훨씬 효과가 클 것입니다."

소운의 말에 다른 장로들도 모두 동의했다.

교도들을 늘리는 가장 좋은 방법은 그들에게 천마신교의 무공을 가르치는 것이다.

물론 처음에는 그것이 신교의 무공이라는 것을 숨긴다. 그렇게 어느 정도까지는 상대에게 고급무공의 단맛을 보여주다가 신교의 무공에 빠져 헤어나기 어려운 단계가 되었을 때 살짝 사실을 알린다.

그럴 경우 대부분은 괴로워하면서도 무공을 버리지 못하고 천마신교에 귀의를 하게 된다. 마공을 익히며 느끼는 정신적인 쾌락은 마약과도 같아 끊기 어렵다.

그 후에는 그들의 사유 재산을 이용해 새로운 거점도 만들 수 있다. 말하자면 거점을 만드는데 천마신교 내부의 자금은 거의 쓰이지 않는 것이다.

그러나 전홍은 그게 아니라는 듯 고개를 저었다.

"외총단은 충분히 커졌소. 더 이상 확장을 할 필요는 없지. 천마께서 말씀하신 것은 중원의 상회에 우리 천마신교의 자금을 맡겨 운용토록 해야 한다는 것이다."

"중원의 상회에 투자를 하자는 말씀이십니까?"

"그렇소. 천마령에는 분명히 그렇게 적혀 있었소."

"그런데 중원의 어떤 상회가 우리 천마신교의 자금을 받아서 운용하겠소?"

"그 점에 대해서도 천마령에는 쓰여 있었소. 천마께서는 양씨상회를 이용하라고 명하셨소."

"으음, 확실히 양씨상회라면 우리의 자금을 맡아줄지도 모르겠군."

다소 긍정적인 의견이 나왔다. 천마의 상무분리 선언 중에 앞으로는 상회를 건드리지 않겠다는 내용이 있었다. 그렇기 때문에 양씨상회를 천마신교로 끌어들이는 일은 일단 중지가 된 상태다. 하지만 거래를 트는 것은 전혀 상관이 없다.

그러나 소운은 고개를 저으며 말했다.

"양씨상회가 아무리 우리와 인연이 있다고 해도 그들은 우리의 정체를 모릅니다. 제가 생각하기에 지금 그들에게 천마신교의 자금을 맡아달라고 해도 승낙할 것 같지는 않습니다."

"십장로의 말씀에 동의하오."

고목신군이 소운의 말을 거들었다. 그는 소운이 천마신교의 자금을 중원에 투자하는 것을 반대한다고 생각했다. 다른 대부분의 장로들도 그렇게 여기고 있었다.

그때 경천마뇌가 말했다.

"꼭 우리 천마신교의 신분을 밝힐 필요는 없지요. 그냥 양씨상회에 자금을 전하고 일단 맡아서 적당한 곳에 투자를 해달라고 하면 될 것이오. 그 양홍이란 자가 떠나면서 분명히 세 가지 부탁을 들어준다고 했으니 천마신교의 이름만 겉으로 밝히지 않으면 틀림없이 괜찮을 거요."

"오, 그건 그렇겠구려. 양홍이란 자는 신용이 있다고 들었소."

천흉문사도 동의를 했다.

소운은 속으로 경천마뇌에게 감사의 인사를 했다.

'마뇌! 그대가 나를 크게 돕는군. 내가 지금까지 어떻게 회의 중에 자연스럽게 그 의견을 도출해 내나 밤잠 못 자며 고민을 했는데, 단번에 말씀을 해주시다니. 내 나중에 크게 한 턱내겠소.'

하지만 겉으로는 전혀 그런 감정을 드러내지 않았다. 소운은 진지한 표정으로 고민하는 척하다가 나름대로 납득했다는 듯 고개를 끄덕였다.

"확실히 그 정도라면 양홍도 부탁을 들어줄 것입니다. 단지 현재 우리 천마신교의 자금은 결코 작지 않은데, 그가 의심을 하지 않을까 걱정이 되는 군요."

"의심을 하는 것은 상관없소. 수작만 부리지 않는다면."

"수작을 부리지 못하게 감시하는 것은 어렵지 않습니다. 이미 양씨세가가 있는 양주에는 우리 외총단의 단원들이 다수 자리를 잡았으니, 만약 양흥이 딴 마음을 먹는다면 즉시 알 수 있습니다."

"그렇다면 할 만하겠군."

소운의 말에 다른 장로들도 납득을 했다.

"그렇다면 역시 이 일은 십장로가 담당을 해야 할 것이오. 중원에서 비밀리에 사람을 동원할 수 있는 것은 십장로뿐이니 다른 대안은 없소."

대장로 전홍의 말에 다른 장로들은 잠시 입을 다물었다.

역시 막대한 재물에 대한 관리를 한 사람에게 맡기는 것은 망설여지는 일이다. 그러나 그들은 곧 생각을 고쳐먹었다.

'어차피 당분간은 교주의 천하다. 그리고 이대로라면 그다음에는 십장로가 대를 잇겠지. 이건 대세인가? 어쩌면 천마께서는 이걸 염두에 두고 중원에 투자를 하라고 명하신 것일지도 모르겠구나.'

중원에 투자를 하면 그 관리는 외총단주가 맡게 되는 것이 순리이다. 말하자면 천마는 자신의 제자를 후계자로 지목하고 노골적으로 밀어주고 있는 것이다.

"그럼, 그렇게 합시다."

경천마뇌가 말하자 다른 장로들도 더 이상 이견을 말하지 않았다.

사람들의 시선이 소운에게 모아지자 그는 침착하게 자신의 생각을 말했다.

"그렇다면 제가 비밀리에 사람을 보내 양씨상회에게 부탁을 하겠습니다. 십 년 간 본교의 재물로 여러 지역의 땅을 사고, 또 여관이나 기루 등을 매입하여 운영하도록 할 것입니다. 또한 그렇게 투자한 재물을 회수할 수 있는 권리를 몇 개의 신표로 만들겠습니다. 누구든지 신표를 지닌 자가 재물을 회수할 수 있게 될 것입니다. 물론 신표는 모두 천마께 바쳐 차후 천마께서 필요하실 때 언제든지 쓰실 수 있게 할 것입니다."

"그게 좋겠군. 가능하면 분산을 하는 것이 좋을 것 같소."

"사장로님의 말씀을 명심하겠습니다."

이것으로 양씨세가에 대한 전격적인 투자가 이루어지게 되었다.

소운은 그날로 양주 일대에 전서구를 날려 일을 추진했다. 양주에 나가 있는 그의 하녀들인 주련과 자화는 전서구를 받자 즉시 양씨세가를 찾았다.

그리고 양홍과 비밀리에 면담을 한 결과, 마침내 양홍의 승낙을 받아내는데 성공했다.

양홍은 삼일 만에 대략적인 투자 계획을 서류로 만들어보냈다. 주련과 자화는 그걸 밀지에 적어 다시 전서구로 날렸다.

"일이 성공리에 추진되었습니다. 이제 강남에는 우리 천마신교의 자금이 들어갈 것입니다."

소운은 그렇게 장로들에게 경과 보고를 했다. 그리고는 그동안 준비해 두었던 천마신교의 재물들을 싹싹 긁어서 양주로 보냈다. 아무도 이 일에 대해 이상하게 생각하는 자는 없었다.

소운은 다시 양씨상회의 투자 계획에 대해 확인을 하고 그 종류에 따라 여섯 개의 신패를 만들었다. 하나하나가 막대한 재물을 상징하는 신패라 할 수 있었다.

하지만 그게 천마에게 전해졌는지 아니면 그대로 소운의 품속에 남아 있는지는 오직 소운만이 알 뿐이다.

그렇게 바쁜 하루하루가 지나고 비무일이 삼 일 앞으로 다가왔다. 이때 신강에서 또다시 삼백의 무인들이 들어왔다.

그들을 이끌고 있는 자는 오장로인 혈해광투 조산이었고, 삼백 명의 무인들은 다름 아닌 조산이 이끄는 자성기마대 중 일부였다.

전체 인원인 일천기 중 삼분의 일이지만, 그중에서도 뛰어난 자들만 골라 뽑았다. 삼백 기의 기마무인들은 평야지대에서 무서운 힘을 발휘할 것이 틀림없다.

혈해광투는 이미 크게 흥분해 있었다. 초절무비한 비무를 자신의 눈으로 직접 볼 수 있다는 말에 다른 모든 생각은 머릿속에서 사라져 버린 듯했다.

그는 주먹으로 가슴을 탕탕 두드리며 호언장담했다.

"호호호, 소식은 들었소. 과연 이 조산이 마음으로부터 굴복한 천마다우신 결단이오. 염려 마시오. 일단 천마께서 비무를 끝내시면 그때 그 자리에 꿇어 엎드리지 않는 자들은 모두 이 내가 짓밟아 버리리다!"

평소에는 사고뭉치이나 일단 싸움이 일어나면 가장 믿음직한 자가 바로 혈해광투다. 다른 장로들도 웃음을 터뜨리며 혈해광투의 투지에 대해 저마다 칭찬의 말을 건넸다.

그 뒤, 드디어 혈장천마는 폐관을 끝내고 나와 천마거를 타고 마양평야로 향했다.

第二章
독존지공(毒尊之功)

또 하나의 최강무공을 얻었다

南斗延壽保爾時老君告天師曰
天八會之真文三洞三清之上
稟道元始天尊昔經歷于億萬劫天地始修
太上說南斗延壽保爾

安真經太上說南斗
此經乃九天八
興衰而人倫五運運變萬彙

독존지공(毒尊之功)

또 하나의 최강무공을 얻었다.
이게 바로 기연이 아닐까?

중원의 이목이 감숙의 한 평야에 집중되었다.

이날 마양평야에는 쌍성을 비롯해서 구파일방과 오대세가의 가주들, 그리고 최고 실전부대인 정기회를 비롯해 무림맹의 정예무인들이 총집결했다.

이에 대치라도 하듯 천마신교에서는 혈장천마가 천마거를 타고 등장했고, 그 뒤로 십대장로 중 일곱 명과 천마신교의 사대전투조직인 수라혈살대를 비롯해 자성기마대와 독혈마혼대, 그리고 청운전병대가 병진을 갖추고 나열했다.

한편 혈불은 그 중앙에서 백여 명의 라마승들과 함께 자리를 잡았다. 세력 면으로 보면 가장 초라할 것인 혈불 쪽이지만, 그들은 이곳에 천하제일을 가리기 위해 왔을 뿐이니 무시할 수는 없다.

만약 대규모 전투가 벌어지면 혈불 쪽 사람들은 일단 빠져나갈 터이다.

그 이외에도 소문을 듣고 구경을 하려고 모인 사람들이 평야를 가득 메우고도 모자라 인근의 산과 숲에까지 새카맣게 뒤덮었다. 다행히도 무림맹 사람들이 어느 정도 정리를 했기에 사람이 밟혀 죽을 정도까지 혼란하지는 않았다.

그리고 가장 안전해 보이는 한쪽 구석에는 활선문에서 나온 의원들이 자리를 잡았다.

소란스러운 구경꾼들과 전투의 당사자라 할 수 있는 자들의 긴박감과 기대감. 그 속에서도 그곳만은 마치 다른 세상인 양 평온함이 감돌았다.

'활인구명' 이라고 쓰인 커다란 깃발, 그 깃발이 꽂힌 바로 앞에는 활선문주인 능아연이 흰 옷을 입고 서 있었다.

"와아, 마치 선녀같군!"

구경하던 이들 중 하나가 능아연의 모습을 보고는 눈을 빛내며 말했다. 무림맹에는 속하지 못했지만 나름 공력이 있어 그녀의 모습을 확실히 볼 수 있었던 것이다.

"쉬잇, 거기까지! 함부로 입을 놀렸다간 무림공적이 되기 십상이야."

그를 잘 아는 옆의 동료가 혹시라도 그녀에 대해 음란한 말이라도 하지 않을까 저어하며 곧바로 주의를 주었다. 처음 말을 한 자는 의아하다는 듯 고개를 갸웃거리며 작은 소리로 되물었다.

"활선문주의 세력이 그렇게 대단한가? 말도 함부로 못 할 정도로?"

"쯧쯧, 저기를 보게. 활선문 쪽으로 접근하는 이가 있는지."

"아, 그러고 보니 정말 저 근처엔 아무도 없군, 그래?"

"자네도 청염마조가 모든 대결에서 승승장구한 것은 알고 있지?"

"당연하지. 그녀가 그를 마지막에 이겼다고 하는 것도 들어서 아네. 하지만……."

그가 뭐라 말하기도 전에 동료가 혀를 차며 중간에 끼어들었다.

"그때, 능아연 소저는 정마를 가리지 않고 환자를 치료할 수 있는 권한을 얻었네. 지금 활선문이 있는 저곳은 이 자리에서 유일한 평화 지역인 셈이지. 목숨을 걸고 환자를 치료할 권리를 얻은 셈이니 이 전투에 참여하는 이들은 모두 그녀를 우러르지 않을 수 없는 거야."

"흠, 그도 그렇겠군."

"그뿐만이 아니야. 청염마조는 바로 혈마의 직계제자 아니겠나? 당시 대결을 본 자들의 말에 의하면 그가 정말 크게 감탄하며 호의를 표했다더군.”

“아, 그럼 정말 활선문은 신성불가침의 영역이 된 거군?”

“이제야 말이 통하는군. 그러니 입 조심하는 게 당연하다
는 게야.”

“흠흠.”

동료들 사이에 입이 걸기로 유명했던 그는 얼른 헛기침을
하면서 말을 얼버무렸다. 안 그래도 설명을 들으며 주위 눈치
를 살피니 자신의 말을 유심히 듣는 이들이 보였기 때문이다.

‘별 탈이 없어야 할 텐데……’

능아연은 멀리서 쏟아지는 시선들을 신경 쓸만한 정신이
없었다. 이 대결에서 활선문이 할 수 있는 것은 승부가 난 후
의 치료에 지나지 않는다. 만약 비무를 하다가 목숨을 잃는다
면 전혀 손을 쓸 수 없는 것이다.

그녀는 초조한 마음으로 정파와 마교, 혈불이 있는 곳을 번
갈아 주시했다. 그러면서도 일문의 문주답게 겉으로는 초연
한 표정을 유지하는 것을 잊지 않았다.

“준비는 다 되었나요?”

능아연은 자신의 곁으로 다가오는 의원을 보며 확인하듯
물었다.

“네, 문주님.”

“수고하셨어요. 그럼 이제 지켜보는 것만 남았군요.”

대답을 하면서도 능아연의 시선은 천마신교의 사람들이 서 있는 쪽을 떠나지 않았다. 그녀의 시선의 끝을 따라가 보면 청염마조라 불리는 소운이 서 있다.

하지만 워낙 멀리 있다 보니 그녀가 누구를 보는지 알아챌 수 있는 사람은 없었다.

소운은 처음에는 다른 장로들과 함께 서 있다가 사람들이 대충 자리를 잡자 천마거에 올랐다.

천마가 그를 부른 것이다.

일단 천마거 안으로 들어가면 천잠사에 은을 입혀 짠 주렴 덕분에 안에서는 밖을 볼 수 있지만 밖에서는 전혀 보이지 않는다.

소운은 이곳에서 마음 편하게 천마와 혈불의 경천동지할 싸움을 지켜보려 했다. 바로 그때, 혈불 쪽에서 누군가가 나와 외쳤다.

"나는 혈불의 둘째 제자인 칭타다! 사부님과 천마가 천하제일의 자리를 결정하기 전에 먼저 싸우고 싶은 자가 있다!"

와아아아아!

사람들이 함성을 질렀다.

칭타의 목소리에 실린 경력은 그의 무공수위를 알 수 있게 해주었다. 초절정의 벽에 달한 자의 내공, 그런 자가 본 시합이 벌어지기 전에 전초전으로 싸움을 하겠다고 한다.

구경을 하려는 자들이 좋아할 수밖에 없다.

무림맹 쪽에서 초산이 나와 외쳤다.

"칭타 존자, 그대는 누구와 싸우고 싶은 것이오?"

싸움은 붙이고 봐야 한다. 무림맹의 입장에서 칭타의 요구는 참으로 반가운 일이라 할 수 있었다.

'우리는 혈불의 무공에 대해 아는 것이 너무 없다!'

초산은 이 점에 대해 나름대로 고민하고 있었다. 천마에 대해서는 일단 그와 겨뤄본 쌍성이 나서는 것이니만큼 정보가 부족하다고는 할 수 없다.

하지만 혈불의 경우는 다르다. 그 존재 자체가 완전히 무림맹의 영역 밖에 있던 자인데 수준은 혈마급이라고 한다. 뒤늦게 정보를 모으려 애를 써봤지만 쓸만한 것은 없었다.

'칭타라는 자가 혈불의 제자라면 그에게서 전수받은 무공을 쓰겠지?

혈불의 제자라면 혈불에게서 가르침을 받았을 터이니 그가 싸우는 모습을 보면 혈불의 수법에 대해서도 어느 정도 단서를 얻을 수 있다.

'만약 혈불이 천마를 이기면 이번 싸움에서 얻은 정보가 도움이 될 수 있다.'

초산은 칭타가 가능한 강한 자와 싸웠으면 좋겠다고 생각했다. 상대가 강할수록 칭타 또한 혈불의 무공을 많이 드러낼 수밖에 없을 테니까.

그때 칭타가 다시 외쳤다.

"내 사제인 진곡을 대신해서 청염마조와 싸우고 싶다. 사제는 비록 뜻을 이루지 못하고 천마에게 죽었지만, 내가 대신 그의 소원을 들어줄 것이다!"

칭타의 외침에 초산은 속으로 환호성을 질렀다. 혈불의 제자와 천마의 제자가 싸운다. 이건 그들의 사부들에 대한 정보를 조금이라도 얻을 수 있는 기회가 아닌가?

거기에 청염마조라면 초산이 바라던 대로 칭타의 무공을 일정 이상 끌어낼 수 있는 좋은 상대가 될 것 같았다.

"아니, 저자가?"

좋아하는 초산과는 달리 소운은 뜬금없는 칭타의 비무신청에 눈살을 찌푸리며 혀를 찼다.

갑자기 나와서 싸우자고 하다니? 언제부터 진곡과 칭타의 사이가 목숨을 걸고 원수를 갚아줄 정도로 그렇게 좋았단 말인가?

그때 초산이 천마신교의 진영을 바라보며 외쳤다.

"어떻게 하시겠소? 청염마조 소협은 칭타 존자와의 비무에 응하시겠소?"

청염마조의 명성은 이미 중원 전체에 알려져 있다.

삼십도 채 안된 나이로 구파일방과 오대세가를 돌면서 한 비무에서 전승을 한 자다. 하물며 상대는 대부분 그보다 한

배분 위에서도 최고의 고수들이 아니었던가? 그야말로 배분을 뛰어넘는 최강자로 인정받은 천마의 제자다.

그러나 지금 나온 칭타는 구파일방의 장로들도 함부로 대할 수 없는 무위를 나타내고 있다. 아무리 청염마조가 청성파 장문인을 패배시켰다고 해도 그건 운이 크게 작용을 한 것. 이런 평야에서 목숨을 건 비무를 할 리가 없다.

사람들은 대부분 그렇게 판단했다. 천마신교의 장로들 역시 소운이 나설 필요가 없다고 여겼다.

"흥, 저놈은 내가 상대를 하겠소. 배반자의 사형을 자처하고 나이 값도 하지 못하는 자가 무공은 얼마나 익혔는지 확인하고 싶소이다."

고목신군이 차갑게 웃으며 나서려 했다. 다른 장로들도 날카로운 눈으로 칭타를 노려보았다. 고목신군이 먼저 나서지 않았다면 아마 다른 장로 중에 한 사람이 나섰을 것이다.

소운은 천마거 안에서 그 광경을 보다가 문득 생각을 했다.

"진곡, 그놈이 말하기를 칭타란 놈이 독곡의 곡주라 했지? 그렇다면!"

소운은 칭타에게 알아낼 것이 있다는 것을 깨달았다. 칭타가 독공을 사용하면 소운은 그의 몸 안의 흐름을 살필 수 있을 것이다.

게다가 칭타가 정말로 진곡을 위해 복수를 하려고 하는지는 믿기 어렵다. 그렇다면 굳이 소운 자신에게 비무를 신청한 이유도 알아야 한다.

소운은 즉시 혈장천마에게 명을 내렸다. 그러자 혈장천마는 내공을 실은 목소리로 말했다.

"서정은 가서 저자와 싸우라."

크게 고함을 지른 것도 아닌데 천마의 목소리가 평야 곳곳에 퍼졌다. 사람들은 이 신기할 정도로 깊은 내공에 혀를 내둘렀다.

천마신교의 장로들은 즉시 자세를 바로하고 외쳤다.

"천마의 령을 받듭니다!"

이것으로 비무는 결정되었다.

천마거가 열리고 소운이 비장한 표정을 지은 채 안에서 걸어 나왔다. 그리고는 경공을 사용하여 칭타가 서 있는 평야 한가운데로 나아갔다.

"청염마조요."

소운이 검을 손에 잡은 채 포권을 취하자 칭타도 두 개의 검은 환을 쥔 손으로 합장을 했다.

"칭타라고 한다."

"비무요청에 응하겠소."

"좋지. 그럼 시작하자."

두 사람은 긴 말은 필요 없다는 듯 즉시 무기를 들었다. 그러자 둘의 몸에서 강력한 기세가 구름처럼 일어나 주변의 흙먼지를 밀어냈다.

화르르륵.

소운의 검에서 청염이 일어나 어느 정도 형상을 갖추었다. 그것을 본 칭타의 안색이 살짝 굳었다.

"크흠, 듣던 것보다 무공이 강하군. 하지만."

캉!

칭타는 자신의 손에 들고 있던 두 개의 묵철환을 서로 부딪쳤다.

"화조무령검이 아무리 날카로워도 내 현철묵환을 자를 수는 없다."

"오, 현철로 된 환이라니? 무게가 백 근은 넘을 터인데 용케 한손으로 들고 있군."

"하나당 백이십팔 근이다. 세상에서 가장 무거운 병기 중 하나이지. 혈마수인과 현철묵환이 만나면 모든 것을 파괴한다는 걸 보여주마!"

위이이잉!

말이 끝남과 동시에 칭타가 움직였다. 그는 주먹을 앞으로 내민 채 소운을 향해 달려 나왔다.

두두두둑!

묵환을 쥔 칭타의 손이 갑자기 서너 배나 커졌다. 밀종의 대수인과 비슷한 무공인 듯했다.

소운은 방심하지 않고 신법을 펼쳐 상대의 공격지점을 흐트러뜨렸다. 그리고 그와 동시에 검을 좌우로 찔러 공격으로 수비를 대신했다.

"크하!"

칭타는 크게 기합을 지르며 다른 한 손의 묵환을 가슴에 대고 몸을 한 바퀴 회전시켰다. 그러자 반탄력이 크게 일어 소운의 화검기를 튕겨냈다.

'카캉!' 하는 소리와 함께 화조무령검과 현철묵환이 부딪쳤다. 칭타가 장담한대로 현철묵환은 조금도 손상을 입지 않았다. 화기 또한 칭타의 몸에 해를 가할 수 없는 듯했다.

오히려 현철묵환의 무게에 소운의 검이 튕겼다. 화조무령검은 보검답게 무게가 가벼워서 중병기와 부딪치면 아무래도 손해를 본다.

"병기의 날카로움이나 보의의 방어력에 의존하는 한 경지에는 이르지 못한다."

칭타는 그렇게 말하며 소운의 움직임에 바짝 따라붙었다. 검의 거리 안쪽으로 파고들어 혈마수인의 권경으로 들어서려했다.

"창궁비연!"

하늘을 나는 새를 들개가 쫓을 수는 없다.

소운은 연속해서 일곱 번이나 신법의 방향을 바꾸어 칭타를 떨구어냈다. 동시에 검으로 칭타의 무릎 아래쪽을 노렸다.

칭타는 결국 걸음을 멈추었다. 자연스럽게 공격도 멈췄다.

"과연 명성을 얻을 만하군. 적어도 신법은 나보다 뛰어나구나.”

“무공의 시작은 기의 단련이고, 끝은 신법의 정묘함이라 배웠소.”

“흥, 검을 쓰려면 그게 좋겠지.”

칭타는 소운의 말을 부정하지 않았다.

검은 원래 중병기가 아니기 때문에 변화와 빠름에 의존하게 된다. 고급검법 중에서는 붕검과도 같이 중검의 묘용을 가진 것도 있지만 그래도 역시 대도나 묵환 같은 무기 자체가 무거운 것과는 차이가 있다.

칭타는 소운이 검에 대해 깊은 깨달음을 가지고 그걸 몸으로 받아들였다는 것을 알았다. 나이를 생각할 때 믿기 어려운 성취다. 확실히 인재 중의 인재라 할 만했다.

“좋다!”

칭타는 크게 외치며 허리를 낮추고 전궁보의 자세를 취했다. 그리고는 양권을 허리에 대고 가슴을 소운의 앞에 드러내 보였다.

자신의 급소를 모두 상대에게 내주고 그 대신 반격에 전념하겠다는 듯했다.

“대무혈권!”

칭타의 목소리가 다시 평야에 울려 퍼졌다. 인왕과도 같이 당당한 그의 자세와 머리위로부터 하늘 끝까지 뻗어 오르는 기세는 사람들의 감탄을 자아내게 했다.

그리고 그와 대치한 소운은 한 손으로 검을 들어 옆으로 내밀고 다른 한 손을 펼쳐서 가슴을 가렸다. 전신에는 힘이 하나도 들어가지 않은 듯 칭타의 기파에 따라 갈대처럼 흔들렸다.

언뜻 보기에 연약해 보이기까지 한 모습이다.

하지만 구경하던 사람들 중에 무공이 뛰어난 자들은 크게 감탄한 표정을 지었다.

"자신의 기를 내세우지 않고, 상대의 기세에 몸을 실을 수 있다니! 이것이야말로 사기종인의 이치로구나."

칭타는 정중지동의 힘으로 소운을 압박했는데, 소운은 그걸 오히려 자신의 힘으로 취한 셈이다.

상대는 끊임없이 기를 소모하지만 소운은 자연체의 자세를 취해 내력을 쓰지 않는다. 상식적으로 보면 시간이 가면 갈수록 칭타가 불리해지는 것이 당연해 보였다.

"저 혈불의 제자 또한 대단하군!"

소운과 대치한 칭타는 마치 힘이 마르지 않은 천하의 역사와도 같아 보였다. 엄청난 기를 소모하고 있음이 분명한데도 너무나 여유로워 보였다. 현재의 상황으로 보아서는 하루 종일 저렇게 기를 뿜어대도 전혀 지치지 않을 것 같았다.

휘이이잉!

바람이 거세게 불어 두 사람의 주변을 스쳐 지나갔다. 그러나 평야에 부는 삭풍이라고 해도 투지로 팽팽해진 두 사람 사이를 가르진 못했다.

칭타와 소운이 서 있는 공간은 이미 둘만의 것이 되어 외부의 기운이 침투를 하지 못하게 했다.

긴장된 순간, 이제 또다시 격돌하면 한 사람은 무사하지 못하리라. 모든 사람들이 그렇게 생각했다.

그런데 그때 소운이 살짝 입술을 벌여 칭타에게 전음을 보냈다.

— 그런데 왜 나와 싸우자고 한 것이오?

그 말에 칭타의 눈빛이 묘하게 바뀌었다.

— 눈치 채고 있었군.

칭타도 전음으로 답했다. 그리고는 다시 소운에게 자신이 비무를 청한 진짜 이유를 말하기 시작했다.

— 그대는 천마신교가 낳은 인재 중에 인재라 할 수 있다. 아마 장래에는 그 누구도 깨닫기 힘든 경지에 홀로 도달할 것이다.

— 그래서?

— 혈불께서는 인재를 아끼신다. 그러니 혈뇌음사에 들어와 혈불의 제자가 되어라.

— 재미있군. 나는 그대들의 적인데, 그런 나보고 혈불의 제자가 되라고 하다니.

— 혈불께는 적이 없다. 만인이 그분 앞에 엎드릴 것이다. 또한 혈불은 만인의 스승이 되신다. 재능이 있는 자는 당연히

철학을 이어받아 강자가 되어야 한다.

- 나는 이미 천마의 제자인데 뭐가 아쉬워서 혈불에게 무공을 배운단 말인가?

- 천마는 이제 곧 사라질 것이다. 그는 스스로 천하제일을 자부했으니 사라져야 한다. 천하무공의 최고위에는 오직 혈불만이 존재할 수 있다!

- 혈뇌음사의 광오함이 우리 천마신교와 비슷한 정도라는 것을 인정하지.

- 지금은 뭐라고 생각해도 좋다. 결과는 곧 드러날 테니까. 어쨌든 그대는 재능을 인정받아 혈불의 제자가 될 자격을 얻었으니 그렇게 알면 된다.

- 할 말 다했으면 이제 결판을 내자.

소운은 칭타가 일부러 자신을 지목한 일이 이런 이유일 줄은 몰랐다. 그는 속으로 '이게 사람을 뭘로 보고 배신을 하라고 하는 거냐?' 하고 중얼거리며 다시 검에 집중을 하려 했다.

그런데 칭타는 아직 할 말이 더 있었다.

- 지금부터 말하는 구결은 혈불께서 독존의 독공을 보시고 창안해 내신 심법이다. 독을 이용하면 초절정의 벽에 부딪쳐 내공의 한계에 도달한 자라도 새로운 길을 열 수 있다.

그러면서 칭타는 무공구결을 소운에게 낭독하기 시작했다.

소운은 다시 싸우려던 것을 멈추고 그걸 들었다. 그가 그토록 알고 싶어 하던 독존의 독공 중 기본 부분에 해당하는 구결이 거의 모두 그 안에 들어 있었다.

조금이라도 칭타의 독공을 훔치려고 나왔는데 아예 상대가 구결을 불러준다!

소운은 정말 기뻤다.

'오호, 알고 보니 혈불이 이걸로 진곡을 꼬셨군!'

초절정의 벽에 부딪친 사람에게 내공을 더 증강시킬 수 있다고 하면 그건 피하기도, 참기도 어려운 유혹이라 할 수 있다.

칭타도 그걸 알기에 소운에게 구결을 알려주는 것이다. 일단 이 독공을 익히면 익힐수록 혈불의 무공에 대한 매력에 빠져 버릴 터. 그들은 소운에게 자신들이 천마가 주지 못하는 것을 줄 수 있다고 주장하고 있다.

만약 이 뒤에 있을 대결에서 정말로 혈불이 천마를 꺾으면 소운의 마음은 흔들릴 수밖에 없다. 천하제일의 기재라 할 수 있는 그라면 최강의 무공에 대한 욕망이 더욱 클 테니까.

그러나 칭타의 생각과 달리 소운은 지금 구결을 들으면서도 전혀 마음이 흔들리지 않았다.

그렇다고 해서 칭타가 말해주는 구결이 필요없다는 것은 아니다. 어쩌면 소운보다 더 그 구결을 원하는 자는 없을지도 모른다.

대치된 두 사람 사이에 정지된 시간이 길어졌다.

무공이 약한 사람들은 둘이 여전히 기세 싸움을 펼치고 있다고 생각했지만 일정 이상의 고수들은 칭타가 소운에게 전음을 보내고 있다는 것을 눈치 챘다.

저렇게 계속해서 바쁘게 입술을 움직이고 있는데야 모를 수가 없다. 고개를 숙이거나 망사로 얼굴을 가린다면 몰라도 대치된 상태에서 전음을 나누면 다른 사람도 안다.

"저놈들이 무슨 말을 하는 거지?"

"혹시 즉석에서 동맹을 맺고 우리 중원무림을 먼저 상대하자고 말하는 거 아니야?"

"쉿, 이봐. 빈말이라도 그런 말은 하지 말라고. 재수가 없어도 너무 없잖아."

"합, 그렇지. 난 아무 말도 하지 않았네. 자네도 잊게."

"그나저나 어서 싸우기나 하지 무슨 말을 저렇게 할꼬."

"알 수 없지요."

사람들은 의혹의 눈으로 소운을 보았다.

천마신교의 장로들도 별로 좋은 기분은 아닌 듯했다.

"저 칭타란 자가 무슨 수작을 피우는 것 같소?"

"알 수 없구려. 나중에 물어봅시다."

"크흥, 알고 보니 혈뇌음사 놈들은 무공이 아니라 말로 싸우는 모양이군."

"오장로 님의 말씀이 맞소. 혹시 환혼술의 구결이라도 외우는 게 아닌지 걱정되는구려."

"저놈, 아니 십장로가 환혼술 따위에 당할 사람이오? 나중에 다 알게 될 테니 기다려 봅시다."

그렇게 시간이 계속해서 흐르고 사람들은 저마다 둘 사이의 대화 내용을 상상해 보곤 했다. 하지만 아무도 소운이 즉석에서 무공을 전수받고 있다는 것을 눈치 채지는 못했다.

'행복하군. 이게 말로만 듣던 기연이 아닐까?

소운은 속으로 그렇게 중얼거렸다.

칭타가 말하는 구결 하나하나가 그의 머릿속에 있는 독존경의 내용 중 이해가 안 되는 것들을 속 시원히 풀어주고 있었다.

소운은 전에 진곡이 독공을 펼치면서 몸 안의 독이 움직이는 걸 보고 어느 정도 얻은 바가 있다. 거기에 지금 다시 노골적으로 구결을 들어보니, 이제는 조각난 부분이 모여 완벽한 하나를 이루듯 독존공의 무공을 완전히 이해할 수 있었다.

'과연 독존의 무공은 천마의 것에 비해 손색이 없군! 이런 신묘한 독공이 있다니. 하하하하.'

소운은 속으로 광소를 터뜨렸다. 그러면서도 한편으로는 혈불에 대해 놀랐다.

혈불은 불완전한 독공의 구결을 토대로 거의 새롭게 새로운 독공을 만들어내었다.

비록 독존공의 신묘함에는 미치지 못해도 적어도 독존공

에 담긴 깨달음이 무엇인지를 정확하게 집어, 그걸 살려서 독을 완벽하게 내공처럼 사용하게끔 하는데에는 성공을 했다.

그걸 보면 혈불은 원래 독공마저 정통해 있었다는 뜻이 된다.

'젠장, 저 혈불은 살기도 오래 살았으니 모르는 것보다 아는 것이 많겠지.'

소운은 혈불의 무공이 측량하기 어려울 지경이라는 것을 알았다. 물론 천마도 그렇지만 혈불 또한 만만치 않은 것이다.

'이거 혹시 천마가 지는 거 아냐?'

문득 불안감이 소운의 가슴속을 스쳤다.

사실 그는 천마에 무공에 대해 한없는 믿음을 가지고 있었다. 혈불이 아무리 강하다고 해도 천마를 이길 수 없다고 생각했었다.

그도 그럴 것이 천마의 경지는 가까이서 질릴 정도로 보았는데 그건 인간의 한계를 벗어나도 한참 벗어난 무공이었다. 이런 무공의 소유자가 천하에 둘이나 있다고는 믿기 어려웠다.

그런데 이곳에서 처음 혈불의 모습을 보았을 때, 그의 전신에서 은연중에 느껴지는 위압감에 살짝 그 믿음이 흔들렸다. 그리고 지금 혈불이 보강했다는 독공의 구결을 들으니 더욱더 무섭다는 느낌이 들었다.

- 어떤가? 이런 독공을 너에게 아낌없이 전해주는 것만 보아도 혈불께서 얼마나 인재를 아끼시는지 알 수 있을 것이다.

칭타는 그렇게 전음을 끝맺었다.

소운은 잠시 칭타를 보았다. 그러다가 한 걸음 뒤로 물러나서 혈불을 보며 소리 내어 외쳤다.

"내정합일, 심상귀복, 맥동즉력, 족소음충."

다른 사람은 이해할 수 없는 구결. 하지만 혈불과 칭타는 충분히 알 수 있었다.

"그, 그건!"

칭타는 믿을 수 없다는 표정으로 소운을 보았다.

소운이 말한 구결은 방금 그가 소운에게 전해준 독공을 크게 보완하는 것이었다.

혈불이 비록 기초행공뿐인 독공에서 자신의 깨달음을 더했다고는 해도 그가 독존이 아닌 이상 아무래도 원래의 독존경보다 뛰어날 수는 없다. 당연히 어떤 부분은 다른 곳에 비해 평범할 수밖에 없다.

소운은 그중에서 적당한 구결 몇 개를 보란 듯이 불러 준 것이다.

소운은 오만한 시선으로 혈불을 보며 말했다.

"우물 안 개구리는 스스로의 재능과 능력에 자신하겠지만 우물 밖은 상상하기 어려울 정도로 넓지. 천마신교에서 이 정도 무공은 진경이라 할 수 없다!"

"네, 네놈이!"

칭타는 불 같이 화를 내었다. 소운은 방금 혈불을 우물 안 개구리에 비유한 것이다.

'제기랄, 너무 과하게 말했나?

소운은 속으로 약간 켕기는 마음이 들어 잠시 혈불의 눈치를 보았다. 천마급의 고수를 도발했다가 잘못하면 죽는 수가 있다.

소운은 긴장을 하고 혈불이 혹시 손을 쓰려고 하는지를 살폈다.

혈불이 손을 쓰려고 마음을 먹는다면 거리는 별 의미가 없는 것이다. 눈에 보이는 모든 것이 그의 사정거리 안에 있다고 봐야 한다.

'그래도 기가 죽을 수는 없지. 이것으로 혈불은 천마에 대해 삼 푼 쯤 경계심을 가지게 되었을 것이다.'

고수들이 목숨을 걸고 싸울 때 상대방에 대한 두려움이 조금이라도 생기면 그 두려움이 실제로 튀어나와 막을 수 없게 되는 경우가 종종 있다.

그건 무공이 높아지면 높아질수록 의외로 중요해져서 만약 승부에 대한 확신이 생기지 않으면 쉽게 싸우지 않는 게 좋다.

그게 아니면 모든 공포심을 이기고 목숨을 내던질 각오를 해야 하는데, 말이 쉽지 실제로는 가장 어려운 마음가짐이다.

목숨을 거는 것이 아니라 이미 죽었다고 생각을 해야만 도달할 수 있는 심경.

혈불이 그런 경지에 도달하지 않았다면 소운의 격장지계는 효과를 발휘할 것이다.

'천마가 이런 말을 했다면 씨도 먹히지 않겠지만, 내가 도발을 하면 혈불에게도 먹힌다!'

이유는 알 수 없지만 그런 확신이 들었다.

제자가 뛰어나면 스승이 대접을 받는 것이 무림의 상식인 만큼 소운이 뛰어남을 보이며 혈불을 비웃으면 묘하게 설득력이 있을 것이다.

혈불은 소운을 보고 있었다. 거리가 멀어도 그건 확실히 알 수 있었다.

'위험해.'

소운은 마음을 굳게 먹고 언제라도 혈장천마를 부를 준비를 했다. 혈불이 손가락 하나라도 움직이는 순간 천마가 튀어나와야 늦지 않다고 생각했다.

그러나 혈불은 처음으로 얼굴에 감정을 드러내며 가볍게 한숨을 쉬었다.

"재능이 놀랍군. 그 구결을 듣자마자 오의를 깨닫고 보완을 하다니. 천마신교에 인재가 있었구나."

혈불은 소운의 오성이 상상을 불허한다고 생각했다. 설마 그가 독존경의 무공을 얻었으리라는 것은 상상치 못했다.

'먹혔다!'

소운은 혈불의 마음이 흔들렸다는 것을 알았다. 힘으로는 상대가 안 되지만, 일순간 심계로써 혈불에게 일격을 가한 셈이다.

"이노옴!"

칭타가 다시 노성을 터뜨리며 쌍환을 쥔 주먹을 뻗었다. 권경이 공간을 압축하며 소운에게로 쏘아져 나왔다.

퍼펑!

소운은 검을 휘둘러 칭타의 권경을 해소시켰다. 그러자 그 뒤로 칭타의 저돌적인 돌격이 이어졌다.

"네놈처럼 무례한 놈은 내가 죽여 버리겠다!"

"아픈 데를 찔렸다고 미친놈처럼 성내지 마라. 우물 안 독개구리 같은 놈아!"

소운도 지지 않고 심극검의 절초로 칭타의 공격을 봉쇄했다. 상대의 움직임을 미리 예측하여 그 맥을 공격하니 아무리 힘이 강해도 뻗어나갈 공간이 없는 것이나 마찬가지이다.

호강하는 것은 구경하던 무림인들이었다.

그들은 천마신교와 혈뇌음사의 무공에 대해 감탄을 하면서 눈 하나 깜박 않고 두 사람의 비무를 보았다.

특히 소운의 이전 비무행을 지켜보았던 사람들은 이제는 어느 정도 익숙해진 심극검의 초식에 대해 심도 있는 논의를 해가며 구경을 했다.

사실 심극검의 초식이라는 것이 익히는 자들마다 천차만별로 달라지는 것인데 그들은 그 점까지는 알지 못했기에 앞으로 심극검에 대응을 하기가 쉬울 것이라고 내심 생각했다.

그사이 칭타의 현철묵환으로 펼치는 혈마수인은 점점 그 힘을 더해갔다. 아무래도 혈마수인은 초를 더하면 더할수록 위력이 강해지는 특성이 있는 듯했다.

소운은 거대한 폭풍 속에 휘말린 한 송이의 난초처럼 가련해 보이기까지 했다. 하지만 그는 결코 꺾이지 않았다. 사기종인과 사량발천근의 이치를 극한까지 살려 칭타의 거센 공격에 차분하게 대응했다.

그러나 확실히 소운의 무공이 칭타에 비해 반 수정도 딸리는 듯 마침내 소운은 칭타의 기세에 밀려 한 걸음씩 뒤로 물러나기 시작했다.

칭타는 더욱 기세가 올라, 자신의 양쪽 소매를 찢어내어 맨팔뚝을 드러낸 채 외쳤다.

"머리만 좋은 네놈에게 진짜 독공이 무엇인지를 가르쳐 주겠다! 음양쌍독환!"

칭타의 양손이 각각 청색과 적색으로 물들었다. 그리고 그 색은 독연으로 변해 손바닥으로부터 서서히 흘러나왔다.

신기하게도 독연은 허공 중에 퍼지지 않고 묵환 주변에 뭉쳐 졌다. 마치 칭타의 두 주먹과 묵환이 세 배쯤 커진 것처럼 보였다.

소운은 표정을 굳힌 채 중얼거렸다.

"진곡이 펼친 독검기와 같은 수법이군. 게다가 화독과 빙독을 동시에 일으키다니? 과연 독곡의 곡주란 것인가."

'이건 독존경에도 없는 수법이다' 라고 소운은 생각했다. 그런데 다시 생각해 보니 그게 아니다.

'만독합일의 전 단계를 실전에 응용한 거군. 합독의 묘리를 모르니 저 상태로 무공을 만든 거야.'

독존경은 과연 독에 대한 모든 것이 담겨 있었다! 소운은 상당히 기분이 좋아졌다.

그러나 이런 감정을 남에게 들킬 수는 없다. 특히 혈불에게 소운 자신이 초절정의 영역에 도달했음을 알리는 것만큼은 무슨 일이 있어도 피해야 한다.

소운은 비장한 얼굴로 크게 외쳤다.

"와라! 독 따위는 두렵지 않다!"

"그 말을 뼈가 녹아 죽는 순간에도 할 수 있는지 보겠다!"

칭타는 분노가 광기로 인해 변한 듯 두 눈에서도 붉은 혈광을 뿜어댔다.

과거 그의 사형인 승리가 흥분하지 말라고 몇 번이나 충고를 했는데 소운과 싸울 때마다 그는 소운의 심계에 말려 흥분했다.

콰콰콰콰!

칭타가 연속해서 쌍권을 휘두르자 청연과 적연이 동시에 소운을 향해 몰려왔다.

한쪽은 사람의 뼈를 녹일만한 열기를 뿜어대고 있었고, 다른 한쪽은 혼을 얼릴만한 냉기를 함유했다. 그것이 독의 힘이라는 것이 믿기 어려울 정도였다.

'하지만 더 무서운 것은 저 독연 뒤에 숨어 있는 진짜 칭타의 권과 환이지!'

소운은 그 기운을 보면서 속으로 이렇게 평가했다. 기세로 보아 스치기만 해도 사람이 산산조각이 날 정도의 힘이 담겨 있음이 틀림없다.

'하지만 질 수 없다!'

소운은 두 손으로 검을 잡아 머리위로 들어 올렸다. 그리고는 화검기를 뭉쳐 연속해서 세 번 칭타의 적연 쪽으로 날렸다.

화르르륵!

화의 성질을 가진 검기와 열독의 연기가 부딪치지 화기가 극에 달한 듯 적연이 팽창했다.

칭타는 살짝 인상을 찡그리며 화기를 줄이고 냉기를 강화했다. 그러나 그사이 두 기운 사이에 약간의 틈이 생겼다.

"……!"

소운은 기합도 지르지 않고 그 틈을 파고들었다. 원래대로라면 틈을 노리는 자에게 화기와 냉기가 뭉치며 가장 격심한 피해를 입히도록 되어 있었지만 이렇게 균형을 흔드니 정말로 '틈' 이 되었다.

칭타의 좌권과 소운의 검이 정면으로 부딪쳤다. 쌍권의 힘이 합해졌다면 몰라도 한쪽 팔의 힘만으로는 소운의 공격을 감당하기 어렵다.

쾅!

폭발음이 나며 소운은 뒤로 주르륵 밀려났다. 입에서 한 줄기 혈선이 흐르고 있었다. 내상을 입은 것처럼 보였다.

칭타, 역시 왼팔에 적지 않은 충격을 받은 듯 오른손으로 팔꿈치를 잡은 채 뒤로 비틀비틀 물러났다.

"이놈, 임기응변이 보통이 아니구나!"

'네놈도 천마하고 매일 같이 대련을 해봐라. 일 초라도 성공시키려고 별의별 수를 다 쓰게 된다.'

소운은 마음속으로만 대답했다.

스으윽!

소운이 다시 검을 수평으로 세워 칭타를 향하자 날카로운 검기가 그의 미간을 자극했다.

살기! 칭타는 이를 악물고 한쪽 묵환을 머리위로, 다른 한쪽은 앞으로 내밀어 천분추의 자세를 취했다.

하지만 그의 왼팔은 아직도 충격으로 인해 힘이 완전히 돌아오지 않았다. 머리 위로 치켜든 팔이 가늘게 떨렸다.

소운은 갑자기 검을 아래로 내려 발검의 자세를 취했다. 그리고는 고개를 숙이고 몸을 웅크렸다. 시선은 칭타를 보지 않고 자신의 검자루를 향했다.

"발검술? 흥, 좋다! 끝을 보자."

칭타는 소운이 일검필살의 자세를 취하자 크게 투지가 이는 듯 조심스럽게 한 걸음씩 옆으로 옮겼다.

발검술은 쾌의 극을 달리고 살상력도 뛰어나지만 처음 일초 이후 무조건적이라 할 만큼 빈틈이 생긴다.

또한 일단 발검술을 펼치면 도중에 거둘 수가 없다. 말하자면 상대를 죽이지 못하면 자신이 죽는 극단적인 검술이라 할 수 있다.

그래서 대결을 곧 생사의 가름으로 여기는 동영의 무인들은 발검술을 중히 여기지만 수발의 자유를 중시하는 중원의 무인들은 별로 선호하지 않는다.

그런데 소운이 이 자세를 취했으니 칭타는 이제 자신의 목을 걸고 소운을 죽여야 했다.

"흥, 여차하면 팔뚝 하나쯤은 내주마."

칭타는 그렇게 말하며 서서히 소운의 주위를 돌았다. 나선형으로 이동을 하면서 조금씩 소운에게 다가가는 것이다.

긴장이 극에 달한 순간, 승부는 눈 깜박할 사이에 난다!

이 순간 모든 사람들이 눈도 깜박이지 못하고 숨을 죽인 채 그 광경을 지켜보았다.

그들의 살기에 대기도 숨을 죽인 듯 바람조차 불지 않았다.

소운과 칭타의 거리는 아주 천천히 좁혀졌다.

발검술에 가장 적합한 거리는 약 칠 척에서 일 장. 드디어 칭타는 그 범위 안으로 들어섰다.

바로 그때,

"이만 물러나라."

천마거 안에서 나직한 목소리가 들려왔다. 그러면서 주발이 걷히고 안에서 혈장천마가 걸어 나왔다.

"아! 천마다!"

사람들은 긴장의 장막을 찢는 천마의 등장에 놀라 외쳤다.

칭타는 순간적으로 흠칫하며 걸음을 멈췄다. 그 역시 천마나 혈불의 무공수준을 어느 정도 알고 있는 만큼 천마가 나온 시점에서 주의가 그쪽으로 쏠릴 수밖에 없었다.

그 순간 소운의 몸이 움직였다. 소리도 없고, 형체도 없는 것처럼 빨랐다.

스팟!

"크훗!"

칭타는 반응을 하지 못했다. 집중력이 흐트러진 순간의 반응력은 소운의 발검을 따를 수 없었다.

어느새 소운의 검은 칭타의 목에 닿아 있었다. 한 줄기 피가 검을 타고 흐르다가 화검기에 의해 치지직, 하고 소리를 내며 타올랐다.

순간 소운은 급히 신형을 이동해 옆으로 두 걸음을 움직였

다. 그러자 소운이 있던 곳에 무엇인가가 팍 하고 박혔다. 혈
불의 염주 한 알이 어느새 날아와 소운을 때리려 했던 것이
다.

"사부님의 명이 계시니 그만두지."

소운은 그렇게 말하며 칭타의 옆구리를 발로 찼다. 되는대
로 화풀이를 한 것처럼 보였지만 그게 아니었다. 혈도 중 한
곳을 때려 당분간 내력을 일으키기 어렵게 해놓았다.

칭타는 순간적으로 숨이 막혀 뒤로 비틀거리며 물러섰다.

"으으으, 네놈이!"

칭타의 얼굴은 일그러질 대로 일그러졌다. 그러나 그는 소
운에게 비겁하다 말하지 못했다.

무인이 생사를 놓고 겨루는 순간, 누가 끼어든다고 해서 집
중력을 흐트러뜨리는 것은 바보짓이라 할 수 있다. 그사이 상
대가 공격을 하지 않으리란 법은 어디에도 없다.

어쨌든 소운은 완벽하게 칭타를 무력화시켜 놓고 물러섰
다. 그 와중에 혈불의 염주도 피해냈다.

무공의 고저는 둘째 치고 무인으로서 칭타는 소운에게 패
한 셈이다.

칭타는 전신을 부르르 떨며 소운을 노려보았다. 그러나 소
운은 이미 몸을 돌려 천마거 쪽으로 걸어가고 있었다. 그 천
마거 앞에는 이미 혈장천마가 서 있었다.

"이제 시작하도록 하지."

혈장천마는 그렇게 외치며 서서히 공중으로 떠올랐다. 그리고는 그 상태로 소운의 머리 위를 지나 평야의 중앙으로 나왔다.

"능공허도!"

"저럴 수가! 어찌 인간이 저런 무공을……."

말로만 듣던 천마의 무위는 인간이 아닌 신선의 그것이라 할 수 있었다.

소운은 사람들이 놀라는 모습을 보며 속으로 웃었다.

'이기어검을 쓸 정도만 되도 몸을 공중에 띄울 수 있지. 하지만 저렇게 천천히, 그리고 우아하게 움직이려면 정말 어렵단 말이야.'

그때 반대편에서도 탄성이 일었다. 혈불이 드디어 가마에서 일어난 것이다.

혈불출원, 만민앙복.

백 명의 혈승들이 범창을 외우는 가운데 혈불 역시 몸을 허공에 띄워 혈장천마를 향해 나왔다.

바야흐로 절대고수들의 대전이 시작되려 하고 있었다.

第二章

성사재천(成事在天)

이건 아닌데

南斗延壽保爾時老君告天師曰

天八會之真文三洞三清之上

彙道元始天尊昔經歷于億萬刧天地始終

太上說南斗延壽保爾

安真經太上說南斗

此經乃九天八

興衰而人倫五運遷變萬彙道

성사재천(成事在天)

이건 아닌데. 어째 매사가 잘 풀린다 했었어

　모든 사람들의 이목이 두 명의 절대고수들에게 모이는 사이 소운은 천마거로 걸어 들어갔다. 혈장천마에게 명령을 내리려면 전음을 보내야 하는데, 주발로 가려져 있는 천마거 안이라면 다른 사람의 이목을 속이지 않아도 된다.

　몇몇 사람들은 소운을 보았지만 그가 내상을 입어 안전한 곳에서 운기요상을 하려는 줄 알고 별로 신경을 쓰지 않았다.

　그사이 혈장천마와 혈불은 약 삼 장의 간격을 두고 서로 대치했다.

　혈불은 우선 천마의 드러난 기세와 그 속에 숨겨진 힘을 가늠하려 했다. 그러나 잠시 후 그는 의아한 눈으로 혈장천마를 살폈다.

'이상하군, 저자는 마치 마음이 빈 것처럼 보인다.'

혈불은 오랜 수행의 결과 상대의 마음을 어느 정도 읽을 수 있는 능력이 있었다. 그것은 무공이 아닌 법력이라 할 수 있었는데, 상대의 몸에서 흘러나오는 기와 눈빛을 살피면 거의 정확하게 알 수 있었다.

그런데 혈장천마는 눈동자 속이 비어 있는 것처럼 아무런 감정도 느껴지지 않았다.

'무공을 펼치기 전에 스스로의 감정을 버리고 본능을 극대화시키는 것일까? 천마신교의 무공이 원래 저런 특성을 지녔을지도 모르지.'

그게 가능하다면 정말로 대단한 경지일 것이다. 어떤 잡념도 없이 싸움에만 집중할 수 있다는 그는 이미 인간이 아니다. 아수라와 같은 투귀라 할만하다.

고오오오오.

혈장천마의 전신에서 묵강이 불꽃처럼 뿜어져 나오기 시작했다. 불꽃 하나하나가 살아 있는 촉수처럼 묘한 움직임을 보이며 혈불을 위협했다.

"허허허, 그것이 묵혈신마강인가? 확실히 피와 같이 끈적끈적한 강기로다."

혈불은 혈장천마가 한마디 말도 없이 내공을 끌어올려 싸우려고 하자, 잠시 생각하던 것을 멈추고 자신도 혈영마공을 일으켜 몸을 감쌌다. 그러자 순식간에 혈불의 몸이 적색의 강기로 뒤덮여 피로 물든 부처의 형상이 되었다.

"오라!"

혈불은 혈염주를 든 왼손을 앞으로 내밀어 청송영객의 자세를 취했다. 선수를 양보하겠다는 의미다.

천마거 안의 소운은 그런 혈불을 노려보다가 이를 악문 채 중얼거렸다.

"차후에 혈장천마가 쌍성에 의해 죽으려면 지금 혈불도 죽어야 한다. 그렇지 않으면 천마가 사라져도 혈불이 남는 결과가 된다!"

소운은 마음을 독하게 먹고 혈장천마에게 전음을 날렸다.

- 모든 능력을 동원해서 그자를 척살하라!

생사투의 명! 그 순간 혈장천마의 눈동자가 흰자위 부분으로 확산되더니 눈 전체가 검은 보석처럼 변했다.

동시에 검은 강기의 기운 중 겉 부분이 조금 바랜 듯이 회색의 빛깔을 내기 시작했다.

묵혈신마공을 극한까지 끌어올리고, 그 위에 독정의 독을 씌웠다. 본능적으로 혈불이 만만치 않은 상대임을 알고 처음부터 최선을 다하는 것이다.

슈슈슈슈슉!

혈장천마가 움직이기 전에 먼저 묵혈신마강이 수십 개의 강기창으로 변해 혈불의 전신을 노렸다.

하나의 강기창만 해도 때와 방위가 적절하여 도저히 피할 수 없는 것이었다.

"훔!"

혈불은 기묘한 기합소리와 함께 혈염주를 든 손을 펴서 앞으로 내밀었다. 그러자 혈염주가 공중에 떠서 손바닥을 중심으로 둥글게 펴졌다. 그리고는 제자리에서 맹렬하게 회전을 했다.

혈영마장의 수법 중 하나인 만인동혈이 시전 되니 엄청난 흡입력이 발생해 사방의 기운을 모두 빨아들였다.

파파파팍!

묵혈신마강으로 이루어진 강기창도 예외는 아니었다. 검은 강기창은 잠시 움찔하는 듯하더니 급기야 혈장천마의 제어력에서 벗어나 버렸다. 곧 모든 강기창이 회전하는 혈염주 속으로 빨려 들어갔다.

그 순간 혈불은 거의 드러나지 않을 정도로 살짝 미소를 지었다. 만인동혈로 상대의 강기공격을 빨아들일 수 있다는 것은 혈불의 내공이 혈장천마보다 우위에 있다는 뜻이다.

'혈장천마의 장법은 자신보다 내공이 약한 자에게 위력을 발휘한다고 했다. 그렇다면 저자는 가진 바 무공의 태반을 잃은 것이나 마찬가지!'

혈불은 내민 손을 거두며 다른 손을 교차하듯 뻗었다.

"소와카!"

펑!

우 장의 장력이 혈염주에 전해지자 순간적으로 혈염주는 폭발하듯 터지며 앞으로 쏘아져 나갔다.

백 개가 넘는 염주알이 모두 혈영강으로 뒤덮여 가로막는 모든 것을 파괴하는 파도가 되었다.

콰콰콰콰!

붉은 빛의 파도는 다시 구름처럼 변해 완전히 혈장천마를 뒤덮으려 했다. 그러나 그런 혈염주의 탄강조차 혈장천마의 이동을 막기 위한 것에 불과했다.

진짜는 화살처럼 쏘아져 나가는 혈염주 뒤에 바짝 따라붙고 있는 혈불 자신의 몸이었다!

"혈영존!"

몸 전체를 강기로 덮고 그걸 무기로 삼으니 세상에 이보다 더 강력한 힘은 없다.

혈영강 자체는 발산의 강기가 아니라 흡입의 강기이다. 때문에 상대는 그 힘에서 벗어나지 못하고 꼼짝없이 빨려 들어가 강기덩어리에 부딪치게 된다.

그야말로 산이 무너지는 것과 같은 압력에 하늘과 땅이 동시에 흔들렸다.

그러자 혈장천마는 그 힘에 대항하려 하지 않고 번개처럼 뒤로 물러났다.

혈영강의 인력이 그를 잡아끌려고 했지만 묵혈신마강이

거미줄처럼 그 둘의 사이를 가로막아 모든 힘을 끊었다.

콰콰콰쾅!

혈장천마가 남긴 묵혈신마강의 그물과 혈불의 혈영존이 부딪치자 굉음이 일며 충격으로 일대의 땅거죽이 뒤집어졌다.

소운은 그 광경을 보며 입을 떡 하고 벌리고는 한숨을 내쉬었다.

"저걸 인간의 싸움이라 할 수 있을까? 나도 강기를 쓸 수는 있지만 저건 그냥 강기가 아니구나. 제기랄."

비슷한 경지의 고수들이 싸우니 둘 다 조금도 방심하지 못하고 전력을 다한다. 그 결과 시각적, 청각적 효과가 두 배 이상으로 강해졌다.

혈불과 혈장천마의 경지는 소운이 보기에 까마득한 절벽의 위와도 같았다.

'저걸 초절정과 한끝 차이로 생각하는 사람들이 얼마나 멍청한 건지!'

하지만 이제 무림인들은 똑똑히 알았을 것이다. 천마급의 고수는 초절정과는 또 다른 수준이라는 것을!

"그나저나 괜찮을까? 젠장 설마 천마가 뒤로 물러서는 광경을 보게 될 줄이야."

소운은 이대로는 곤란하다는 생각을 하며 다시 전음으로 혈장천마에게 명을 내렸다.

- 상대의 무공이 너무 강해서 척살이 불가능하면 동귀어진의 수법이라도 써라!

이미 갈 데까지 간 몸. 악에 받친 소운은 상황을 지켜보았다.

최악의 경우 혈장천마와 혈불이 같이 죽어야 한다. 그것만이 계획을 무사히 성공시킬 수 있는 길이다.

콰콰쾅!

혈불은 거침없이 앞으로 나아갔다. 하지만 혈장천마는 계속해서 빠져나갔다.

원래 모든 뻗어나가는 것은 처음에는 가속도를 더해 점점 빨라지다가 임계점에 이르면 다시 느려지기 마련이다.

이때에는 필연적으로 위력이 반감되는데, 혈장천마는 혈불의 힘이 한계에 달해 느려지기를 기다리고 있었다.

과연 어느 순간 혈불은 돌진을 멈췄다. 그리고는 구름처럼 자신의 몸 주변을 감싸고 있던 혈염주의 파편들을 거두어 하나의 둥근 벽처럼 만들었다.

퍼퍼펑!

이때를 놓치지 않고 혈장천마는 삼 장을 내질렀다. 검은 손바닥과 같은 강기가 동시에 혈불의 몸을 때렸다.

그러나 그 공격은 혈염주들의 벽을 깨는 것으로 끝났다. 혈불은 금선탈각의 수법으로 하늘로 날아올라 혈장천마의 장으로부터 벗어났다.

"혈뢰강!"

혈불의 외침 소리가 하늘로부터 퍼지며, 그의 신형이 혈장천마를 향해 거꾸로 쏘아져 내려왔다.

혈장천마가 다시 피하려 하자 순간적으로 혈불의 등으로부터 여섯 개의 거대한 팔이 솟아나와 혈장천마의 주위를 막았다.

"혈뢰강은 피할 수 없는 공격이다!"

혈불은 그렇게 외쳤다. 그의 최고 무공인 혈영구마공의 육단계인 혈뢰강은 혈불 자신이라도 막거나 피할 수 없는 수법이었다.

혈장천마는 그 말에 움직임을 멈추고 혈불을 기다렸다. 모든 것을 포기한 사람처럼 고개를 숙인 체 자연체의 자세를 취하고 있었다.

그러나 혈불이 거의 그의 머리 위에 도달했을 때, 혈장천마는 크게 괴성을 지르며 두 손을 머리 위로 번쩍 들어 올렸다.

"크아아아아!"

콰쾅!

혈불의 혈뢰강이 혈장천마를 내려찍었다. 혈장천마는 그에 따라 찌그러지듯 바닥으로 꺼져 버렸다.

다시 땅이 흔들리며 바닥이 움푹 파이자 사람들은 사라진 혈장천마의 모습에 승부가 난 것이 아닌가 하고 생각했다.

그러나 다음 순간 땅이 더욱 거세게 흔들리며 혈불의 몸이 허공으로 다시 튕겨 나갔다.

혈장천마는 원래 있던 자리에 다시 나타나 있었다.

그는 쌍장으로 혈뢰강을 받은 채 땅속으로 파묻혔다. 그리고 땅의 지기를 이용해 상대의 힘을 해소하고는 다시 쌍장으로 혈불을 쳐 올린 것이다.

그러나 혈뢰강을 막아 버티느라 혈장천마는 적지 않은 손해를 보았다. 그의 본능은 이대로라면 불리하다는 것을 알았다.

“크아아아아!”

혈장천마는 다시 괴성을 지르며 몸을 허공으로 날렸다. 혈불이 땅으로 내려서기 전에 공중에서 승부를 내는 것이 확실하다.

펑!

혈장천마는 솟아오르는 기세로 혈불에게 일 장을 날렸다. 혈불은 피하지 않고 그걸 받아냈다.

다음 순간, 혈장천마는 허공 중에 버티고 서서 전신의 기운을 우 장에 모았다. 그러자 몸 전체를 감싸고 있던 묵혈신마강이 사라지고 우 장의 앞에 둥근 구슬과도 같은 묵강이 생겨났다. 어린애 머리만 한 검은 구슬은 묵혈신마강이 뭉쳐 져서 생긴 흑금강주였다.

혈불은 안색을 굳혔다.

“그대가?”

혈장천마는 지금 동귀어진을 해도 상관없다는 듯 방어를
일체 포기하고 일 장에 모든 것을 걸고 있었다. 앞의 일 장은
혈불이 이걸 피하지 못하도록 자리를 고정시키기 위한 것이
었다.

혈불은 방심하지 않고 혈영구마공의 칠 단계인 혈마신수
를 사용했다. 그러자 혈불의 두 팔이 투명하게 변했다. 마치
강기로 이루어진 것처럼 속이 비쳐 보이는데 뼈가 모두 보일
정도였다.

홍옥과도 같이 투명한 손이 혈장천마의 흑금강주를 향해
소리없이 나아갔다. 혈마신수는 소리조차 삼키고 있었다.

파팍!

두 절대고수의 최강수법이 정면으로 격돌을 했다.

그런데 의외로 파공음은 작게 났다. 하지만 아는 사람은 안
다. 너무나도 강한 두 힘이 부딪치면 사람이 들을 수 있는 소
리의 영역을 넘어서 충격파가 발생한다.

촤아아아!

혈장천마와 혈불을 중심으로 인근 백여 장 안의 수풀들이
모두 뿌리만 남기고 잘려 나갔다. 만약 사람이 그 안에 있었
다면 충격파에 의해 전신이 찢겨 나갔을 것이다.

사람들은 그 광경에 숨 쉬는 것도 잊었다.

혈불과 혈장천마는 아무 일도 없었던 것처럼 땅에 내려섰
다.

혈장천마의 몸 주변을 감싸고 있던 검은 강기의 기운은 씻은 듯이 사라져 버렸다. 혈불 역시 혈영강이 사라져 원래의 늙은 라마의 모습으로 돌아와 있었다.

그 상태로 둘은 잠시 대치를 한 채 상대를 바라보았다.

누가 이긴 것일까? 설마 쌍방의 힘이 상쇄되어 버린 것일까? 사람들은 결과가 궁금해 참을 수 없을 지경이 되었다.

특히 천마거 안에 있는 소운은 거의 미칠 것 같은 심정이었다.

- 움직여라! 혈불을 죽여!

이미 몇 번이나 전음을 보내 명령을 내렸는데 혈장천마는 움직이지 않고 있었다.

"미치고 팔짝 뛰겠군. 왜 말을 안 듣는 거지? 이미 몸이 완전히 부서져서 움직일 수 없는 건가?"

소운은 눈에 내력을 집중시켜 천리투안의 수법으로 혈장천마와 혈불의 상태를 알아보려 했다. 그러나 그의 눈으로는 두 사람의 상태를 확인할 수가 없었다.

소운이 비록 사람의 몸속에 있는 기의 흐름을 어느 정도 알 수 있게 되었지만 그건 그보다 하수에게나 해당되는 일이다. 자신과 비슷하거나 상위에 있는 초절정고수들의 몸속까지 살필 수는 없다.

천마와 혈불 역시 마찬가지. 소운은 결과를 알 수 없자 애가 탔지만 계속해서 혈장천마에게 전음을 보내는 것 이외에 방법은 없었다.

단지 사태의 추이를 볼 때, 혈장천마와 혈불이 적지 않은 부상을 당했다는 것을 예측할 수는 있었다. 아무 피해 없이 두 힘이 상쇄되어 사라지는 경우는 없다고 봐야 했다.

그러던 어느 순간 혈불은 나직하게 한숨을 쉬며 말했다.

"후우, 십 년 후 다시 오겠다."

휘익!

혈불의 몸이 허공으로 떠올라 그가 타고 온 가마를 향해 날아가기 시작했다. 아직도 능공허도의 경공을 쓸 수 있는 것으로 보아 혈불은 아직 죽을 정도가 아니란 것을 알 수 있었다.

소운은 더욱 마음이 급해졌다. 혈불이 살아서 돌아가면 그의 계획은 완전히 망했다고 봐야 한다.

- 뒤를 쳐! 공격을 해! 몸으로 부딪쳐 같이 폭사를 하란 말이야!

연속해서 혈장천마에게 전음을 날렸지만 역시 그는 움직이지를 않는다.

그사이 혈불은 가마 위로 올라가 버렸다. 그리고는 가마를 지고 있던 라마승들에게 말했다.

"돌아간다."

혈불의 명을 받은 라마들은 두말없이 가마를 들었다. 그리고는 다시 범창을 부르면서 마양평야를 벗어났다.

"괜찮으십니까?"

승리가 조용히 혈불에게 물었다. 그는 혈불이 적지 않은 부상을 당했다는 것을 눈치 챘다.

하기야 그런 대격돌을 한 사람이 무사하다면 말이 되지 않는다.

혈불이 무사하려면 완전한 우위에 서서 모든 힘이 혈장천마에게 쏟아졌어야 한다. 그랬다면 아마 혈장천마는 흔적도 남지 않고 가루가 되어 사라졌으리라.

혈불은 시선도 돌리지 않고 엄숙한 표정으로 앞만 보고 있었다. 움직임이 전혀 없어서 모르는 사람이 봤다면 즉신불- 사람이 스스로를 미이라화시켜 된 불상 -이 아닌가 하고 생각했을지도 모른다.

승리는 혈불이 대답을 하지 않자 조용히 고개를 한 번 숙이고는 다른 이들과 합세하여 범창을 불렀다.

혈불은 눈을 뜬 채 운기요상에 들어간 상태였다. 의식도 있고 몸도 어느 정도 움직일 수 있기에 승리의 말을 들었지만 입을 열면 피를 토할 것 같았다.

'혈장천마, 과연 독하군.'

혈불은 잠시 의식을 뒤로 돌려 혈장천마 쪽을 살폈다. 여전히 그는 제자리에 서서 버티고 있었다.

'그는 나보다 훨씬 심한 부상을 당했다. 그런데도 버티고 있다니, 자존심 하나만큼은 천하제일이라 할 만하다.'

사실 마지막 격돌에서 둘은 양패구상을 한 것이나 마찬가지이다. 특히 혈장천마는 거의 오장육부가 뒤집히는 부상을 당했으니 앞으로 사오 년간은 정양을 해야만 할 것이다.

만약 혈불이 무리를 해서라도 끝까지 싸웠다면 혈장천마를 죽일 수 있었을 것이다. 그러나 그렇게 되면 혈불도 죽음을 각오해야 한다. 만약 죽지 않는다고 해도 그 뒤에 천마신교가 복수를 위해 총공격을 가해온다면 감당할 수 없다.

무엇보다 절대무적을 논하는 자가 상대에게 부상을 당해가며 겨우 이긴다면 아무런 의미가 없다. 확실하게 천마를 꺾어 혈불이란 이름을 유일존의 자리에 올려야만 한다.

'돌아가면 혈영구마공의 팔 단계인 투영혈신을 수련해야하겠군.'

혈불은 그렇게 결심했다.

투영혈신은 혈뇌음사의 창건조사인 사혈존자가 죽기 직전에야 겨우 이루었다는 혈영구마공 최후의 단계이다.

말로는 구 단계까지 있지만 그건 사혈존자가 마지막에 남긴 유언 때문이다.

팔면수라혈혼의 단계는 이름만 있을 뿐, 사혈존자가 기초무리(武理)만을 세우고 실제로는 전혀 무공으로 완성시키지 않았다. 그 무리 역시 그야말로 이론에 불과할 뿐, 실제로 구현할 방법 역시 없다고 봐야 했다.

그나마 팔 단계인 투영혈신도 완전한 것은 아니다.

기록에 의하면 사혈존자는 투영혈신을 이루고 삼 일만에

죽고 말았다. 그래서 사람들은 혈영구마공의 팔 단계는 생명의 불꽃을 거세게 타오르게 해서 빠르게 죽음으로 인도한다고 생각했다.

혈불이 팔 단계의 구절을 연구한 바로도 그럴 위험이 있었다. 하지만 혈불은 지금 그걸 익힐 결심을 했다. 십 년 뒤에 아무도 범접할 수 없는 경지에 이르기 위해, 혈뇌음사 최후 최강의 무공을 완성시킬 것이다!

일단 그렇게 결심이 서자 마음이 안정되었다.

혈장천마의 묵혈신마강과 그곳에 섞여 있던 형언할 수 없는 강력한 독기가 여전히 내장을 태우고 있었지만 이제는 한 고비를 넘겼는지 내력의 흐름이 어느 정도 이어졌다. 앞으로 이삼 년 정도면 충분히 회복할 것 같았다.

혈불은 다시 중원에 대해 생각했다.

'세상은 넓다. 대천혈의 재능을 지닌 자가 둘이나 있었다니 놀라울 따름이다. 일로마협, 청염마조. 둘은 혈뇌음사로 받아들인다. 만약 일로마협이라는 자가 정말로 죽었다면 청염마조라도 꼭 내 제자로 삼아야 한다.'

강함을 제일로 치는 천마신교의 교도다. 진곡의 예를 보더라도 혈불이 천마보다 강하다는 것을 보이면 틀림없이 제자로 들어올 것이다. 혈불은 그렇게 생각했다.

'만약 거부하면 납치를 해서라도……'

그렇게 상념에 잠겨 미래에 대한 계획을 세우면서 혈불은 서장으로 돌아갔다.

＊　　　＊　　　＊

한편 혈장천마는 혈불이 떠난 다음에도 기둥처럼 움직이지 않았다.

애타는 소운의 심정을 아는지 모르는지, 그는 고개를 뻣뻣하게 치켜들고 오만한 자세로 서서 있을 뿐이다.

그런데 그 모습을 무림맹의 사람들은 제 멋대로 해석했다.

검성은 나직하게 한숨을 쉬며 개성에게 말했다.

"이제 우리 차례라는 것인가?"

"그런가 보네."

개성은 씁쓸하게 웃으며 대답했다. 혈불과 혈장천마의 초절한 무공을 보니 그들이 예상했던 것보다도 천마의 무공이 강했다는 것을 깨달을 수 있었다.

하지만 지금이라면 승산이 있다. 개성이 보기에 혈장천마는 지금 무리를 하고 있었다.

"어차피 갈 거면 빨리 가세. 이겨야 하는 싸움이니 시간을 아낄수록 유리할 걸세."

"그렇겠지."

검성도 혈장천마의 상태에 대해 어느 정도 예상이 가는지 고개를 끄덕이며 몸을 일으켰다.

"쌍성이다!"

쌍성이 천마를 향해 다가가자 사방에서 함성이 들려왔다.

그들은 방금 전에 본 악몽과도 같은 천마의 무위를 잊고 싶은 모양이었다. 아니면 쌍성 역시 그에 비견될 만한 무공을 지니고 있다고 믿고 싶은 것 같기도 했다.

어쩌면 혈장천마가 혈불과 싸운 뒤에 쌍성과 싸우는 것이 결코 정당치 못하다는 사실을 의식적으로 무시하는 것일지도 모른다.

쌍성은 혈불과 천마처럼 능공허도의 수법으로 공중에 떠서 이동을 하지는 못했지만 걸음을 옮기지 않아도 신형이 잔상을 남기며 빠르게 앞으로 나아갔다.

그들은 무림맹의 진영에서 나오자마자 곧 혈장천마의 앞에 도착했다.

바로 전까지 혈불이 섰던 자리에 이번에는 검성과 개성이 섰다. 군데군데 땅이 파여져 보통 사람이 비무를 하기에는 적당치 못하게 되었지만 그들에게는 전혀 상관이 없는 듯했다.

먼저 검성이 포권을 취하며 혈장천마에게 말했다.

"혈장천마, 그대가 천하제일의 고수임은 이미 인정한 바 있다. 그리고 이 비무가 결코 정당치 못하다는 것도 안다. 수치를 아는 자라면 다수로써 소수를 상대할 바에야 물러나는 것이 예의이나, 그대의 뜻이 군림천하에 있다면 우리 두 사람의 시체를 밟고 지나가야 할 것이다."

“…….”

고지식한 검성의 말에는 대답할 필요도 없다는 것일까? 혈장천마는 여전히 입을 다문 채 그대로 서 있었다.

검성과 개성은 서로 눈짓을 하며 서서히 내공을 끌어올리기 시작했다.

검성은 애검인 거화검을 뽑아 들고는 검극을 땅에 살짝 박은 채로 다른 한 손을 들어올렸다.

천지교리의 자세! 환, 중, 쾌, 정의 검의 묘리를 모두 얻은 자만이 취할 수 있다고 했다.

“무당의 태극혜검으로 마를 멸하겠다!”

일단 검을 뽑아 들자 검성은 더 이상 혈장천마를 강자로 생각하지 않는 듯 호기롭게 외쳤다. 이에 개성이 등을 새우처럼 구부리고 두 팔을 허리 어림에 대었다.

부우우웅!

그의 두 손으로부터 녹색의 강기가 일어나더니 하나의 봉과 같은 모양이 되었다.

신외지물인 병기로부터 벗어나 스스로의 강기로 강기봉을 만들었으니 가히 봉술에 끝에 도달했다고 할 수 있으리라.

또한 그의 발바닥 아래에서 묘하게 흙먼지가 날리기 시작했다. 경공으로 강호일절이라는 개성의 수구사행보는 원래 개방의 무공이 아닌데 그가 기연으로 얻은 무공을 토대로 새롭게 만들었다고 한다.

두 초절정고수의 기세가 혈장천마를 압박하기 시작했다. 그러자 지금까지 가만히 서 있던 혈장천마의 눈동자가 살짝 움직여 그들을 보았다.

"캬아아아아아아!"

인간의 것이라고는 믿기 어려운 괴성! 혈장천마는 마치 절규하는 악귀와도 같은 모습으로 하늘을 향해 소리를 질렀다. 동시에 그의 전신에서 묵혈신마강의 기운이 거세게 뿜어져 나왔다.

혈장천마의 눈은 완전히 흑요석처럼 변해 그가 혈불과 싸울 때처럼 전력으로 묵혈신마공을 일으켰다는 것을 증명해주고 있었다.

그 광경에 소운은 기겁을 했다. 방금 혈장천마의 반응은 절대로 정상이 아니다.

"설마 강시공이 깨진 것인가?"

이런 일은 상상도 해본 적이 없다.

만약 강시공이 깨졌다고 해도 혈장천마는 그 자리에 쓰러져 죽었어야 정상이다. 그런데 지금 그는 미쳐 날뛰고 있다!

콰콰쾅!

폭발음이 일었다. 혈장천마가 검성과 개성을 공격하는 소리다.

검성은 혈장천마의 묵혈신마강을 검으로 끊어내었다. 그러나 끊어진 마강의 끝부분이 살아 있는 것처럼 스스로 움직여 검성의 목을 노렸다.

개성의 경우는 강기봉으로 타구봉법을 펼쳐 묵혈신마강을 밀어냈다. 끊임없이 밀려오는 파도를 밀어내는 강기봉은 이미 하나의 막을 형성해서 힘의 대결을 펼치는 것과 같았다.

그 상황에서 다시 혈장천마는 장으로 개성의 머리를 때리려 했다. 팍 하는 소리와 함께 강기봉의 막이 깨어지며 장영(掌影)이 개성의 머리를 덮었다.

그러나 개성의 몸이 흐릿해지며 검성의 옆에 나타났다. 눈으로 확인이 불가능할 정도로 빠른 신법이었다.

파파파팍!

개성은 다시 강기봉을 휘둘러 검성을 노리는 묵혈신마강을 모두 쳐냈다. 그사이 검성은 방어에 신경 쓰지 않고 공격에 전념할 수 있었다.

부웅!

검이 허공을 날았다.

"이기어검!"

사람들은 자신도 모르게 탄성을 질렀다. 그런데 자세히 보니 검성은 여전히 자신의 거화검을 손에 들고 있었다. 검강만을 날려 그것을 허공에서 자유롭게 조정하는 것이다.

파파팍!

검성의 이기어검강은 혈장천마의 묵혈신마강을 날카롭게 파고 들었다. 검끝의 예리함을 검강에도 실었기에 그런 일이

가능했다.

위잉!

다시 또 하나의 검강이 발출되었다. 검성은 동시에 두 개의 어검강을 제어할 수 있었다.

혈장천마는 그걸 무시할 수 없었는지 다시 쌍장을 연속으로 쳐서 이기어검강을 하나하나 파괴했다. 수세를 취한 것이다.

그러자 이때를 기다렸다는 듯이 개성이 혈장천마의 머리 위로 뛰어올랐다. 그리고 검성은 다시 어검강을 발출했다.

"캬아아아!"

혈장천마는 크게 소리를 지르며 허공으로 떠오른 개성을 장으로 쳤다.

일단 몸을 띄우면 능공허도를 펼칠 수 없는 이상 마음대로 속도나 방향을 바꿀 수 없다.

개성도 마찬가지, 방위는 상위를 점했지만 일격으로 상대를 해할 수 없으면 오히려 치명적으로 불리해진다.

혈장천마는 개성의 움직임을 정확하게 파악하고 피할 수 없는 공격을 했다.

그러나 그 순간, 기다렸다는 듯 검성의 어검강이 개성의 발 아래를 날았다. 개성은 그걸 차고 순간적으로 방향을 바꾸었다. 이러한 검성의 도움으로 개성은 허공 중에서 마음대로 움직일 수 있게 되었다.

"검강을 타고 난다는 것은 바로 이런 것이다!"

개성은 크게 소리치며 혈장천마의 머리를 연속해서 공격했다.

"무량수불! 이쪽도 있소."

검성은 도호를 외우며 다시 검을 휘둘렀다. 두 개의 어검강을 조정하여 개성을 도우면서 동시에 거화검으로 혈장천마의 허리를 노리는 그의 모습은 검성이란 칭호에 어울리는 것이었다.

혈장천마는 쌍성이 한 명은 위에서, 한 명은 정면에서 합공을 가하자 쉬지 않고 몸을 움직이며 쌍장으로 개성만을 집중적으로 노렸다.

퍼퍼펑!

"어림없다. 네놈의 장법이 아무리 강해도 난 다 피해 보이겠다!"

개성은 호기롭게 외쳤다. 그는 천마의 장법을 막을 수는 없어도 피할 수는 있다고 주장했다.

실제로 머리 위의 방각을 차지하면 상대의 공격은 단순화될 수밖에 없다. 개성의 신법으로 충분히 대응을 할 수 있었다.

혈장천마는 묵혈신마강의 기운까지 동원했지만 직접적으로 장으로부터 나오는 힘이 아니라면 강기봉으로 충분히 막을 수 있었다.

또한 혈장천마가 개성을 상대하기 위해서는 두 손을 머리 위로 들어 올려 장을 쳐내야 하는데 그럴 경우 가슴과 허리, 그리고 다리에 허점이 생기게 된다.

검성은 그걸 집요하게 노렸다.

태극혜검은 빠른 것 같지 않아도 빠르고, 가벼운 것 같아도 무겁다. 무엇보다 바둑에서 상대의 집을 빼앗지 않아도 점점 공간을 압박해 들어가듯 처음 공격이 다음 공격을 위한 초석이 된다.

혈장천마의 움직임이 점점 느려졌다. 느려진 만큼 신중해졌다고 할 수 있었다.

개성, 역시 입을 다물고 회피에 집중했다. 그러면서도 언제라도 강기봉으로 혈장천마의 머리를 부술 수 있도록 반격의 기회를 노렸다.

어느 순간부터 검성은 아예 검을 움직이지 않았다. 그러나 뜻은 계속해서 움직여 마음속으로는 쉬지 않고 혈장천마를 몰아붙이고 있었다. 그가 실제로 검을 움직이는 순간 혈장천마는 검에 베이거나 찔릴 것이다.

신기하게도 혈장천마 역시 그런 검성의 심중을 읽기라도 하듯 계속해서 피하거나 막아냈다. 그러면서 점점 더 강한 장력으로 개성을 노렸다. 그에겐 내공의 한계란 없는 듯했다.

상황은 점점 더 치열해져 갔다. 검성의 검이 혈장천마를 상처 입히는 게 먼저일지, 아니면 혈장천마의 장력이 개성을 쓰러뜨리는 게 먼저일지는 아직 알 수 없었다. 그러나 장력이 강해지는 정도로 볼 때, 이 상태로 계속 강해지면 개성은 더 이상 피할 수 없게 되는 것만큼은 확실하다.

'좋지 않군.'

검성은 승부에 대해 냉정했다. 그는 자신의 검이 혈장천마를 더 이상 압박할 수 없다는 것을 알았다.

검으로 상대를 가둠에 있어 범위를 조이면 조일수록 치열해지고, 움직임이 제한된 상대는 결국 당하게 되어 있다. 그러나 혈장천마는 운신의 공간이 줄어들어도 더욱 빠르고 현란하게 검성의 공격을 피했다.

이러다가 한계를 넘어서면 마침내 상대는 그물을 찢고 빠져나가는 물고기처럼 검의 망을 벗어나 버린다.

검성은 살짝 눈을 들어 개성의 상태를 살폈다. 그는 허공중에 신형이 여섯 개로 보일 정도로 빠르게 움직이고 있었다.

어검강을 발로 차고 이동하는 것에 한계가 있는 듯 급하면 혈장천마의 묵혈신마강으로 타고 움직이기도 했다.

가히 신기에 달한 움직임, 그러나 더 이상은 무리라는 생각이 들었다. 묵혈신마강은 개성에게 친근한 어검강과는 다르다. 살기를 품고 개성을 해하려는 기운이다.

자칫 잘못하면 다리가 묵혈신마강에 파괴되어 버린다. 그렇지 않더라도 강기 자체의 파괴력은 끊임없이 개성의 발바닥에 충격을 가해 내공을 흔들 것이다.

'혈장천마! 그대는 혈불과의 비무에서 조금도 내상을 입지 않았단 말인가?'

검성의 눈동자가 미미하게 흔들렸다. 자신의 예상대로라면 분명히 혈장천마는 중한 내상으로 내공의 태반을 소실했어야 한다. 그런데 그는 지금 혈불과 싸울 때와 거의 다를 바 없을 정도로 공력을 사용하고 있다.

죽지도 지치지도 않는 불사의 마귀! 두 눈에서 검은 흉광을 뿜어대며 움직이는 혈장천마는 그렇게 밖에 보이지 않았다.

그때 개성도 눈을 돌려 검성을 보았다. 두 사람의 눈이 마주치자 말도 하지 않았는데 서로의 의중이 전해졌다.

검성은 살짝 고개를 끄덕이며 중얼거렸다.

"끝을 내지."

그 순간 검성은 의식의 일부분을 사용하여 조정하던 어검강의 제어를 풀었다. 어검강은 더 이상 개성의 움직임을 돕지 않고 방향을 바꾸어 혈장천마를 향해 일직선으로 날아갔다.

동시에 개성은 몸을 한 바퀴 뒤집어 머리가 땅을 향하게 한 채로 혈장천마를 향해 떨어져 내렸다.

그는 두 손을 보아 앞에 강기봉을 일직선으로 세웠다. 개성의 몸과 강기봉이 하나의 긴 창처럼 합일되어 혈장천마의 머리를 향해 쏘아져 나갔다.

"일기관천!"

개성은 크게 외쳤다. 혈장천마의 주의를 자신에게 완전히 끌어오려는 의도였다.

동시에 검성의 신형이 흐릿해졌다. 그는 기합도 지르지 않고 조용히 혈장천마의 옆으로 이동하며 검을 뻗었다.

힘이 하나도 실려 있지 않은 듯 부르르 떨리는 검. 그 주변에 그림자와도 같은 검의 기운이 네 개 나타났다. 존재하지만 존재하지 않는 검으로 강기를 그대로 통과해 상대의 육체를 파괴하는 무형검이다.

그것이 바로 태극검혜의 변화 중 가장 신묘하다는 무상전회였다.

콰앙!

개성은 전력으로 혈장천마의 장력을 맞받았다. 싸움을 시작한 지 처음으로 정면충돌을 한 셈이다.

그리고 그사이 기척없는 무형검은 혈장천마의 몸을 감싸고 있는 묵혈신마강 사이로 스며들었다.

파곽!

개성의 강기봉은 혈장천마의 장력에 산산조각이 나서 허공 중에 사라졌다. 그리고 그 충격으로 인해 개성의 오른쪽 팔이 통째로 날아가 버렸다.

"크으, 역시 강하군!"

개성은 혈장천마의 장력이 항거할 수 없는 힘이라는 것을 다시 한 번 뼈저리게 느꼈다. 그가 순간적으로 몸을 비틀었기에 팔 한쪽으로 끝났지 아니면 전신이 으스러졌을 것이다.

하지만 개성은 멈추지 않았다.

혈장천마의 장력을 반대로 이용해 몸을 급격히 회전시키며 파고들었다. 그 대가로 팔 하나를 잃었지만 다른 팔과 두 다리가 남아 있었다.

슈슈슉!

그사이 검성의 무형검이 혈장천마의 몸에 파고들었다. 그러나 다음 순간 무형검은 알 수 없는 힘에 의해 다시 튕겨 나왔다.

"이럴 수가! 무형검을 튕기다니?"

검성은 이해할 수 없다는 표정을 지었지만 그렇다고 해서 멍하니 있지만은 않았다. 혈장천마를 상식으로 판단해서는 안 된다는 것은 이미 십 년 전에 깨달았다.

"파!"

검성은 뒤로 물러나며 왼손으로 검날을 때렸다. 그러자 검날이 파캉 하는 소리를 내며 산산조각이 났다.

그리고 검편 하나하나가 검강의 기운을 실고 혈장천마를 향해 쏘아져 나갔다. 혈불이 염주로 혈장천마를 공격한 것과 마찬가지의 수법이었다.

동시에 검성은 자루만 남은 검을 머리 위로 치켜들었다가 벼락처럼 내려쳤다. 그러자 파괴된 검날의 모양을 검강이 형성하여 혈장천마의 머리를 두 쪽 내려 했다.

두 초절정고수의 필사적인 합공! 혈장천마는 본능적으로

그것을 경시할 수 없다고 느꼈는지 다시 크게 괴성을 질렀다.

"크아아아아아!"

혈장천마는 두 손을 모두 위로 뻗어 올려 개성에게 쌍장을 날리면서 전신을 급격히 회전시키기 시작했다. 회전력으로 검성의 파검강을 막아내려는 것이다.

멈출 수 없는 공격과 공격이 만나 격돌이 이루어졌다.

콰콰콰쾅!

개성은 한쪽 다리로 혈장천마의 장을 찼다. 피할 수도 없었지만 피한다고 해도 그 다음에는 검성이 당할 수밖에 없다는 것을 알았다. 그렇다면 장력의 힘이 완전히 뻗어 나오기 전에 다리로 막는 수밖에 없었다.

그 결과 개성의 다리 하나가 흔적도 없이 사라졌다. 대신 개성도 장을 뻗어 혈장천마의 뒷등을 때릴 수 있었다.

검성은 혈장천마의 회전에 튕겨져 나오는 파검강을 다시 밀어냈다. 적어도 장력이 위쪽으로 집중된 상황에서 혈장천마의 호신강기를 힘으로 밀어낼 수 없다면 승산은 전혀 없다고 판단했다.

검강으로 파검강을 밀어붙이며 접근을 하자 압력이 기하급수적으로 커졌다. 마침내 파검강은 하나로 뭉쳤다가 폭발하듯 사방으로 터져 나갔다.

퍼퍼퍼퍽!

"으으으!"

검성은 전신에 자신이 발출한 파검강을 뒤집어썼다. 그러나 동시에 혈장천마의 몸에도 파검강의 절반이 박혔다.

양패구상! 혈장천마의 회전력이 더해진 호신강기의 힘이 검성의 필사적인 공격과 비등했던 것이다.

어쨌든 이것으로 혈장천마는 죽을 것이다!

검성은 그렇게 생각했다. 그런데 다음 순간, 혈장천마가 다시 괴성을 질렀다.

"크아아아아아!"

파파팍!

그의 몸속에서 검편들이 빠져나왔다. 그리고 혈장천마의 상처는 검은 묵강에 의해 막혔다.

"으으으으, 금강불괴나 다름없군!"

검성은 질린 표정을 지었다. 그의 경우는 이미 내장이 산산조각이 나서 회생이 불가능했다. 단지 그동안 쌓은 내공과 수양의 힘으로 버티고 있을 뿐이다.

그럼에도 불구하고 검성은 멈추지 않았다. 그는 자신의 한 모금의 짧은 호흡을 들이마시며 천천히 검을 뻗어냈다. 내공은 거의 남아 있지 않았지만 대신 남은 생명력을 담았다.

스으으으, 팍!

검날이 이미 파괴되어 검을 뻗어도 혈장천마를 찌를 수는 없었다. 그런데도 혈장천마는 검에 찔렸다. 개성의 장력에 등을 얻어맞았을 때 움찔했던 그가 검성의 마지막 일검에 동작을 멈췄다.

그때였다.

푸학!

땅속에서 누군가가 튀어나와 혈장천마를 향해 쏘아져 나갔다.

슈아아악!

공기마저 가르며 나아가는 자는 바로 남도왕이었다. 그는 전신을 거대한 륜처럼 회전을 시켜 자신의 도의 파괴력을 극한까지 끌어올렸다.

“살!”

짧은 외침에는 필살의 각오가 담겨있다. 그는 개성과 검성의 공격이 분명히 혈장천마의 몸에 격중되는 것을 보았다. 그리고 일순간 혈장천마의 전신에 빈틈이 드러난 것을 알았다.

끝장을 본다! 남도왕은 속으로 그렇게 외쳤다.

혈장천마는 그 순간 손을 앞으로 뻗어 검성을 끌어당겼다. 그리고는 몸을 돌리며 등 뒤로 다가오는 남도왕의 도륜에 검성의 몸을 집어던졌다.

퍼퍽!

검성의 몸이 맹렬히 회전하는 도륜에 의해 산산조각이 나버렸다. 피가 안개처럼 사방으로 뿌려졌다.

하지만 검성의 몸에 남아 있던 호신강기의 힘이 일순간 남도왕의 움직임을 막았다.

그건 정말 순간이었지만 혈장천마는 충분히 반격을 할 틈을 얻게 되었다.

펑, 카카카캉!

혈장천마의 장이 남도왕의 도륜을 정통으로 때렸다. 회전하는 도와 사람의 육장이 부딪쳤는데 깨어진 쪽은 손이 아닌 도였다.

"크으으윽, 제기랄!"

남도왕은 자신의 암습이 실패로 끝났음을 깨달았다. 또한 혈장천마의 장력이 전혀 약해지지 않았다는 것도 알았다. 그 증거로 그가 도를 잡았던 왼팔이 어깨로부터 떨어져 나가 흔적도 남지 않고 사라졌다.

과거에는 장력의 힘을 감당할 수 없음을 깨닫고 한 발 먼저 도를 던지고 피했기에 무사할 수 있었다. 그러나 지금처럼 필살의 각오로 전신을 내던진 상황에서는 그게 불가능했다.

"너의 승리다. 혈장천마!"

남도왕은 그렇게 외치며 미련없이 등을 돌려 엄청난 속도로 도망가기 시작했다. 도를 쓰는 팔이 날아간 상황에서 혈장천마와 정면으로 붙을 생각은 추호도 없었다.

그때서야 개성의 몸이 땅에 떨어졌다. 그가 혈장천마의 등을 때린 후에 튕긴 사이, 검성이 죽고 남도왕이 암습을 가했다가 패해서 달아났다.

웬만한 무인들은 무엇이 일어났는지 알아보기도 힘들었

다. 단지 무림의 절정고수들만이 이 승부의 전말을 모두 보았다. 그들은 절망어린 시선으로 고개를 숙이고 한숨을 내쉬었다.

혈장천마는 다시 걸음을 옮겨 땅에 쓰러진 개성 쪽으로 다가갔다. 그의 몸 주변이 이글거리는 묵혈신마강이 점점 개성의 주변을 감쌌다.

개성은 이미 한쪽 팔과 한쪽 다리를 잃고, 내상 또한 심각해 의식이 있는 것조차 신기할 정도였다.

"흐으으으."

쇳소리를 닮은 거친 숨소리가 개성의 목구멍 속에서 새어 나왔다. 그는 끝까지 싸움을 포기하지 않으려는 듯 남은 한 팔을 들어 혈장천마를 겨누었다. 그러나 더 이상 강기봉은 형성되지 않았다.

스스스스!

혈장천마의 강기가 개성의 몸을 향해 다가가기 시작했다. 그것에 닿는 순간 개성은 절명할 것이다.

모든 사람이 절망어린 눈으로 그걸 보고만 있었다.

그런데 어느 순간, 혈장천마는 뻗어가던 강기를 거두어들였다.

"아!"

사람들이 탄성을 지를 때에 이미 혈장천마는 강기를 모두 거두어 내공을 몸 안으로 갈무리 한 채 서 있었다. 살기는 씻은 듯이 사라지고 기세 역시 거의 흘리지 않았다.

"멈췄다……?"

소운은 혈장천마가 광기에 젖은 발작을 멈추자 얼른 다시 전음을 보냈다.

- 돌아와라!

혈장천마는 그 전음에 지체하지 않고 몸을 돌려 천마거 쪽으로 몸을 날렸다. 이제는 능공허도를 펼칠 힘은 남아 있지 않은 모양이다. 하지만 여전히 바람처럼 빠르게 움직였다.

그의 등 뒤로 개성이 개탄에 젖은 표정으로 신음소리를 흘렸다.

"크으윽!"

패배감에 젖은 자의 눈물 없는 울음소리였다. 개성은 혈장천마가 자신을 죽이지 않고 떠나자 남은 한 손으로 자신의 머리를 때려 자결을 하려 했다.

이번 패배로 천마에게 중원의 무림을 넘겨주게 되었으니 더 이상 살고 싶은 마음이 없었다.

그러나 남쪽에 있던 활선문의 구역에서 누군가가 뛰어나오며 외쳤다.

"안 돼요!"

능아연이었다. 그녀는 개성을 살리기 위해 전력으로 뛰었다. 개성은 그녀의 모습을 보자 왠지 모르게 손에 힘이 빠지는 것을 느끼며 아직 죽을 때가 아니라고 생각했다. 그는 그대로 정신을 잃었다.

그사이 혈장천마는 천마거에 도착했다. 천마거 안에서 소운이 뛰어나와 허리를 굽혀 그를 영접했다.

혈장천마는 그대로 천마거 안으로 들어가 버렸다. 소운 역시 따라 들어갔다.

그러자 수석장로인 전홍이 퍼뜩 정신이 든 듯 사람들을 돌아보며 크게 외쳤다.

"천마무적! 천하군림!"

천마신교의 모든 교도들이 그 말에 두 손을 번쩍 들어 올리며 일제히 함성을 질렀다.

"천마무적, 천하군림!"

무림맹의 무인들은 고개만 숙인 채 아무런 말도 하지 못했다. 천마는 그토록 격렬한 싸움을 연이어 하고도 아무렇지도 않은 채 스스로 천마거 안으로 걸어 들어갔다.

부상을 입은 것 같기는 하지만 외형적인 상처는 거의 없는 것이 그의 몸은 금강불괴에 가까운 것 같았다.

어떠한 방법으로도 천마를 상대할 수는 없다. 모든 사람들이 그것을 뼈저리게 느끼고 있었다.

그들은 전의를 상실했다.

이제 무림은 천마의 뜻에 따라 피에 젖을 것이다. 천마를 만나면 무조건 도망가야 한다. 다른 지역에서는 싸울 수 있을지 모르겠지만, 천마가 그쪽으로 가면 또 그쪽에서 피가 흐를 것이다.

"이번 혈세는 오래가겠군."

초산은 고개를 숙인 채 중얼거렸다. 서문량도 같이 고개를 숙인 채 아무런 말도 못했다.

어디서부터 잘못된 것인지는 모르지만, 계획이 완전히 틀어져 버린 것만큼은 확실했다.

검성이 죽은 것은 서문량의 마음을 무겁게 했다. 하지만 그것보다 더욱 걱정이 되는 사람이 있었다.

'사형, 아무쪼록 무사하십시오.'

서문량은 그저 이번 계획의 실패로 인해 소운에게 큰 피해가 가지 않기를 빌었다. 일단은 소운이 무사해야 한다. 그래야 다른 계획을 세워 천마신교를 신강으로 몰아내고 소운의 안전을 확보할 수 있다.

그러는 사이 함성소리는 더욱 커져서 마치 천하가 이미 천마신교의 손에 들어온 것과 같은 분위기가 되었다.

그러나 천마거 안에서는 소운이 쓰러진 혈장천마를 부둥켜안고 절망에 가득 차 있었다.

"내부가 완전히 파괴되었어! 이대로라면 마인이 될 거야. 힘이 완전히 소진될 때까지 주변의 모든 것을 파괴하는 마인이!"

그렇게 되면 가장 먼저 죽는 것은 소운일 것이다. 왜냐하면 가장 가까이 있기 때문이다.

소운은 혈장천마가 천마거 안으로 들어오자마자 등에 네 개의 대침을 꽂고는 급히 상세를 살폈다.

혈장천마는 혈불과의 마지막 접전 때 입은 부상으로 강시공이 거의 깨진 상태였다. 내장이 흔들리며 기맥이 뒤틀린 것이다.

그런데 그때 검성과 개성이 기세를 일으키자 몸속에 쌓여 있는 묵혈신마공의 마기가 폭주를 일으켜 두 사람을 무차별로 공격하기 시작했다.

그런 혈장천마가 멈춘 것은 바로 검성과 개성의 최후의 공격 때문이었다. 파사의 힘이 담긴 대정의 기운이 그의 몸속에 침투하며 일시적으로 마기를 누른 것이다.

금이 간 유리처럼 약해진 강시공의 금제는 아직 남아 있다.

하지만 이번에 다시 묵혈신마공의 마기가 발작을 일으키면 강시공은 완전히 깨어지고 혈장천마는 살육의 마인이 될 것이다. 걸리는 모든 것을 파괴하는 마인. 혈장천마의 마공이 모두 소진될 때까지 얼마나 많은 사람이 죽을지는 아무도 알 수 없다.

"으으으, 그럴 수는 없어!"

소운은 다시 몇 개의 금침을 꽂았다. 급한 김에 임시로 응급처치를 하는 것이다.

확실히 죽은 자도 살린다는 활혼금침대법은 신묘한 효과가 있어 혈장천마의 마기는 어느 정도 안정이 되었다.

그러나 그렇게 되자 반대로 혈장천마의 육체가 빠르게 생기를 잃어갔다.

내공의 순조로운 운행이 불가능해진 지금 소운이 행한 방법은 무조건 단전으로 밀어 넣는 것이었다. 그러니 내공의 힘으로 살아 있는 활강시의 육체가 점점 죽어가는 것이다.

"이제 어떻게 하지?"

소운은 스스로에게 침착하자고 다짐하면서 고민을 시작했다. 귀를 기울이니 밖에서는 혈해광투가 무림맹 놈들을 다 쓸어버리자고 주장을 하고 있었다.

"저놈부터 막아야겠군."

소운은 혈장천마에게 명령을 내렸다.

혈장천마는 그나마 남은 일부의 내공을 일으켜 외쳤다.

"돌아간다."

천마의 명은 곧 법이다. 더군다나 이런 신위를 보인 상황에서 한 말을 거역할 수는 없다.

거기에 경천마뇌가 다른 장로들에게 덧붙이듯 말했다.

"저자들은 모두 증인이오. 저들이 눈으로 본 것은 죽을 때까지 잊을 수 없을 터, 이제 중원은 우리의 앞을 감히 가로막으려 하지 않을 것이오."

"과연, 그렇구려."

적을 살려 일부러 이쪽이 강하다는 증인이 되게 한다. 상대로서는 치욕이겠지만 의외로 효과가 좋은 전법이다.

곧 천마신교의 무리들은 천마거를 호위하며 마양평원을 빠져나가기 시작했다. 그들은 천마신교의 호법주가를 외우며 당당하게 걸음을 옮겼다.

강함을 신앙으로 삼는 자들답게 천하제일고수인 혈장천마에 대한 충성심이 극에 달해 이대로라면 당창 혈장천마를 위해 자결하라고 해도 모두 서슴없이 자진할 정도였다.

무림맹의 무인들은 그 광경을 멍하니 바라보았다. 경천마뇌의 예상대로 그들은 천마신교의 움직임을 저지할 생각조차 하지 못했다.

第四章
교주후계(敎主後繼)
나만이 할 수 있다

南斗延壽保命時老君告天師曰
天八會之真文三洞三清之上
彙道元始天尊昔經歷于億萬劫天地始終
太上說南斗延壽保命

安真經太上說南斗
此經乃九天八
興衰而人倫五運遷變萬彙

교주후계(敎主後繼)

나만이 할 수 있다. 하지 못하면 모든 것이 끝이다

소운은 천마거가 움직이기 시작하자 일단은 시간을 벌었다고 여기며 혈장천마의 몸을 꼼꼼히 진맥했다.

그러나 이미 마기가 폭주하면서 몸의 내부를 엉망으로 만든 뒤였다. 완벽하게 수리불가능 상태라 할 수 있었다.

"마기를 단전에 가두면 곧 이자는 완전한 시체가 되겠지. 하지만 그렇다고 해서 마기를 움직이게 하면 얼마 못가 마인이 되어 날뛸 것이고."

어떻게 해야 할까? 이대로 혈장천마를 죽게 해야 하는가? 그렇게 되면 마교는 어떻게 될까?

"내가 차기 교주가 되어 이들을 조정해야 하는가……."

일단 결론은 그것밖에는 없었다. 조용히 죽은 사람이 되는 방법은 이미 물 건너갔으니 일단은 마교 전체를 손에 넣고 차후에 다시 새로운 금선탈각의 수법을 구상해 봐야 한다.

"그러나 정말로 내가 실권을 장악할 수 있을까? 가능하기는 하겠지. 진짜 무공을 드러내 보이면……."

그게 또 문제다. 소운은 지금 십대장로들에 비해 약간 못 미치는 수준으로 알려져 있다. 그런데 갑자기 내가 초절정고수요! 하고 나선다면 의혹을 살 가능성이 크다.

"미치겠군. 마음대로 강해지지도 못한다니."

소운은 가슴의 답답함을 참기 어려운 듯 한숨을 내쉬었다. 그리고는 고개를 절레절레 저으며 다시 중얼거렸다.

"어쩔 수 없다. 이렇게까지는 하고 싶지 않았지만……."

소운은 이미 마음을 모질게 먹고 지금까지 여러 가지 일을 벌였다. 그런데 지금에 와서 양심의 가책을 느낄 필요는 없다고 스스로에게 속삭였다.

그는 곧 계획한 바를 실행하기로 했다.

너무나도 갑자기 일어난 일이라 대책을 꼼꼼히 생각할 수는 없었지만, 당장 떠오른 계획은 쓸 만해 보였다.

사람들은 이걸 임기응변이라고 하는데, 서문량은 소운의 임기응변 능력을 크게 칭찬한 바 있다.

곧 혈장천마는 천마거 주변에 있는 장로들에게 전음을 보냈다.

우선 처음 전음을 보낸 상대는 수석장로인 전홍이었다.

- 전홍, 듣기만 해라.

"……!"

전홍은 혈장천마의 전음에 흠칫 놀랐지만, 겉으로는 아무런 티도 내지 않았다. 과연 늙은 생강답게 능청스러운 연기에 익숙했다.

- 나는 곧 죽는다.

"……!"

전홍의 몸이 부르르 떨렸다. 그가 평생 충성을 바친 상대인 혈장천마가 스스로 죽는다고 말하니 더 이상 태연을 가장할 수 없는 듯했다. 다른 장로들이 의아한 표정으로 그를 보았다.

- 그러나 내 죽음을 다른 자들에게는 알리지 마라. 이 일은 장로들과 원로원주까지만 아는 극비가 되어야 한다.

죽음을 알리지 말라? 전홍은 그 말을 듣고 천마의 의도를 어느 정도 알 수 있었다. 그는 이를 악물고 천마의 유언이라고 생각되는 말을 계속 들었다.

- 적어도 삼 년 동안은 나의 비밀을 세상이 몰라야 한다. 그사이 나의 제자 서정의 계획에 따라 중원을 정복해라. 새로운 교주는 그다음에 선출해야 한다.

역시 생각대로이다. 혈장천마는 자신이 죽어서도 중원에서 물러설 마음이 없는 모양이다. 이대로 꿈을 이루지 못하고 죽는 것이 억울한 듯했다.

충분히 가능한 계획이었다. 혈장천마의 이름을 앞세우면 중원무림은 천마신교를 함부로 건드리지 못한다.

전홍은 천천히 고개를 끄덕였다. 천마가 전음으로 이 명을 받아들인다면 고개를 끄덕이라고 명했기 때문이다.

잠시 후, 다른 장로들도 하나씩 고개를 끄덕였다. 그리고는 그들은 서로 눈빛으로 자신이 들은 전음을 다른 장로들도 들었는지 확인했다.

죽음을 앞둔 천마의 비장한 유언은 장로들의 마음을 움직이기에 충분했다. 원래 교주가 죽으면 즉시 총단으로 돌아가 새로운 교주를 선출해야 하지만 그들은 위대한 천마의 명대로 삼 년을 중원에서 버티며 세력의 뿌리를 내릴 것을 결심했다.

소운은 그들의 반응을 보고 겨우 안심을 했다. 이제 삼 년이란 시간을 또 벌었다. 그사이 저들은 소운의 세운 계획에 따라 움직여 줄 것이다.

말하자면 소운은 죽은 천마의 대리인이 된 것이다.

"그럼 이제 시작해 보자."

소운은 그렇게 중얼거리며 혈장천마를 바닥에 눕히고 다시 금침을 꽂기 시작했다.

그러자 단전에 갇혀 있던 마기가 다시 일어나 전신으로 펴져 나갔다. 무서운 기세가 천마거 안을 가득 메웠다.

"크르르르."

혈장천마는 굶주린 맹수와 같은 소리를 냈다.

"아직은 안 돼!"

사사사삭.

소운은 급히 혈장천마의 머리에 금침을 박아 넣고는 그걸 매개체로 내력을 흘려넣었다. 혈장천마의 머리에 마기가 치솟아 오르는 것을 일시적으로나마 막을 수 있었다.

하지만 혈장천마의 전신이 쉬지 않고 꿈틀 거리고 있는 것이 마기가 내부의 기혈을 사정없이 파괴하며 돌아다니고 있음을 알았다. 강시공은 이미 깨진 것이나 다름없다.

"시간이 없군. 혈장천마!"

소운은 아직은 자신의 제어 하에 있는 혈장천마를 불렀다. 혈장천마는 눈을 뜨고 소운을 보았다. 흰자위가 없는 검은 눈은 인간 같지 않은 느낌을 주었다.

소운은 크게 심호흡을 한 번 하고는 혈장천마의 두 손을 잡아 자신의 가슴에 있는 요혈에 대었다. 그리고는 이를 악문 채 최후의 명령을 내렸다.

"개정대법으로 너의 모든 내공을 나에게 흘려보내라!"

"크르르르르!"

"크으윽!"

소운은 급히 입을 다물고 터져 나오려는 비명을 참았다. 가슴으로부터 상상도 할 수 없는 양의 내공이 쏟아져 들어오기 시작했다.

승리감에 도취되어 행진을 하는 천마신교의 무리들.

천마의 전음을 받고 비장한 각오를 하는 장로들.

혈장천마라는 진정한 천하제일고수의 면모를 보고 공포와 절망감을 맛본 무림맹의 무인들!

이들은 모두 자신들이 속았다는 사실조차 알지 못했다.

어쨌거나 이제 세상은 정진정명 마도천하라 할 만했다.

*　　　*　　　*

소운은 천마신교의 임시 거점인 은하장으로 돌아가 즉시 비밀회의를 열었다. 그는 그 자리에서 몇 개의 신물을 꺼내 장로들에게 내밀었다. 각 신물들에는 하나의 장부가 따라붙어 있었다.

"이번에 투자한 자금의 주인이라는 징표입니다. 천마께서 돌아가시기 이전에 이걸 장로분들께 나누어주라고 하셨습니다. 첨부한 장부는 각각의 표식이 가진 가치에 대한 목록입니다."

수석장로인 전홍이 의아한 표정으로 물었다.

"으음, 이건 막대한 금액이군. 하지만 이걸 왜 우리에게 주는 건지 이유를 알 수 없구만."

"천마께서는 그 투자 자본을 삼 년 뒤에 되찾으라 하셨습니다. 그때 표식을 가지신 분들께서 그걸 모두 얻으시게 될 겁니다."

"그럼 천마께서는 우리에게 모든 재물을 나누어주신 것이오?"

"그렇습니다. 단, 삼 년 동안 우리 천마신교가 중원에 자리를 잡지 못하면 그 재물들 역시 별 의미가 없게 됩니다. 우리가 신강으로 물러난 상황에서 중원에 있는 기루나 토지 등이 무슨 가치가 있겠습니까?"

"과연! 천마께서는 우리들에게 중원에서 끝을 보라고 하신 셈이군."

'그래, 끝을 안 보고 신강으로 물러나면 내가 괴롭거든.'

소운은 장로들이 나름대로 납득을 한 듯하자 속으로 안도의 한숨을 내쉬었다. 그리고는 가장 경계해야 할 대상인 경천마뇌를 보았다.

"군사께서는 어떻게 생각하십니까? 솔직히 이 일은 모험과도 같습니다. 사부님께서 돌아가신 지금, 그게 무림맹에 알려지면 우리 천마신교는 무림맹의 맹렬한 공격을 받게 될 것입니다."

"우리가 그놈들을 두려워 할 필요가 있겠소?"

혈해광투가 두 눈에 흉광을 띠며 물었다. 그는 아직 소운에게 승복을 하지 않고 있었기에 소운이 기분 나쁜 말을 하면 대놓고 살기를 내뿜었다.

그러나 경천마뇌는 고개를 살짝 저으며 말했다.

"지금처럼 감숙지방에 모여 있다면 능히 맞서 싸울 수 있을 거요. 하지만 세력을 분산시켜 중원 전체에 퍼뜨린다면 크게 문제가 될 수 있소."

"으음, 그럼 중원을 정벌하는 것은 모험이라 할 수 있겠군."

천흉문사도 경천마뇌가 말하는 것을 알아들었다.

"하지만 천마께서 남기신 말처럼 그분의 죽음을 숨긴다면 저들도 우리를 함부로 건드리지 못할 터. 일을 진행하기에 따라서는 충분히 중원에 뿌리를 내릴 수 있소."

경천마뇌는 다시 말했다.

그러자 소운이 그의 말을 이어 설명을 시작했다.

"사부님께서 말씀하시기를 중원에 뿌리를 내리려면 피를 적게 흘리면 흘릴수록 좋다고 하셨습니다. 또한 당신께서 움직이지 않아야 효과적으로 중원 전체에 위협을 가할 수 있다고도 말씀하셨습니다."

"그게 무슨 소리요? 십장로, 자세한 설명을 해보시오."

"내용인 즉, 이렇습니다."

소운은 설명을 시작했다. 그것은 원래 소운이 생각했던 것들인데, 이번에 천마의 이름을 팔아 유언처럼 말하고 있는 것이다.

사실 그는 이전부터 천마가 움직이지 않는 것이 오히려 세력을 확장하는데 더 유리하다고 생각하고 있었다.

일단 천마가 움직이면 적들은 위협이 아닌 현실로 다가온 천마의 무력에 필사적인 반항을 하게 된다. 그것은 다시 말해서 천마가 없는 곳에서의 거센 무력 활동을 의미하기가 쉽다.

반면에 천마가 움직이지 않으면 그것은 중원의 무림인들에게 최고의 위협이 된다.

물론 이쪽이 정통으로 저들을 공격하면 대응을 하겠지만 그렇지 않으면 가능한 한 대응하지 않으려 할 것이다.

"그 점을 이용해 조심스럽게 세력을 뻗으면 됩니다. 이 점에 있어서는 저에게 몇 가지 생각이 있는데, 한 달 안으로 계획을 세워서 올리도록 하겠습니다."

"확실히 그럴 가능성이 높군. 십장로가 외총단을 맡고 있으니 지금까지처럼 계획을 세우고, 마뇌께서 보완을 하는 것이 좋겠소."

"수석장로의 말씀에 동의합니다."

백면살마 전홍이 제의하고 고목신군이 동의하자 다른 사람들은 별 이견을 제시하지 않았다.

경천마뇌도 순순히 승낙을 했다.

"그렇게 하지요."

"그럼 다음 문제에 대해 논의를 해봅시다."

"다음 안건도 있소?"

고목신군이 묻자 전홍은 고개를 끄덕이고는 소운을 보았다.

"십장로, 내 묻는데 천마께서 돌아가시며 그대에게 무공비급들을 전했소? 천마고 안에 있던 비급이나 천마께서 새로 남기신 심득을 말하는 것이오."

그의 질문에 순식간에 회의장의 공기가 바뀌었다. 모든 장로들이 소운을 보고 있었다.

'젠장, 올 것이 왔군. 그냥은 안 넘어가겠단 말이지?'

확실히 천마신교는 강함에 목숨을 건다. 그리고 그걸 조율하기 위해 정해 놓은 규칙은 엄정하다.

소운은 혈장천마의 제자이기는 하지만 교주는 아니다. 천마가 죽으면서 소운을 후계자로 삼는 것처럼 유언을 남겼다고 해도 장로들은 그걸 순순히 '예' 하고 따르지 않는 것이다.

전홍은 엄숙한 표정으로 말했다.

"십장로가 이해를 할지는 모르겠지만, 본인은 천마신교의 수석장로로서 공정하게 차대 교주를 선출해야 할 책임이 있소. 비록 전대 교주님의 유언으로 삼 년 동안 공식적으로 새로운 교주를 모실 수는 없게 되었지만, 그렇다고 해서 그사이 교주의 권리를 아무나 가질 수 있는 것은 아니오. 인정하오?"

'그래, 수석장로 그대의 성격이 그렇다는 건 알고 있었지.'

소운은 마음을 비웠다.

"인정합니다. 수석장로님께서 이 일을 주관해 주십시오."

"좋소. 본인은 수석장로의 직을 맡을 때, 차대 교주의 직을 절대로 탐하지 않겠다고 맹세를 했소. 이것은 대대로 수석장로가 지켜야 하는 맹세로, 본인 또한 충실히 따를 것이오."

전홍은 잠시 뜸을 들이며 다른 사람들을 하나하나 지켜보았다. 그리고는 모든 사람이 마음의 준비를 했다는 것을 깨닫고는 다시 말했다.

"원래의 규정에는 어긋나지만, 일단 비밀을 지켜야 하니 이 자리에 있는 사람들에게만 묻겠소. 혹시 교주의 직위에 오르고 싶은 사람은 있소?"

"……."

잠시 동안은 아무도 나서지 않았다.

"지금 당장 교주가 되는 것은 아니오. 하지만 지금 선출되는 교주 후계자는 전 교주인 혈장천마께서 남기신 모든 비급과 신물을 이어받아 보관할 권리와 책임을 얻게 되오. 그리고 일단 교주 후계자가 선출되면 다른 장로들은 모두 그에게 충성을 맹세해야 할 것이오."

전홍의 말 중 천마신교의 규율에서 벗어난 것이 없었다.

사람들은 묵묵히 입을 다물고 서로의 눈치만 보았다.

천마가 너무나도 갑작스럽게 죽어서 이들은 미처 대비를 못했다. 하지만 장로 정도 되면 자신의 거취를 확실히 해야 한다. 누군가를 밀려면 밀어야 하고, 아니면 스스로 야망을 불태워야 한다.

그리고 그 뒤, 마침내 승자가 결정나서 새로운 교주가 탄생하면 그 전에 있었던 모든 인과관계는 잊고 충성을 맹세한다.

물론 이게 실제로 완벽하게 이루어지는 것은 아니어서 교주가 탄생하면 반대파는 어느 정도 숙청이 되기도 한다. 그래도 그나마 규율이 살아 숨 쉬고 원로원도 두 눈을 시퍼렇게 뜨고 있기 때문에 대부분 지켜지는 추세다.

긴장된 순간, 먼저 고목신군이 나섰다.

"본인은 차대 교주로 십장로인 청염마조 서정을 추대하오. 십장로는 아직 젊으나 무공은 이미 경지에 달해 우리들에 비해 떨어진다고 할 수 없소. 또한 중원천하에도 이름을 알렸으니 장래에 그는 중원무림에서 충분히 뿌리를 내리고 버틸 수 있을 것이오. 아마 십 년 이내로 초절정고수가 될 것이고, 어쩌면 장래에 새로운 천마의 칭호를 얻게 될지도 모른다고 생각하니 본인이 생각하기에 차대교주로 이보다 더한 적임자는 없소이다."

"확실히 십장로는 자격이 있지요."

백면살마 전홍은 고목신군에게 고개를 끄덕여 보였다.

"십장로, 육장로의 추대를 받아 교주의 자리에 오르기를 희망합니까?"

추대를 받아도 본인이 싫다면야 어쩔 수 없다.

하지만 소운이 거절할 리도 없다.

"부족하지만 제가 교의 중임을 맡고 싶습니다."

딱 부러지는 노골적인 대답에 사람들은 오히려 소운의 기백을 인정하겠다는 표정을 지었다.

만약 다른 사람이 또다시 지원을 하면 소운은 그를 상대로 싸워야 하는데, 상대는 하나같이 장로들이다.

소운으로서는 불리할 것이 틀림없는데도 주저하지 않았다.

전홍은 다른 장로들을 보고 물었다.

"또 다른 사람은 없소? 다른 사람을 추대해도 좋고, 본인이 나서도 좋소."

그러면서 전홍은 장로들의 얼굴을 하나하나 바라보았다. 눈으로 의견을 묻는 것이다.

그때 과감하게 나선 사람이 있었다.

"내가 도전하겠다!"

"혈해광투!"

"그대가?"

평소 혈해광투는 조직에 얽매이는 것을 싫어하고 교주가 되려는 마음을 표현한 적이 한번도 없었다. 오히려 진곡의 편이 되어 그를 교주로 추대하려고 가장 적극적으로 움직이지 않았던가?

무엇보다 그의 성격 상 교주의 일을 제대로 할 리가 없다.

그야말로 지금 당장이라도 천마신교의 교도들에게 전원

돌격을 외치며 중원으로 뛰어나가도 전혀 이상할 것이 없는 사람이 바로 혈해광투가 아닌가?

그런데 그런 그가 갑자기 교주가 되겠다고 나섰다. 그야말로 속이 뻔히 보이는 듯하여 사람들은 살짝 인상을 찡그리며 혈해광투를 노려보았다.

천흉문사가 참지 못하고 차가운 목소리로 혈해광투에게 말했다. 평소 글방 선생 같은 그의 차분한 목소리와는 전혀 다르게 살기가 충만했다.

"혈해광투 내 그대의 성격을 아는데, 절대 교주의 자리를 원하는 것이 아니다. 그대는 지금 십장로와 싸우고 싶은 것이 아닌가?"

"잘 아는군!"

혈해광투는 부인하지 않았다.

"내 저놈이 순순히 교주가 되는 꼴은 죽어도 못 본다. 하지만 이번에는 꼭 그런 이유뿐만이 아니다!"

"그럼 뭐냐?"

"나는 전대교주의 장법인 혈천마라장의 구결을 보고 싶다!"

"혈천마라장!"

"그렇다. 난 솔직히 싸우는 것 이외에는 어떤 것에도 관심이 없다. 내 존재 가치는 바로 싸움을 잘 한다는 것이고, 그 이상도 이하도 아니다. 그러니 난 어떻게든 혈천마라장을 익혀 더 강해질 것이다. 그걸 위해 목숨을 걸겠다."

"으음."

혈해광투의 말에는 진심이 담겨 있었다. 그리고 그 마음은 이 자리에 있는 모든 사람들이 어느 정도 동감하는 것이었다.

장로들은 소운을 바라보았다. 그들이 지금 주저하고 나서지 않았던 것은 바로 혈장천마의 유언과 천마신교의 미래에 대한 마음 때문이었다.

소운이 천마지재를 타고나 그가 교주가 된다면 장래에 천마신교가 크게 발전할 거라고 생각을 했기에 그들은 다른 욕망을 죽이려 했다.

그러나 그것은 천마신교의 교도다운 생각이 아니다. 교를 위해 자신을 희생시키는 것은 중원의 명문대파들이나 하는 짓이다.

모든 것은 힘! 무엇보다 먼저 스스로 강해지기 위해 최선을 다한다. 그럼에도 불구하고 더 강한 자가 존재할 때 비로소 마음으로부터 굴복을 한다.

"그렇군. 우리에게 필요한 것은 교의 미래가 아니야. 충의도 아니지."

"맞는 소리요. 천마신교를 지탱하는 것은 바로 강함에 대한 욕망과 강자에 의한 공포! 이것 참, 그런 간단한 걸 잊고 있었다니. 흐흐흐."

혈해광투의 광기어린 눈이 다른 사람들의 마음을 흔들었

다. 그들은 중원이란 거대한 떡과 그들의 손에 쥐어진 중원 투자 자금에 대한 신표에 현혹되었던 마음을 비우고 초심으로 돌아갔다.

경천마뇌가 소매 아래쪽에서 그의 독문무기인 금판산을 꺼내 들며 말했다.

"하도 머리만 썼더니 요즘 손발에 힘이 빠졌는지 모르겠구려. 모처럼 한번 움직여 봅시다."

"내가 이 나이에 삼십도 안 된 십장로에게 고개를 숙이는 건 별로 정신 건강에 좋지 못할 것 같군."

"강자는 스스로 탄생한다고 했지. 십장로가 교주가 되기 위해서는 나의 허락을 받는 것이 아니라 나를 굴복시켜야 할 것이오."

장로들의 돌변한 태도에 고목신군은 심각한 표정을 지었다.

그는 이미 소운에게 충성을 맹세한 몸, 지금에 와서 배신을 할 마음은 없었다. 그러나 소운의 무공은 아직 장로들에 비해 반 수 정도 뒤떨어진다. 고목신군은 그렇게 생각하고 있었다.

'어떻게 할까?

고목신군은 살짝 눈을 돌려 소운을 바라보았다.

만약 정식으로 싸움이 시작된다면 고목신군은 소운의 편에 서서 대신 싸울 수가 있다. 그것이 바로 교주 후보를 지지한 자의 권리이자 의무이다.

하지만 고목신군만으로는 나머지 다른 장로들을 모두 상대할 수 없다. 결국 소운이 직접 장로들을 상대하여 자신의 무력이 최고라는 것을 입증해야 한다.

소운은 감정을 알 수 없는 표정을 지은 채 장로들의 모습을 보고 있었다.

'그래, 그럴 줄 알았어. 이놈의 천마신교는 광기와 공포로 발전해 온 곳이니 야합이나 손익 계산만으로는 일을 무사히 마무리하기 힘들거든.'

천마신교는 알기 쉬운 곳이다.

기본적으로 힘이 있으면 우대를 받는다. 혈연과 지연 등도 무시할 수는 없지만, 최후의 순간 모든 것을 결정짓는 것은 바로 능력이다.

교의 신앙 자체가 그것을 원하고 있고, 수많은 규범이 그 원칙을 수호한다.

'그래서 항상 강하되, 중원의 문파들과는 절대 섞일 수 없게 되었지.'

소운은 생각을 정리하고는 품속에서 하나의 신패를 꺼내 놓았다. 그것은 바로 장로들에게도 나누어준 투자자본 회수용 신패였다.

"장로님들의 말씀을 잘 알겠습니다. 생각해 보니 교의 규칙은 지엄한 것. 수석장로님의 주제 하에 정식으로 비무를 하겠습니다. 그리고 이 자본에 대해서는 다시 정해야 할 것 같

습니다. 비록 전대 교주께서 그걸 원하셨다고 해도 교의 자본
의 관리는 현재 교주가 된 자의 소유라 할 수 있습니다. 새로
선출된 교주가 분배를 원하면 다시 나눌 수도 있지만 그렇지
않고 다른 판단을 한다면 그것을 우선적으로 따라야 할 것입
니다.”

전홍은 소운의 말이 틀림없다는 듯 고개를 끄덕이며 그 역
시 신패를 내려놓았다.

“십장로의 말이 옳소이다. 교내의 자본은 모두 교주의 지
시 아래 다음 대 진이당 당주가 관리하는 게 원칙이오. 중원
에 투자를 했으니 외총단이 관리를 할 수도 있겠지. 어쨌든
간에 새로운 교주의 뜻대로 되어야 하오.”

“으음, 그게 그렇게 되는군.”

천흉문사가 아쉬운 표정으로 중얼거렸다. 사실 그는 무공
도 좋아하지만, 가장 좋아하는 것은 돈이었다. 그래서 그는
오랫동안 천마신교의 장로로 있으면서 적지 않은 재물을 모
아왔다.

그런 만큼 이번에 받은 신패에 적힌 자금의 양이 자신이 평
생 모은 재물보다 훨씬, 비교도 할 수 없을 정도로 많다는 것
에 큰 희열을 느꼈었다.

그런데 그걸 다시 토해놓게 생겼다.

혈해광투가 신패를 내려놓았다. 경천마뇌도 약간 아쉬운
듯 보였지만 판단이 빠른 자답게 두 번째로 내려놓았다.

다른 장로들도 차례차례 신패를 내려놓았다. 좋다가 말았다는 감정이 얼굴에 역력히 드러나고 있었다.

소운은 속으로 코웃음을 쳤다.

'그럼 그냥 거저먹을 줄 알았나? 그걸 나눠준 이유가 조용히 넘어가자는 의미란 걸 뻔히 알면서, 혈해광투의 말에 넘어가 하나같이 교주의 자리를 노려? 네놈들이 교주하면 난? 난 죽으란 거냐!'

지금 소운은 저질러놓은 비리가 너무 많아서 새로 교주가 임명되면 즉시 반역자로 몰릴 수밖에 없다.

우선 교주 직속 정보조직인 천목밀혼단만 해도 그가 사사로이 유용하고 있는 중이다. 혈장천마는 그걸 묵인한 셈이지만, 다음 교주가 소운을 용납할 리가 없다.

그리고 만약 천목밀혼단의 정보를 다른 사람이 총괄하게 되면, 얼마 안 가 소운이 한 짓이 적지 않게 드러날 것이다.

소운은 교주가 되어야 했다. 그래서 급한 김에 신패까지 장로들에게 나누어주었다.

사실 그것도 일종의 사기라 할 수 있었다.

장로들에게는 비밀로 한 것이 있는데 그들에게 나누어준 신패들 말고 숨겨진 상급신패가 하나 존재한다. 그건 이 자리에 내놓지 않았다.

상급신패를 가진 자는 모든 신패의 소유지분을 마음대로 바꾸고 처분할 수가 있게 되어 있다.

그리고 다른 신패는 삼 년 뒤에부터 자금을 회수할 수 있지만, 상급신패는 언제든지 계약을 파기하거나 자금을 회수하는 것이 가능하다.

한 마디로 급하면 언제라도 모두 챙겨서 빼돌릴 수 있는 것이다. 물론 그럴 경우 조금 말썽이 일어날 가능성이 높기에 소운은 나중에 무슨 수를 써서든 신패를 회수하려 했다.

아니면 수익금의 대부분을 빼돌리고 형식적인 이익지분만을 그들에게 돌릴지도 모른다. 맛있는 떡은 모두 독점하더라도 팥고물 정도는 떨구어주는 것이다. 팥고물이 얼마나 될지는 삼 년 후에 봐야 안다. 혹은 서문량과 다시 새로운 계획을 세워야 결정이 난다.

그러나 그것도 장로들이 순순히 협조를 안 하는 이상, 나중이고 뭐고 없다. 국물은커녕 국물의 냄새도 맡게 하면 안 된다.

소운은 다시 하나의 작은 상자를 꺼내 탁자 위에 놓았다. 흑단목으로 만들어져 있고 붉은 철로 된 자물쇠로 잠겨 있는 상자였다. 열쇠가 없으면 함부로 열지 못하게 정교한 기관장치가 되어 있는 듯했다.

"사부님께서 지니고 계시던 물건 전부입니다. 수석장로님께서 맡아두시다가 새로운 교주 후계자에게 전해주십시오."

"잠시 맡아두겠네."

　전홍은 그 상자와 신패를 들어 한쪽 구석에 있는 커다란 철
괴에 넣었다. 미리 준비를 해둔 것이 틀림없었다. 그 뒤 전홍
은 상자에 자물쇠를 네 개나 채우고는 번쩍 들어서 어깨 위에
짊어졌다.

　"자, 이제 지하 연무장으로 가세. 이곳에서 비무를 할 수는
없으니 지하 연무장에서 하겠네."

　"그게 좋겠소이다."

　정할 것은 다 정했다. 그들은 상품이라고 할 수 있는 교주
의 유물과 신패가 든 상자를 앞뒤로 둘러싼 채 모두 지하연무
장으로 들어갔다.

　일단 사람들이 자리를 잡자 소운은 당당하게 중앙으로 나
와 외쳤다.

　"제가 먼저 지목되었으니 가장 먼저 싸우겠습니다. 누가
상대를 해주시겠습니까?"

　"당연히 나다!"

　역시 혈해광투. 그는 체면도 돌볼 생각이 없는 웃통을 벗어
던지고는 소운의 앞으로 걸어 나왔다. 나이에 걸맞지 않게 근
육으로 뒤덮인 갈색의 상체가 외가기공의 극치에 이룬 자의
형태를 이루고 있었다.

　"네놈이 보의를 입은 것을 알지. 또한 천하의 명검인 화조
무령검을 지녔으니 확실히 무섭다. 그러나 보의와 신검을 가
지고도 내 장력을 막아낼 수는 없을 것이다!"

혈해광투는 그렇게 말하며 두 손바닥을 앞으로 내밀어 태극권의 권로와 비슷하게 휘휘 저었다.

지금까지 그가 펼친 장법과는 전혀 다른 기수식! 소운은 방심하지 않고 검을 뽑아 자세를 취했다.

"먼저 가겠소!"

소운은 전과 같이 혈해광투를 조롱하여 도발하지 않았다. 필사적인 눈빛을 하며 말을 꺼냄과 동시에 검을 발출했다.

슈슉!

파란 검사가 검끝에서부터 뻗어 나와 혈해광투의 가슴을 노렸다. 시릴 정도로 파란 검사!

혈해광투는 크게 코웃음을 치며 앞으로 튀어 나왔다. 그리고는 등 뒤로 손을 넣어 무엇인가를 꺼내 어깨 위에 걸쳤다.

그것은 두 개의 작고 둥근 방패였다. 지름이 반자 정도밖에 안 되어 보여 방패라기보다는 접시처럼 보이기도 했다.

그러나 그걸 본 다른 장로들은 크게 놀라 외쳤다.

"쌍인견갑!"

그것은 바로 천마신교가 자랑하는 기문병기 중 하나였다. 대대로 마병전의 전주가 목숨을 걸고 싸울 때 사용했다는 것으로 다른 어떤 병기와도 같이 쓸 수 있는 특수한 무기라 했다.

파곽!

소운이 발출한 검사가 쌍인견갑에 맞아 튕겼다. 혈해광투는 앞으로 나오며 몸을 비틀어 가슴 쪽에 어깨를 내밀었을 뿐 인데, 소운의 공격을 막아낼 수 있었다.

동시에 그는 움츠린 어깨를 피는 반동을 이용해 아래서 위로 장을 쳐냈다.

소운은 급히 몸을 비스듬히 뒤로 이동시키며 다시 검으로 혈해광투의 다리를 노렸다. 적의 기세가 무서우니 일단은 움직임을 막아야 했다.

"어딜!"

혈해광투는 연달아 장을 쳐 소운의 검기를 막아냈다. 화조무령검의 예기와 그 안에 담긴 화기가 놀라워 검에 맞을 때마다 손바닥이 갈라지며 피가 흘렀다. 하지만 화조무령검으로도 혈해광투의 손바닥을 완전히 뚫을 수는 없었다.

"크아아아!"

혈해광투는 괴성을 지르며 다시 앞으로 돌진했다.

그는 비무가 시작된 후 한 번도 뒤로 물러나지 않고 무조건 소운을 향해 접근했다. 소운의 공격은 장력과 어깨에 맨 쌍인견갑을 이용해 모두 막아낼 수 있었다.

'음, 좋지 않군, 쌍인견갑이라니!'

쌍인견갑이라는 무기의 사용법은 마병전주에게만 전해지는 것으로 교주도 정확히는 모르고 있다.

전대 천마가 마병전 출신이라 그에 대한 예우차원이라고 했다. 쌍인견갑 자체도 그가 만든 것이다.

그러나 대충 사용법은 안다. 공격에 전혀 방해받지 않는 두 개의 방패는 지금은 방패의 역할만을 하지만 나중에는 다를 것이다.

일단 거리 안으로 들어오기만 하면 쌍인견갑은 원래 사람이 가진 두개의 팔과는 또 다른 두개의 팔처럼 소운을 연속해서 공격하게 된다.

말하자면 쌍인견갑은 어깨와 몸통 공격인 '고'를 위한 무기인 것이다.

'더 접근하면 위험하다. 기록에 따르면 쌍인견갑이 일단 공세를 펼치면 상대가 죽거나 자신이 죽지 않는 한 멈출 수 없다고 했지.'

병기란 한 치가 길면 그만큼 유리하고 한 치가 짧으면 짧은 만큼 위험하다고 했다.

쌍인견갑은 천하에서 가장 짧은 무기에 속하니만큼, 일단 공격이 실패하거나 멈추어지면 그걸로 끝이나 마찬가지다.

반면에 짧은 만큼 빠른 연속 공격이 가능해서, 두 팔의 무기와 같이 공격을 가할 경우 숨도 쉴 수 없는 격전으로 몰아붙일 수 있다.

바로 혈해광투가 가장 좋아하는 광기의 전투. '어느 한쪽이 죽을 때까지 때리기'이다.

"타핫!"

판단이 서는 순간 몸이 움직였다. 소운은 그대로 허공으로 일 장을 뛰어 오르며 아래를 향해 검초를 펼쳤다.

"심려무한!"

"뗘그랄! 심극검인가."

검날이 세 개로 보이는 공격이었다. 놀랍게도 그중 두 개는 휘어진 갈대잎처럼 나선형을 그리며 혈해광투의 가슴과 척추의 요혈을 노렸다.

"합!"

혈해광투는 크게 기합을 지르며 정면으로 쌍장을 뻗었다. 그러자 어깨에 메여져 있던 쌍인견갑이 갑자기 툭 하고 튀어올라 두 개의 검기를 막아냈다. 마치 살아서 움직이는 것처럼 스스로 상대의 공격을 막은 것이다.

펑!

그사이 혈해광투의 쌍장이 소운의 남은 하나의 검기와 부딪쳤다. 요란한 소리가 나며 소운의 몸이 다시 이 장 정도 위로 튕겼다.

파곽!

소운은 몸을 뒤집어 천장을 발로 밟았다. 그리고 그 힘을 이용해 혈해광투의 뒤쪽으로 뛰었다.

이곳은 탁 트여진 공간이 아닌 지하수련장. 천장까지의 높이는 약 삼 장 정도인데, 소운은 그걸 처음부터 뇌리에 넣고 있었다.

"헛, 쥐새끼 같은 놈!"

혈해광투는 소운이 떨어지기를 기다렸다가 그가 갑자기 방향을 바꿔 도망가 버리자 욕을 하며 돌아섰다.

모처럼 쌍인견갑의 공격 사정권 안에 들어왔다고 생각했는데 소운은 오히려 혈해광투의 장력을 이용해 탈출했다.

공격이 맥이 끊겼으니 다시 처음 돌진 단계부터 시작해야 한다. 하지만 혈해광투는 맹수처럼 이를 드러내 웃어보이며 자신만만하게 외쳤다.

"흥, 역시 네놈은 내공을 아직 원활하게 쓸 수 없구나! 아무리 임기응변으로 그걸 숨기려 해도 난 알 수 있다."

"흠, 눈치 챘소?"

"모르는 게 바보지. 내가 멍청인 줄 아느냐? 네놈이 그 칭타란 놈과의 비무에서 적지 않게 진기를 소모하고, 또 결국은 내상까지 입은 것을 내 눈으로 똑똑히 보았다. 아무리 내상약을 먹었어도 그 정도 부상이 벌써 완치될 리가 없지."

"허, 그걸 알고도 나와 싸우려 하다니. 별로 좋은 성격은 아니구려."

소운은 쓸쓸하게 웃었다. 그러자 혈해광투는 오히려 자랑스러운 표정을 지으며 말했다.

"내가 성격 좋다는 말은 내 부모에게도 들어본 적이 없다. 그리고 상대가 부상을 당했다면 즉시 쳐야지 완치될 때까지 기다리는 법이 어디 있나?"

혈해광투의 말에 다른 장로들도 저마다 고개를 끄덕이며

동의를 표했다. 적이 약해졌을 때 치는 것은 천마신교에서는 적극 권장 사항임과 동시에 상식적 미덕에 속한다.

다른 장로들의 반응에 혈해광투는 더욱 의기양양하게 말했다.

"내가 네놈을 물고 늘어진 것은 바로 이렇게 쉽게 이기기 위함이다. 이걸로 힘을 조금이라도 더 남길 수 있으니 교주의 자리는 내가 가장 가깝게 되었다!"

"과연, 오장로가 머리를 썼구려."

소운은 웃으며 크게 감동한 표정을 지었다.

원래 교주를 지원한 후보들은 한 명이 남을 때까지 서로 싸워 올라가야 하는데, 혈해광투는 그중 일전을 가장 약한 것으로 생각되는 소운과 싸우려 한 것이다.

그렇게 되면 다음 싸움에서 훨씬 유리해질 것은 명약관화.

가뜩이나 무공만은 강한 혈해광투인 만큼 그의 장담대로 교주의 자리가 상당히 가까울지도 모른다.

"그래, 지금 말해두는데, 난 저번에 싸운 이후로 네놈에게 별로 감정이 없다. 오히려 호감도 생겼지. 내가 싸운 상대에게 살의가 아닌 호감을 가진 것은 전대 교주님 이후로 네가 처음이다."

"음, 그랬군."

소운은 역시 혈해광투는 정상이 아니라는 생각을 하며 대답했다. 혈해광투는 소운의 초연한 반응이 마음에 드는지 고개를 한 번 크게 끄덕이고는 다시 덤벼들 자세를 잡았다.

바로 그때 소운이 검을 들어 등 뒤에 일자로 선을 그었다.

그득!

"크윽! 네, 네놈이!"

선명하게 그어진 선. 첫 번의 어이없는 패배와 두 번째의 황당한 패배. 거기에 아무 쓸모도 없이 엄청난 고통만 몰고 왔던 두 번째의 대결이 떠올랐다.

혈해광투는 자신도 모르게 소리가 날 정도를 이를 부드득 갈았다. 소운에게 호감을 느꼈다면서 지었던 웃음은 이미 사라져 버렸다. 선이 그어지는 순간 최악의 악몽 같았던 상황이 생생하게 머릿속으로 재현되고 있었다.

소운은 그런 혈해광투의 반응을 보며 비웃듯 말했다.

"그대 같은 자가 머리를 쓰면 끝이다. 남들에게 민폐만 끼치고 자기 자신을 파멸로 몰고 가게 되지. 이제 그걸 가르쳐 주마. 와라!"

"으아아아! 죽어라. 이 새끼야아아아아아!"

혈해광투는 두 눈에 광기를 가득 품은 채 소운을 향해 돌진했다. 처음에는 소운을 죽이지 않고 부상만 입히려는 생각이 약간 있었는데, 이번에 소운이 다시 그를 도발하자 머릿속에 '살' 이외의 글자는 생각나지 않았다.

혈해광투의 어깨 위에 있는 쌍인견갑이 팍 하고 소리를 내며 튀어나왔다. 잘 보면 그 뒤에 얇은 은실이 이어져 있는 것을 알 수 있었다.

'과연 쌍인견갑을 내공으로 쳐내고 다시 근육의 움직임으로 거두어들일 수 있는가 보군.'

두 개의 방패가 살아 있는 것처럼 곡선을 그리며 소운의 목과 발목을 베려 했다. 그리고 중앙으로는 혈해광투의 전신내공이 집중된 쌍장이 다가왔다.

소운은 깊게 심호흡을 했다. 필요 이상으로 내공을 끌어올리자 단전에서 찌르르 하는 신호가 왔다. 그리고 그 안쪽 깊은 곳으로부터 무엇인가가 꿈틀거리며 움직이려 했다.

'위험하잖아, 젠장!'

소운은 속으로 욕을 퍼부으며 짧게 반보를 앞으로 내딛었다. 그리고 그 이동하는 체중을 우권에 실어 혈해광투의 쌍장과 정면으로 부딪쳤다.

콰쾅!

"끄아아아악!"

혈해광투는 달려오던 속도보다 두 배는 빠르게 뒤로 튕겼다. 오 장이나 떨어진 뒷벽에 그의 몸이 쿵 하는 소리를 내며 부딪쳤다.

"저런!"

"어떻게 저런 내공이!"

지켜보던 모든 사람들이 놀라서 두 눈을 크게 뜨고 소리를 질렀다.

소운이 방금 보인 내공은 그들의 상상을 훨씬 뛰어넘는 것이었다.

폭탄과도 같은 일 권에 혈해광투가 패배한 것이다.

소운은 가볍게 손을 털며 다시 뒤로 물러났다. 그리고는 서늘한 시선으로 장로들을 둘러보았다.

'훗, 믿을 수 없다는 감정이 여실이 드러나 있군!'

그들의 눈동자를 보자 단전의 고통이 약간은 덜한 듯했다.

소운은 다시 몇 번 심호흡을 하며 끓어오르는 내공을 안정시켰다. 그리고는 사람들의 긴장이 극에 달했을 시점을 노려 입을 열었다.

"사부님께서는 최후의 순간에 본인에게 개정대법을 시전하셨소."

"뭐라고!"

"그 결과 억지로 단전이 열리고 임독양맥이 타통 되었소. 내 비록 아직 모자라나 내공만큼은 누구에게도 뒤지지 않게 되었소이다."

"으음, 천마께서 내공을 전수하셨다니……."

경천마뇌는 신음성과 비슷한 목소리로 중얼거렸다. 다른 자들도 입을 열면 그런 소리가 나올까 봐 꽉 다물고 있는 듯했다.

'이제 한 걸음. 또다시 무리를 할 수는 없다!'

소운은 두 눈에 힘을 주어 강력한 안광을 발하기 시작했다.
신념을 지닌 자의 눈빛이 바로 이러할 것이다.

"사부님께서 말씀하시길 십 년 후에 혈불이 다시 중원으로
왔을 때 그와 맞서 싸우라 하셨소."

"그건……."

수석장로 백면살마 전홍이 말을 받으려 했지만 끝까지 잇
지는 못했다. 그의 눈동자가 사정없이 흔들리고 있었다.

그때 소운은 고개를 돌려 천장을 보며 강직한 목소리로 선
언했다.

"본인은……. 십 년 이내에 사부님만 한 강자가 될 것이
오!"

"오오! 천마가! 새로운 천마가!"

전홍은 전신을 부르르 떨면서 자리에 주저앉았다. 그는 천
마신교의 영광이 눈앞에 펼쳐지는 것 같은 환상에 빠졌다.

소운은 이때다 하고 경천마뇌를 보며 외쳤다.

"하지만 지금 그대들을 굴복시키지 못하면 의미가 없겠지.
사장로 오시오!"

"아니, 아니, 본 장로는 십장로의 교주 즉위에 동의합니다.
아울러 천마신교의 운명을 기꺼이 등에 짊어진 새로운 교주
께 충성을 맹세하겠습니다."

경천마뇌는 재빨리 말을 바꿨다. 인생을 약간은 비굴하게
살기로 했다는 그다운 순발력이었다.

그러자 다른 장로들도 앞을 다투어 무릎을 꿇었다.

'내가 혈불과 겨루면 어차피 죽는다!'

장로들의 머릿속에 떠오른 생각은 한결같았다. 교주의 자리를 앞에 두고 잠시 잊었던 혈불의 무위가 생각나 버린 것이다.

앞으로 십 년 뒤에 혈불이 재출도를 했을 때 마교의 교주는 그를 상대해야 한다. 그런데 그게 가능한 사람은 아무리 봐도 소운 말고는 없었다.

'천마지재, 거기에 교주의 내공을 물려받았다면 가능성이 있다!'

사실 소운도 승산이 크다고는 할 수 없다. 하지만 혈장천마의 내공을 이어받았으니 깨달음을 얻어 한계를 벗어난다면 충분히 대적할 수 있으리라.

장로들은 그렇게 믿었다. 혈불에게 패배하면 그야말로 치욕이라 할 수 있기에 그렇게 믿기로 했다.

혈해광투 또한 거의 움직이지 않는 몸을 억지로 일으키더니 소운을 향해 엎드렸다.

"내가 졌다. 죽이든 살리든 마음대로 해라. 앞으로 난 네 수하다."

소운은 한숨을 쉬며 혈해광투에게 다가가 그의 등을 발로 밟았다.

퍽!

"크윽! 쿨럭."

척추가 바스러지는 듯한 고통과 압력에 혈해광투는 납작하게 뻗으며 입에서 검붉은 피를 토했다.

'역시 죽이는가? 어쩔 수 없지.'

혈해광투는 죽음을 받아들이려 했다. 세 번이나 대들었으니 죽여도 할 말은 없었다.

'으음, 이건?'

고통에 이어 찾아온 것은 죽음의 기운이 아니었다. 오히려 그는 가슴이 시원해짐을 느꼈다. 몸속으로 스며들었던 소운의 경력이 어느새 해소되고 내상도 훨씬 가라앉았다.

"십장로……?"

소운은 어리둥절한 표정의 혈해광투를 향해 자못 엄중한 표정으로 주의를 주었다.

"내 수하가 되겠다니 첫 명령을 내리겠다. 앞으로는 절대로 머리를 쓰지 마라. 시키면 그냥 시키는 대로 하는 거다."

"흐흐흐, 그건 염려 마라. 아니, 염려 마십쇼."

혈해광투는 자신이 살았다는 것을 알고 웃으며 대답했다. 그야말로 어설프게 소운의 부상을 노렸다가 죽을 뻔했다는 것을 깨달았기에 순순히 소운의 명을 받았다.

그사이 전홍은 금고를 열고 소운이 맡긴 작은 상자와 다른 신패들을 가져왔다.

"이것은 이제 정식으로 십장로의 소유입니다. 받으십시오."

"그럼 뒷일을 부탁하겠소."

소운은 짧게 대답하고는 그대로 지하 수련장을 나서서 자신의 방으로 갔다.

이제 차기 교주는 소운으로 결정되었다. 다른 장로들도 잘되었다고 생각했는지 저마다 자신들이 할 일을 하기 위해 흩어졌다.

*　　　*　　　*

방으로 들어온 소운은 일단 주변을 살폈다.

아무리 그의 숙소가 밀실화되어 있다고는 해도 잠입자가 없다고는 장담하지 못한다.

"아무도 없군."

사람이 없다는 것을 확인하자 소운은 그대로 비틀거리며 침대 쪽으로 쓰러졌다. 그런 그의 얼굴은 고통으로 인해 잔뜩 찡그려져 있었다.

소운은 가부좌를 틀지도 못하고 누운 상태로 두 손을 단전에 대고 필사적으로 내력을 안정시켰다.

"으으으, 혈해광투 이놈! 네놈 때문에 잘못했으면 죽을 뻔했다!"

소운은 지금쯤 약왕분당으로 실려 가서 집중치료를 받고 있을 혈해광투를 욕했다. 그놈은 정말 죽어도 싼데 세 번이나 싸우고 나니 왠지 모르게 미운정이 들어버렸다. 그래서 살렸다.

"나중에 죽도록 고생을 시키고야 말겠다! 그놈의 자학 쾌락증, 광인, 변태!"

욕을 하니 속이 어느 정도 가라앉는다. 신기하게도 내력 또한 안정되기 시작했다.

곧 소운은 가부좌를 틀고 정식으로 운공을 하기 시작했다.

혈장천마가 죽은 날, 소운은 개정대법으로 그의 전신내공을 자신의 몸 안에 받았다.

그런데 혈장천마의 내공이란 것이 상상을 초월하는 것이어서 소운의 힘으로는 도저히 감당이 안 되었다.

꼼짝없이 주화입마에 걸리게 생긴 소운은 최후의 수단을 썼다. 그는 즉시 비장의 절혼침을 꺼내 스스로에게 박아넣었다. 천하에서 가장 독한 독이 소운의 몸속에 들어간 것이다.

소운은 이번에 깨달은 독존공의 운공법을 이용하여 그 독으로 혈장천마의 묵혈신마공의 마기에 대항하려 했다.

그러자 혈장천마의 내공 역시 반사적으로 절혼침의 독과 싸우기 시작했다.

독과 마기의 싸움! 그것은 정말 치열했고, 소운은 그사이에서 거의 죽을 정도로 고통을 받았다.

고래 싸움에 새우의 몸이 낑겨 부서지는 것과 같았다. 그나마 그가 이미 육체의 고통으로부터 거의 벗어난 몸이었기에 버틸 수 있었다.

그렇게 어느 정도 시간이 지나자, 이번에는 혈장천마의 몸속에 있던 독정이 소운에게로 흘러들어 오기 시작했다. 혈장천마는 소운의 명에 충실이 따라 그의 내공 중에 일부라고 할 수 있는 독정마저 넘긴 것이다.

소운의 몸이 점점 검게 물들다가 다시 붉어지기를 수십 번이나 번갈아 했다.

그는 정신없이 독존공을 운용하여 독정을 받아들였다. 그리고 그 강성해 진 힘을 마기의 한 가운데로 몰아넣었다.

결국 혈장천마의 묵혈신마공은 하나의 주머니처럼 형태를 바꾸고 독정의 기운을 감쌌다. 완전히 포위를 하여 누르는 셈이다.

이때 소운은 독정의 제어력을 잃고 단전 구석에 눌려 있던 자기 자신의 묵혈신마공을 움직이기 시작했다.

혈장천마의 마기는 그 기운에 움찔했지만, 안에 감싸고 있는 독정의 기운을 놓칠세라 움직이지 못했다.

인간의 몸 안에서 벌어진 독과 마기의 싸움은 결국 서로 대치한 휴전 상태로 끝났다. 그리고 살아남은 것은 새우나 다름없는 소운의 본신 내공뿐이다.

그런데 그것조차 소운은 마음대로 쓸 수 없게 되었다.

본신의 내공을 일정 이상 끌어올리면 혈장천마의 마기가 다시 꿈틀거리는 것이다. 그리고 그 안에 있는 독정의 기운도 틈을 타서 빠져나오려고 요동을 쳤다.

이게 어느 정도 안정이 되려면 앞으로 최소한 일 년 동안은 절대 안정을 취해야 한다. 그것도 소운이니까 가능하지 보통 사람은 이런 상태에 빠지는 순간 전신이 터져 죽었을 것이다.

그때쯤이면 원래의 내공은 사용할 수 있게 될 것이다. 그 이상은 무리다. 혈장천마의 마기는 너무나도 커서 감히 건드려 볼 엄두도 내지 못했다.

건드렸다가 잘못 터지면 기본이 사망이다. 정말 재수가 좋아 독정이 마기를 태우고 튀어나오는 경우엔 평생 남과 접촉할 수 없는 독인이 될 것이다.

그래서 머리를 써서 조용히 교주 후계자가 되려고 했는데 혈해광투 때문에 결국 무공을 사용하고야 말았다. 그 때문에 내상이 도져 이제는 언제 완치가 될지 전혀 짐작을 할 수 없었다. 최소 삼 년은 몸을 땅속에 묻고 지기를 이용한 극단의 치료를 해야 할지도 모른다는 불길한 생각마저 들었다.

"젠장, 이럴 줄 알았으면 욕심 안 부리는 건데……."

소운은 후회했지만 이미 늦었다. 혈장천마는 강시일 때 소운에게 이용당한 것이 억울했는지 죽어서 그의 단전에 불청객으로 들어앉았다. 처절하다면 처절한 복수다.

소운은 너무 큰 걸 먹으려다 결국 체했다.

第五章
사매출두(師妹出頭)
이제는 사형과 비무를 할 수 있어요

南斗延壽保禰時老君告天師曰
天八會之真文三洞三清之上
彙道元始天尊昔經歷于億萬劫天地始終

太上說南斗延壽保禰

安真經太上說南斗
此經乃九天八
與衰而人倫五運遷變萬彙道

사매출두(師妹出頭)

이제는 사형과 비무를 할 수 있어요. 만나러 가겠습니다

"으음……."

"정신이 드십니까?"

맑고 고운 여인의 목소리가 들려온다.

'그 참, 목소리 한 번 이쁘군! 저게 바로 쟁반에 옥구슬 굴러가는 소리라는 건가?'

개성은 억지로 감겨진 눈을 뜨기 위해 노력하면서 속으로 자신이 실없다는 생각을 했다.

"어르신."

이번에는 약간 재촉하는 듯한 기미가 묻어 나왔다. 개성은 억지로 눈을 뜨고 입을 열었다.

“쯧쯧, 나 안 죽었네.”

시야에 들어오는 이는 예상했던 대로 역시 능아연이었다. 상징처럼 되어버린 흰옷을 입고 있는 것은 그가 정신을 잃기 전과 다를 바가 없었다.

‘꼴이 말이 아니군! 이 늙은 목숨이 뭐라고……’

시력이 완전히 돌아오자 개성은 능아연의 모습을 확인하고는 속으로 중얼거렸다. 척 보아도 며칠간 잠도 자지 못하고 고생한 티가 확 난다.

손녀를 보는 듯한 안쓰러운 마음에 자신도 모르게 습관처럼 팔을 들어 머리라도 쓸어주고 싶었다.

“아……”

팔은 움직이지 않았다. 개성의 시선은 무의식중에 오른쪽 팔을 향했다. 깨끗한 흰 천으로 싸여진 어깨 아래는 깨끗했다.

‘그렇지. 내 팔은 날아간 거군.’

“어르신!”

개성을 세심하게 관찰하던 능아연은 그의 행동을 보고 안타까운 목소리로 다시 한 번 불렀다. 그 음성 속에는 너무나 많은 감정이 담겨 있었다.

조금 전까지의 능아연은 의원이었다. 가능하면 객관적인 시선으로 환자를 보고 치료하기 위해 최선을 다했다. 하지만 의식을 되찾은 개성의 따스한 눈빛을 보는 순간, 그녀는 순간적으로 평정을 잃었다.

천외신무회의 일원이 된 후 개성은 마치 친할아버지처럼 능아연에게 자상하게 대해왔다. 물론 계획이 완전히 어긋나서 생긴 사고였지만 능아연의 마음 한쪽에는 어쩔 수 없는 죄책감이 자리 잡고 있었다.

그것을 전혀 다른 쪽으로 해석한 개성은 보란 듯이 너털웃음을 터뜨렸다.

"앞으로 빌어먹고 살기는 훨씬 수월해졌군."

"……."

"그런 얼굴로 보지 말게. 활선문주가 아니었다면 이 늙은 거지의 목록에 있는 요리도 다 못 먹어보고 죽을 뻔하지 않았는가? 원래 우리 거지는 입만 멀쩡하면 먹고사는 데는 전혀 지장이 없다네!"

오히려 자신을 위로하는 듯한 개성의 반응에 능아연은 더욱 말을 잇지 못했다. 의원으로서 환자에게 해야 할 통보. 그것은 사실 개성에게는 소용이 없는 것이다. 그는 누구보다 자신의 상황을 잘 알고 있다.

"탕약을 올리겠습니다."

능아연은 겨우 마음을 가다듬고 준비된 탕약을 가지러 간다는 핑계로 방을 나섰다.

"기왕이면 맛있는 죽이라도 좀 가져다주겠나?"

개성의 걸걸한 목소리가 방 밖까지 튀어나왔다. 능아연은 목청을 높게 하여 그 말에 대답한 후 종종걸음으로 부엌을 향했다.

'이 늙은 거지가 마음을 추스를 기회를 주려는 게지. 흐흐흐.'

개성은 굳이 자리를 비운 능아연의 배려를 충분히 이해했다. 외상은 딱 보면 알 수 있다. 다리 하나 팔 하나가 보이지 않았으니 바보가 아닌 이상에야 당연한 일이다.

'내공은 완전히 못 쓰게 된 건가? 그저 건강을 위한 호흡법 정도가 한계겠군!'

단전이 흔적도 없이 사라졌으니 내공을 되찾을 가망은 없다. 다만 내공심법을 운기한다면 건강하게 오래 사는데는 도움이 되리라.

개성은 이 순간 무림쌍성이라 일컬어지며 당대의 최강자 중 하나로 당연시되던 자신의 삶이 끝났음을 알았다.

'어쩐지 홀가분하군!'

섭섭하지도, 분하지도, 슬프지도 않았다. 오히려 막혔던 무언가가 확 뚫리는 듯 시원한 감정이 앞섰다.

'이사람, 검치! 자네가 있었다면 이 느낌을 이야기할 수 있었을 것 아닌가?'

천마의, 아니 실제로는 남도왕의 도 아래 산산이 부서져 버린 검성의 모습을 떠올리니 울컥 슬픔이 올라오는 듯했다. 하지만 그것도 잠시 그는 고개를 가로저었다.

“검치는 검이 없으면 바보니까 검치지. 그 친구가 이런 꼴이 되어 살아남았으면 아마 평생 불행했을 게야.”

한 자루의 검에 모든 것을 걸었던 그는 무인으로 죽는 것을 평생의 소망으로 삼아왔다. 개성은 검성이 자신의 소원대로 죽었으니 여한은 없을 것이라 생각하며 다시 허허롭게 미소를 지었다.

그 시간, 능아연은 직접 개성에게 줄 미음을 준비하며 산만한 마음을 진정하고자 애쓰고 있었다. 그동안 두 사제의 계획대로 모든 것이 이루어졌다. 하지만 가장 중요한 순간 문제가 발생해 버렸다.

‘사제는, 소운 사제는 무사할까?’

지금 능아연의 머릿속에는 다시 소운에 대한 걱정으로 가득 차 있었다. 사정을 모두 아는 그녀가 보기에도 천마의 움직임은 폭주에 가까웠다. 다행히 마지막엔 제어가 된 듯했으나, 한 번 폭주한 이상 어찌될지 모른다.

“하아……..”

자신도 모르게 크게 한숨이 나왔다. 검성은 죽고 개성은 반폐인이 된 셈이다. 거기에 사제의 상황은 전혀 알 수가 없다.

‘제발 무탈하기를……..’

지금은 하늘을 향해 비는 수밖에 도리가 없었다. 능아연은 다 만들어진 죽을 들고 가라앉은 눈빛으로 개성이 기다리고 있는 방으로 향했다.

'나는 의원이다. 지금은 환자를 가장 먼저 생각할 때야!'

그녀의 모습 어떤 곳에서도 나약함은 찾아볼 수 없었다. 그녀는 활선문주였다.

*   *   *

무림맹은 초상집 같은 분위기였다. 검성이 죽고 개성마저 회복 불능의 상처를 입은 이상 무림맹은 천마신교와 맞서 싸울 힘이 절반 이하로 떨어졌다고 봐야 했다.

개성이 깨어났다는 말은 곧바로 무림맹의 수뇌부에 알려졌다. 곧바로 독통과 서문량이 달려와 능아연에게 주의사항을 전달받고 방으로 안내되었다.

개성은 그들의 얼굴을 보자 크게 웃음을 터뜨리며 말했다.

"크크크, 천마가 정말 강하긴 강해. 이길 수가 없군."

그러면서 그는 그들에게 손짓을 하며 앉으라고 한 후, 서문량에게 말했다.

"중과부적이었다. 내 무공이 모자라 네게 심혈을 기울여 짠 계략을 실패로 만들었구나."

서문량은 고개를 숙인 채 대답을 하지 못했다.

"낙담하지 마라. 난 그래도 원없이 싸워봤고, 무공의 정점에 도달한 자의 경지도 알 수 있었다. 덕분에 몇 가지 깨달음도 얻었지. 난 지금부터 그걸 글로 적어 개방의 아해들에게 전해야 한다. 그러니 뒷일을 부탁한다."

"알겠습니다."

"참, 그리고 검성이 말이야. 만약 졌을 때에는 너에게 전해주란 것이 있었다."

개성은 그렇게 말하고는 옆에서 울고 있는 독통의 머리를 주먹으로 때렸다.

폭!

"이놈아, 그만 울고 어서 그거나 꺼내라."

"으으흑, 사부님."

"그만 울어라. 그리고 지금 당장 개봉으로 가서 개방의 조직을 추스려라. 이제부터 중원은 몸살을 앓게 될 테니, 방이 형제들이 조금이라도 피해를 덜 입도록 네가 보살펴야 한다."

"흐흑, 알겠습니다."

독통은 개성이 내놓으란 보따리를 품에서 꺼내고는 방을 나섰다.

보따리 안에는 대정태극이라는 제목의 책과 신패, 그리고 하나의 서신이 있었다. 책도 서신도 모두 검성이 적은 것이었다.

서문량은 조용히 서신을 펼쳤다.

이 글을 천문기사가 읽는다는 것은 나와 개성이 혈불이나 천마에게 패했다는 걸 뜻한다. 아마 난 이미 죽어서 세상에 없을 것이다.

후회는 없다. 마음속에 남아 있는 모든 것을 정리하니 과거 스승님께서 그토록 말씀하셨던 망아(忘我)와 무위(無爲)의 기분이 무엇인지 겨우 알 것 같구나.

검성이란 칭호를 얻은 이후, 난 정파와 사문을 대표한다는 마음에서 벗어나지 못하고 있었다. 그리고 십 년 전, 천마에게 패한 이후에는 패한 채로 물러날 수 없다는 자존심이 굴레가 되었다.

천마는 십 년간 발전했을 것이나, 난 오히려 멈추어 있었다. 기와 공은 수련을 통해 성장을 할 수 있지만 심은 깨달음을 좇지 않으면 안 된다.

그러나 이제 모든 것을 버리니 지난 세월과 영욕의 나날이 한낱 꿈과 같다.

태극의 묘리는 무한하다. 그러나 그것 또한 정과 괴가 있으니 한 사람이 두 가지를 추구할 수는 없다.

내가 여기 적은 것은 바로 정에 대한 것이다. 이 길이 내가 평생 걸어온 길이고, 내가 마지막까지 버리지 못한 것이다.

이걸로는 혈장천마를 넘을 수 없다. 하지만 적어도 새로운 길을 가려는 후배들에게 한쪽 방향을 보여줄 수는 있을 것이다.

천문기사는 이걸 일로마협이라는 자에게 전하라. 개성은 장래 그만이 벽을 깨고 천마를 바라볼 수 있을 거라 평했다.

하지만 그가 익힌 무공의 근원은 마에 속하는 것. 마음을 지키고 마를 정으로 바꾸는데 대정태극의 요결이 도움이 될 것이다.

그 외에 같이 남긴 신패는 무당의 태상장로를 나타내는 진청태극패다. 이걸 가지고 가서 무당에 남아 있는 자소신단 열 알을 달라고 하면 내줄 것이다.

그걸 회천신무회의 영재들 중 가장 성취가 뛰어난 아이들에게 주어라.

모사재인 성사재천이라 하나, 하늘을 감동시켜 움직이는 것 또한 사람의 정성이니 중원의 무림은 꼭 위험을 극복할 수 있을 것이다.

"검성 어르신……."

서문량은 서신을 읽고는 잠시 고개를 숙인 채로 슬픔에 잠겼다. 의도한 것과는 다르게 검성과 개성이 희생되고 나니 일을 꾸민 장본인으로서 마음이 무거웠다.

"역시 검치도 죽을 각오를 했었군. 쩝, 그런데 왜 그놈만 죽고 난 모질게 살아서 이런 고생을 하는지 모르겠군."

개성이 툴툴대며 서문량의 어깨를 툭툭 두드렸다.

"그만 슬퍼하고, 어서 떠나자."

"아직 움직이면 안 됩니다. 일단 안정을 하십시오."

"괜찮다. 우리 거지의 내공심법은 어떤 상황에서도 움직여야 몸이 좋아지게 되어 있으니 누워 있으면 오히려 몸이 나빠질 거다."

"……."

"이건 정말이니 마음 쓰지 말아라."

"알겠습니다. 그런데 어디로 가시려 하시는 겁니까?"

"뭐, 무공을 잃었지만 기억을 잃은 것은 아니니 남을 가르칠 수는 있다. 이제부터 난 회천신무회에 가서 아이들에게 무공을 가르치겠다."

"어르신께서 직접 말입니까?"

"그렇지. 그 장철근이라는 놈이 몸으로 애들을 가르치면 난 머리와 입으로 가르칠 수 있겠지."

"개성 어르신께서 직접 지도를 하신다면 사람들은 더할 나위 없이 기뻐할 것입니다."

"그래, 늙어서 폐품이 됐으니 후기지수라도 키워야지. 가자."

개성은 더 말할 것 없다는 듯 서문량을 재촉했다.

곧 두 사람은 무림맹의 일을 초산에게 일임하고 양주로 떠났다.

　　　　*　　　　*　　　　*

　소운의 상태는 몸속에 폭탄을 안고 다니는 것과 마찬가지였다. 무리를 하면 과거 이상으로 내공을 끌어올릴 수도 있지만, 제어는 거의 불가능하다.

　"만사에 앞서서 몸부터 회복시켜야 한다."

　소운은 스스로의 강함이 가장 큰 무기라고 생각했다. 결정적일 때 주화입마에라도 빠지면 그야말로 큰일이다.

　하지만 그걸 당장 어떻게 할 수 있는 것도 아니고 일단은 천마신교가 어떤 식으로 나아가야 할지 계획을 세워야 했다.

　"일단은 그 수밖에는 없겠군."

　소운은 굳은 결심을 하고 다시 장로들을 찾았다.

　"다시 폐관에 들어가시는 겁니까?"

　"그렇소. 사부님의 내공을 얻었다고는 해도 그건 아직 내 것이라 할 수 없소. 이번에 확실하게 벽을 깰 것이오."

　"벽이라는 것이 깨려고 하면 오히려 깨지지 않으려 할 것입니다."

　"둑이 차면 넘치는 것과 같은 이치. 얻은 것이 있으니 나아갈 방향을 찾을 수 있을 것 같소."

　소운의 말에 장로들은 저마다 옆 사람을 보며 서로의 눈을 보았다. 그들은 소운의 말에서 어떤 확신을 엿볼 수 있었다.

소운의 재능을 볼 때 그가 그렇다면 정말로 벽을 깰지도 모른다는 생각이 들었다. 삼십대에 초절정의 영역에 들어서려 하다니!

사람들의 눈에 부러움이 떠올랐다.

그때 소운은 품속에서 몇 개의 책자를 꺼내 장로들 앞에 내놓았다.

"그리고 이건 장로님들께서 봐야 할 것이오."

"이건?"

장로들은 의아한 눈으로 그걸 집어 들었다. 그중에서도 가장 성질 급한 혈해광투가 먼저 안의 내용을 확인하고는 기겁성을 발했다.

"어어헉, 이건 혈천마라장!"

"전부는 아니오. 혈천마라장은 원래 전반부가 강기를 발할 수 있는 초절정고수를 위한 무공이고, 그 이후는 천마의 단계에 도달한 사람을 위한 것이오. 그러니 초절정의 경지에 이르지 못한 사람은 후반부를 봐도 거의 이해를 할 수가 없을 것이오."

"그럼, 이건 혈천마라장의 전반부란 말입니까?"

"다른 분들의 것들도 마찬가지, 사부님께서 가지고 계신 천마무공 중 초절정에 달한 사람들을 위한 부분만 추려서 따로 책자로 만든 것이오."

"으음, 그렇군요."

경천마뇌도 내용을 보면서 신중하게 고개를 끄덕였다. 그 안에는 그가 현재 사용할 수 없는, 하지만 지금이라도 손에 닿을 듯한 무공의 이론과 초식이 적혀 있었다.

장로들의 눈이 열광으로 가득 차기 시작했다. 그들은 소운이 하려는 말을 어느 정도 눈치 챘는지 기대에 찬 눈으로 그걸 기다렸다.

"이걸 보고 무공을 수련하면 도움이 될 것이오. 앞으로는 격란의 시대. 일단 새로운 계획을 세울 때까지 경거망동 할 수도 없소. 그러니 장로들도 모두 폐관을 하시는 것이 좋겠소."

"우리 모두가 폐관에 들면 교의 움직임이 정지됩니다."

"부동이 동을 제압하는 경우도 있는 법. 우리가 움직이지 않으면 무림맹은 안절부절하게 될 것이고, 결국 그들이 먼저 무엇인가 움직임을 보일 것이오. 때로는 후발선취의 묘리를 살리는 것도 좋으니 일단은 그렇게 합시다."

후발선취니 뭐니 둘러대도 사실은 아직 제대로 된 계획을 세울 수가 없기에 시간을 끌려는 것이다.

장로들에게 천마의 무공비급을 들이댄 이상 그들도 별말 없이 같이 무공수련에 전념할 것이라고 소운은 생각했다.

과연 장로들은 소운의 의견에 크게 감복한 듯 웃으면서 저마다 받은 비급을 잽싸게 챙겼다.

"삼 년 뒤에 본인이 정식으로 교주가 되면, 그때 새로 십대 장로를 선출해야 하오. 현재 수석장로로 계신 백면살마께서는 원로원으로 들어가실 것이니 후임 수석장로도 필요하고, 그사이 중원에 뿌리를 내리면 중원에서의 일들도 외총단이 일임하는 것이 아니라, 따로 몇 개의 당을 만들어야 할 것이오. 그러니 그때를 위해 정진해 주시기를 바라오."

"복명."

소운의 배려 어린 말에 장로들은 일제히 허리를 굽혔다.

'역시 약발이 좋군. 하기야 무림인에게 있어 무공비급은 목숨과도 같은 것인데, 천마의 비급을 이렇게 화끈하게 풀어 놓으면 장로들도 불만이 있을 수 없겠지.'

이제 시간을 얻은 셈이다. 그사이 남 몰래 서문량을 만나 새로운 계획을 세워야 할 것이다. 다른 교도들은 천마신교가 아무런 일도 하지 않으면 불만을 표할 수도 있지만 장로들이 막아준다면 상관없다.

'그래, 다들 당분간 무공수련이나 하라고. 어? 잠깐.'

무공수련, 무공비급! 소운의 머릿속에 순간적으로 떠오른 생각이 있었다.

'나는 지금까지 천마신교의 재물을 가능한 한 긁어모을 생각만 했었다. 그런데 사실 천마신교의 가장 큰 재산은 바로 그런 재물이 아니라 무공비급이 아닐까?

천마신교에 있는 무공은 소림사에 비해 많으면 많았지 적지는 않다. 그리고 하나같이 독특하여 절기라 할 만한 것들도 많았다.

만약 그것들을 모두 재물로 바꾸면 얼마나 될까? 진정 천마신교를 뼛속까지 빨아먹는다면 마땅히 그렇게 해야 할 것이다.

소운은 얼른 생각을 정리하며 장로들에게 말했다.

"그리고 그대들은 스스로 익힌 무공들 중 뛰어난 것들을 정리하여 수하들에게 전해야 하오. 그것이 과거 직계에게만 전해지는 절기라 해도 이제는 가능하면 숨기지 않는 것이 좋겠소."

"아니! 그게 무슨 말씀이십니까?"

경천마뇌가 크게 놀라 반문했다.

"가장 중요한 최후절초 빼고는 무공의 기본구결부터 실전법문까지를 모두 공개하라는 뜻이오. 그리고 그걸 직속수하들에게 익히게 하는 것이오. 그렇게 하면 우리 천마신교의 무인들은 급속도로 강해질 수 있을 것이오."

"그건 결코 좋은 일이 못 된다고 봅니다. 무릇 절기는 알려지지 않아야 절기이고, 일단 남이 알면 절기라 부를 수 없습니다. 그걸 수하들에게 전한다면 틀림없이 남에게도 보여지게 될 겁니다."

"그것은 어쩔 수 없지. 그 대신 지금 준 비급으로 새로운 절기를 만들면 될 것이 아니오?"

"으음, 말은 쉬워도……."

"꼭 강요하는 것은 아니오. 하지만 적어도 비장의 절초가 아닌 수법들은 가능한 한 수하들에게 공개를 했으면 좋겠소."

강요가 아니라는데야 더 이상 반발을 할 수는 없다. 장로들은 다시 허리를 굽히며 대답을 했다.

'이것으로 일단 준비는 된 건데, 나중에 서문사제하고 구체적으로 작전을 짜봐야 하겠지.'

소운은 자신의 생각이 과연 실현 가능한 것인지 확신을 할 수 없었다. 일단 씨를 뿌려 놓았으니 그 다음 비료와 물을 줄 것인지는 차분히 생각해 보아야 하리라.

그것으로 회의는 끝났다. 장로들은 저마다 들뜬 마음을 안고 무공수련의 준비를 했다.

그사이 소운은 신강으로 떠났다.

천마관에 남아 있는 사부의 유물을 마저 정리하고, 내총단에 있는 장로들에게도 천마의 죽음을 알려야 하기 때문이다.

하지만 그는 은하장을 나와 북쪽으로 향하지 않았다. 처음에는 옥문관 쪽으로 가는 척하다가 살짝 방향을 틀어서 정 반대인 동남쪽으로 움직였다.

"바쁘네. 중원을 완전히 가로질러야 한다니, 내가 요 몇 년 동안 중원을 도대체 얼마나 돌아다니는 거지?"

소운은 이번에 가면 그가 움직이지 않고도 서문량과 긴밀하게 의견을 나눌 수 있는 방법에 대해 생각해 봐야겠다고 마음먹었다.

＊　　　＊　　　＊

진곡이 죽고 혈불이 서장으로 돌아갔지만 그들이 중원에 만들어놓은 비밀거점은 여전히 남아 있었다.

현재 그곳을 관리하는 자는 슝리와 칭타로, 그들은 혈불을 따라 서장으로 돌아가지 않고 중원으로 돌아와 있었다.

두 사형제는 그동안 진곡에게 얻은 정보를 토대로 이번에 포섭하여 세뇌한 자들 중 지모가 쓸 만한 자들을 모아 조직을 강화했다.

"그런데 이자들은 앞으로 삼 년 정도밖에 쓸모가 없습니다, 사형."

칭타가 조심스럽게 말했다.

독을 이용하여 만든 급조무인들의 수명은 기껏해야 삼 년, 그 이후에는 숟가락도 들지 못하는 폐인이 될 것이다.

"그렇네. 그러니 우리는 앞으로 삼 년 동안 이들을 이용하여 중원에 굳은 세력을 확보하고, 다른 고수들을 영입해야 하네."

"으음, 역시 앞으로 십 년간 우리는 중원에서 지내며 이들에 대해 연구를 해야겠군요."

"그래야 사부님께서 다시 오셨을 때 곤란함을 겪지 않으시겠지."

"알겠습니다. 이 기회에 중원의 무림을 한번 휘저어 봐야겠습니다. 크크크."

"경거망동 하지는 마세. 적어도 우리가 있다는 사실은 외부에 드러나면 안 되네."

청염마조와의 비무 때문에 칭타의 얼굴은 이미 널리 알려졌다고 봐야 했다. 숭리는 이 점에 대하여 슬쩍 돌려서 주의를 주려는 것이다.

하지만 칭타는 사형의 말에 마치 기다렸다는 듯 대꾸했다.

"얼굴을 완전히 바꾸겠습니다. 조금 흉해지기는 해도 독으로 곰보를 만들면 됩니다. 이제 말은 거의 다 배웠으니 복장만 바꾸면 들키지 않을 겁니다."

"허, 그래도 상관없는가?"

숭리는 공연한 말을 해서 사제의 외모를 완전히 망치게 되자 미안한 마음이 앞섰다. 그의 표정을 본 칭타는 씨익 웃으면서 대꾸했다.

"얼굴 따위가 무슨 소용이 있겠습니까? 우리 독곡의 남자들은 얼굴이 아닌 힘으로 대인과 소인을 구분합니다."

칭타는 자신의 말을 증명이나 하려는 듯 미리 준비한 독을 꺼내 보였다. 얼굴에 화농을 일게 해서 곰보가 되게 하는 독이었다.

승리는 잠시 불호를 외우면서 한숨을 내쉬었다.

"그럼 사제가 외부의 일을 맡게. 내가 내부에서 지내도록 하지."

"그게 좋겠습니다. 크크크."

칭타는 웃으면서 얼굴에 약을 발랐다. 독약의 효과는 곧바로 나타났다.

원래 곰보가 되는 과정을 보면 땀샘이 막힌 후 그 부분에서 염증이 생겨 노랗게 곪게 된다. 그것이 심하여 속살까지 침투한 후 딱정이가 생겼다 떨어지면 결국 피부가 패이면서 흉터가 생긴다.

보통 이러한 과정에는 일주일 정도가 소요되기 마련인데, 칭타의 약은 바르자마자 곧바로 얼굴위에 노랗게 곪은 종기들을 만들어내고 있었다.

하지만 칭타는 그런 상황에서도 전혀 괴로운 표정이 아니었다.

'쌍성이 그렇게 되었으니 이제 중원에는 고수가 없다. 나를 이길 자는 거의 없고, 비슷한 자만 있을 뿐이지. 천마신교에서도 사형만한 고수는 없으니 천마만 조심하면 된다.'

칭타는 이제 넓은 중원에서 활개치고 다닐 자신을 생각하며 흥분하기 시작했다.

*   *   *

　남도왕은 한 팔을 잃은 채 옥문관 근처의 한 묘지에 숨어 내상을 치유했다. 하지만 이미 도를 쓰는 팔을 잃었기에 그의 무공은 이전에 비해 절반에도 못 미치게 되었다.

　"으드득, 혈장천마! 네놈을 이길 수 없단 말인가?"

　남도왕은 시간만 나면 이를 갈며 혈장천마를 저주했다. 하지만 그가 아무리 저주해도 혈장천마가 배탈 한 번 날 리가 없다는 것을 잘 알고 있었다.

　"포기할 수 없다. 내 무슨 수를 써서든 네놈만큼은 죽이겠다."

　이미 그것은 승부욕이 아닌 원한에 가까웠다. 혈장천마를 죽인다 해도 혈불이 있는 이상 남도왕이 천하제일로 불리지는 못한다. 그러나 남도왕은 그것을 생각하지 않았다. 혈불은 혈장천마를 제거한 다음에 생각해도 충분하다.

　"방법은 있다. 내가 그것을 찾지 못할 뿐!"

　남도왕은 틈이 날 때마다 그렇게 중얼거리며 수많은 생각을 했다. 그가 알고 있는 모든 수법을 동원해 머릿속에서 천마를 상대했다. 그러나 아무리 생각해도 이길 수는 없었다.

　오직 하나 가능성이 있다면 천마가 완전히 방심한 순간에 암습을 가하는 수밖에 없다.

　그런데 천마가 방심할 때가 있을까? 그런 격전 중에서도 그는 빈틈이 없었다.

"있지. 내공수련을 할 때, 그때는 아무리 천마라고 해도 빈틈이 드러날 것이다."

애초 계획이 그것이었다. 그러나 천마신교의 무리들도 만만치 않아서 혈장천마의 수련실까지 잠입해 들어갈 수가 없었을 뿐이다.

"방법을 생각해야 한다. 어떻게 하면 천마의 수련실로 숨어 들어갈 수 있지?"

남도왕은 이제 그 방법밖에 없다고 판단했다. 일단 잠입에 성공만하면 천마의 이목을 숨긴 채 있을 수 있다는 것은 확인이 된 셈이다.

즉, 잠입에 성공하면 천마를 제거하는 것도 성공한다!

"으음, 지금 그자가 있는 은하장은 용담호혈과 같지. 마교의 무리들 중 센 놈들은 모두 그곳을 중심으로 모여 있단 말이야……."

이럴 때 제자라도 있으면 구박을 하면서 속을 풀 터인데, 마양평야에서 도망을 치면서 떨어져 버렸다.

이제는 완전히 혼자이고, 다시 해남으로 돌아갈 마음도 없다. 돌아갈 때에는 적어도 천마의 목을 가지고 갈 것이다.

"그렇군!"

해남을 생각하자 섬광처럼 머릿속에 떠오르는 계획이 있었다.

"혈장천마가 모든 정예들을 이끌고 중원으로 온 이상 신강은 상대적으로 방비가 허술하겠지!"

신강, 천마신교의 총단이 있는 곳. 남도왕은 혈장천마에게도 돌아갈 곳이 있다는 생각을 했다.

"그놈이 아무리 중원에서 뼈를 묻겠다고 선언을 했어도 언젠가는 신강으로 돌아갈 것이다. 적어도 몇 번은 들르겠지?"

지금 신강의 마교총단에는 정예가 거의 빠져나간 상태일 것이다. 물론 원로원이라는 게 있어서 절대로 무시할 수는 없지만, 정식으로 공격을 하는 것이 아니라 침투를 하는 것뿐이라면 가능하지 않을까?

남도왕은 차분하게 이 일에 대해 생각했다.

"그러고 보니 정보에 의하면 혈장천마에게 여제자도 하나 있었지. 빙옥마봉이라고 했던가?"

남도왕의 눈이 빛났다.

"이번에 중원으로 들어온 자들 중에 빙옥마봉은 없었다. 그렇다면 그년은 신강에 남았단 소리군."

나이가 스물은 넘었고 삼십은 안 됐다고 했다. 그렇다면 빙옥마봉은 아직 무공의 경지가 그렇게까지 높지 않을 것이다.

"일단 그년을 잡아야겠군. 그래서 몸을 빼앗고 금제를 가하면 나에게 빠져들 것이다."

남도왕은 가장 비열한 수법을 사용하기로 결심했다. 과거 암살자들 중 하류에 속하는 자들이 암살 대상의 주변에 있는 여자를 이용해 암살을 시도하기 위해 만들어낸 수법이 있다.

음혼망연술. 몸을 빼앗으며 약을 이용해 극도의 쾌락을 가하면 여자는 망아지경에 빠지게 된다.

그때 사술을 이용해 금제를 가하면 남자의 명령은 여자의 목숨과도 같이 소중한 것이 되는데, 대상인 여자는 그걸 사랑이라고 착각하고는 한다.

이 방법은 유부녀보다는 순결한 처녀에게 더욱 효과가 있다. 이미 머리에 금제를 받은 상태이기 때문에 이성적으로 생각도 하지 못하게 되고 맹목적으로 남자의 말에 복종하게 된다.

음혼망연술에 당한 여자는 친 혈육이라도 배신을 한다.

강제로 정조를 잃는 순간의 상실감과 절망, 동시에 파도처럼 몰려오는 쾌락, 그리고 약에 의해 마비된 이성이 대상에게 완벽한 세뇌로 작용하는 것이다.

남도왕은 이 수법을 빙옥마봉에게 쓰기로 했다. 그녀라면 천마의 수련 장소를 알 것이고, 일단 제압을 하여 세뇌를 하면 틀림없이 그곳으로 자신을 인도해 줄 것이다.

"가자. 끝을 보기 전에는 돌아오지 않겠다."

남도왕은 그렇게 스스로에게 맹세를 하고는 옥문관을 넘었다.

＊　　　＊　　　＊

남도왕이 자신을 노리는 걸 공손설이 알 리는 없다. 그녀는 오늘도 하염없이 춤을 추며 자신을 노리는 파란 불새와 싸우고 있었다.

그것은 그녀의 의식 속에서 일어나는 것으로, 공손설은 한시도 쉴 수가 없었다.

잠을 자지도 않았고, 쉬지도 않았는데 피곤을 느끼지 않는다. 이것이 꿈인지 현실인지도 알 수 없고, 다른 생각도 거의 하지 않았다.

화르르륵!

또다시 청염의 불새가 나타나 공손설이 만든 일곱 겹의 무음할공대를 태웠다. 그것은 강기가 뭉쳐 만들어진 것이다. 공손설의 지금 능력으로써는 절대 막을 수 없는 힘이라 할 수 있다.

"아아, 막을 수가 없을까?"

공손설은 한탄을 하며 몸을 빙글빙글 돌려 계속해서 할공대의 막을 쳤다. 무기력하나 가만히 있을 수는 없었다.

파파팍!

공격은 최대의 수비라 한다. 공손설은 할공대의 끝으로 불새의 몸을 때렸다. 그러나 불새에 닿는 모든 것은 재가 되어 사라졌다.

이번에는 할공대를 둥글게 말아 불새를 감쌌다. 하나의 커다란 주머니처럼 만들어 불새를 가두려 한 것이다. 그런데 불새는 점점 커지더니 주머니 전체를 찢어버렸다.

상대는 무적이라 할 수 있고, 그녀는 무력했다.

"에잇!"

공손설은 기합을 지르며 무음할공대를 거두어들여 돌돌 말았다. 그리고는 그 끝을 창처럼 변화시켜 불새의 미간을 노렸다.

슈욱!

할공멸영대법의 오 단계 수법인 쇄공창. 그중 가장 파괴력이 뛰어난 쇄공점관의 초식이다. 이것이라면 강기를 파괴할 수 있으리라!

파팍!

그러나 공손설이 발출한 쇄공창은 불새의 미간에 이르기 전에 그 맥이 끊겼다. 아직 오 단계에 머물러 있는 그녀가 육 단계의 수법을 펼칠 수 있을 리가 없다.

꺄아아아!

불새가 분노의 소리를 내며 달려들었다. 더 이상 막을 수도 피할 수도 없는 공손설은 꼼짝없이 불새에 잡아먹혀 버렸다.

"아아아. 쇄공창이 이어지지 않다니. 어째서일까?"

공손설은 전신이 타는 도중에도 그것만을 생각했다. 무공에 대한 열망은 그녀가 어릴 때부터 가져온 것으로 그 때문에 금제가 더욱 강하게 작용하고 있었다.

정신이 아득해지는 순간까지 그녀는 쇄공창에 대해서만

생각했다.

어느 순간 다시 정신이 들어보니 그녀는 멀쩡한 모습으로 다시 춤을 추고 있었다. 그녀는 지금까지 이것을 수백, 수천 번이나 반복하고 있었는데 본인은 인식하지 못했다.

화르르륵!

청염의 불새가 다시 나타났다. 나를 이길 수 없으면 영원히 이곳에서 벗어나지 못할 거라고 비웃는 것 같았다.

그러나 이번에는 공손설의 대응이 전과 달랐다. 지난 세월 동안 그녀의 무의식은 불새의 힘을 파악하고 받아들였다. 오 단계까지의 방법으로는 막을 수 없다는 것을 알았다.

'쇄공창!'

공손설은 처음부터 춤을 멈추고 불새를 기다렸다. 불새가 날개를 퍼덕이며 사방으로 불꽃을 휘날려도 그녀는 움직이지 않았다.

할공멸영대법은 춤을 추면서 수련하는 것. 춤을 멈추는 순간 패배한다고 생각했다. 그러나 지금 공손설은 깨달았다. 멈추어 서 있는 것도 춤의 일부분이라는 것을!

정(靜). 그것은 무희의 춤 중에 가장 얻기 힘든 표현이다. 몸을 움직이지 않는 것으로 끝나는 게 아니라 기의 흐름도 호흡도 모두 멈춰야 비로소 시간이 멈춘 느낌이 들게 된다.

공손설은 지금 그렇게 행했다. 그러자 신기하게도 불새의 움직임이 점점 느리게 보였다. 날갯짓 하나하나를 정확하게 살필 수 있었다.

그것은 예술이었다. 불새의 움직임은 너무나도 아름다워 지금까지 그녀가 아무리 열심히 춤을 추어도 그보다 아름답게 움직일 수는 없었던 것 같았다.

"그래서 내가 진 것이구나. 너보다 아름다운 춤을 추지 않으면 안 되는 거였구나."

공손설은 살짝 입을 열어 불새에게 말했다. 처음으로 자신을 공격하는 불새가 두렵지 않았다.

끼루우우우!

불새는 고개를 몇 번 끄덕이면서 공손설을 향해 다가왔다. 지금까지와는 다르게 자신의 춤을 더욱 자세히 보여주려는 듯 공포와 위압이 없이 친근한 기운을 풍겼다.

마치 이 불새를 남겨주고 떠난 사람처럼.

"아!"

공손설의 머리에 불새의 주인이 누구인지 생각이 나버렸다. 사형! 그가 나를?

스스로 의식을 가두고 다른 생각을 하지 않았던 공손설이지만 사실은 눈으로 보고 피부로 느끼는 모든 것이 가능했다.

단지 금제가 그것을 무의식에만 쌓이고 의식은 여전히 무공수련에만 몰두하게 할 뿐이다.

그런데 그 무의식이 지금 그녀에게 흘러 들어왔다. 사형이 그녀에게 무공을 시전해 보이고, 이곳으로 데려와 옷을 벗긴 것이 모두 떠올랐다.

"사형!"

공손설은 크게 외치며 손을 저었다. 불새의 날갯짓과도 같은 움직임. 멈춰 있던 것이 화려하게 모양을 만드니 현란한 가운데 차분함이 깃들어 있었다.

슈루루루!

공손설의 손에 있던 무음할공대가 일직선으로 날았다. 그리고 그것은 정확하게 불새의 미간을 관통했다.

팍, 끼아아아아!

불새의 몸이 산산이 부서지며 사방으로 파란 불꽃을 튀겼다. 쇄공창이 완벽하게 시전되어 상대의 강기를 파괴했다.

공손설은 그 단 한 번의 움직임을 끝으로 다시 멈춰 섰다. 그러자 공간 자체가 얼어붙은 것처럼 완전히 정지했다. 기의 흐름조차 전혀 없었다.

"불새는 내 움직임이 잘못되었다는 것을 가르쳐 주려고 했던 거야. 내 춤이 더 이상 아름답지 못하다는 것을 말이야. 어디서부터 잘못되었을까? 가장 아름다운 춤을 추려 했는데, 그 마음이 오히려 춤을 망가뜨린 것일까?"

공손설은 손가락 하나 움직이지 않고 춤에 대해서 고민하기 시작했다. 그러면서 점차 지금까지 자신이 익혀왔던 할공멸영대법이 뭔가 잘못되었다는 것을 느낄 수 있었다.

공손설은 그걸 하나하나 고쳐 나갔다. 손가락의 움직임과 동작의 완급이 모두 변했다.

몸이 움직이지 않아도 공간이 움직인다. 반대로 몸이 아무리 격하게 움직여도 기의 흐름은 멈춰서 고요해야 한다.

그걸 마음으로 조절하게 될 때 강함과 유함의 경계가 사라지니 가장 유한 천으로 무엇이든 부술 수 있는 쇄공창을 사용할 수 있게 될 것이다.

공손설은 어느덧 할공멸영대법의 육 단계에 접어들고 있었다. 그것은 그녀가 몸 안의 내공과 몸 밖의 기운을 구별하지 않게 되었다는 것을 의미했다.

그녀는 자신도 모르는 사이 벽을 깨고 더 높은 단계를 향해 나아가고 있었다.

동시에 그녀는 점점 생각을 할 수 있게 되었다. 항상 무공에만 몰두하던 것을 버리고 그녀의 과거와 다른 사람들, 그리고 가장 그리운 사형에 대해서도 생각을 했다.

"그런데 이곳은 어디일까?"

공손설은 문득 자신이 있는 공간에 대해 궁금해하기 시작했다. 그리고는 기억을 잃기 전에 일어났던 일들을 다시 반복해서 가능한 한 자세하게 떠올렸다.

"아! 이곳은 바로 내 의식 속이구나!"

마침내 공손설은 그것을 깨달았다. 동시에 그녀는 눈을 떴다. 하얀 천이 눈앞을 가로막고 있었는데 생각해 보니 소운이 떠나기 전에 그렇게 한 것 같았다.

"이곳은…… 천마관이었어. 주화입마에 빠진 날, 사형이 이리로 데려왔지."

사형의 눈빛과 말이 아직도 머리에 생생하게 남아 있다. 마치 방금 전에 소운이 석실을 나간 것처럼 시간의 흐름이 느껴지지 않았다.

"사형……."

공손설은 자신도 모르게 소운을 불렀다. 이렇게 눈을 뜨고 보니 정지해 있던 감정이 가슴속으로 한꺼번에 흘러 들어오는 듯했다.

한 줄기 눈물이 그녀의 눈에서 흘러나왔다.

잠시 후, 공손설은 몸을 움직이려 했다. 그러나 전혀 움직여지지가 않았다. 의식 속에서는 조금도 불편하지 않았던 몸이 정신을 차리니 손가락도 까닥거릴 수가 없는 것이다.

하지만 그녀는 자신의 몸속에서 넘칠 듯이 흐르는 기운을 느낄 수 있었다. 이건 의식 속에서는 전혀 느끼지 못했던 것으로 바로 그녀가 새롭게 얻은 힘이었다.

"일단 몸을 회복해야 해. 풀어진 근육과 말라 버린 기혈을 다시 뚫어야 움직일 수가 있을 거야."

공손설은 서두르지 않았다.

그동안 자신이 얼마나 정신을 잃은 상태로 있었는지는 알 수 없었지만 결코 적은 시간은 아니었을 것이다. 그런 만큼 그사이 굳어진 몸을 정상으로 되돌리기 위해서는 적어도 일주일이나 이 주일 정도 노력을 해야 한다.

그 정도면 충분히 원래의 상태로 돌아올 수 있으리라 공손설은 판단했다.

"우선 어깨부터."

공손설은 내부의 힘을 가늘게 꼬아 조심스럽게 어깨로 밀어 올렸다. 몸속에서 파파팍 하는 소리가 들리는 듯했다.

"하나씩 천천히 하는 거야. 시간은 많아."

공손설은 결코 조급해 하지 않으리라 생각하며 스스로를 타일렀다. 그리고는 지금 머릿속을 가득 메우고 있는 사람에게 말했다.

"사형, 조금만 더 기다려 줘요. 곧 사형과 비무를 할 수 있게 될 거예요."

그녀는 이제 소운과 당당히 비무를 할 수 있게 되었다.

第十六章
마봉비천(魔鳳飛天)

알에서 깨어나 하늘을 날다

南斗延壽保命時老君告天師曰

大八會之真文三洞三清之上

彙道元始天尊昔經歷于億萬劫天地始終

太上說南斗延壽保命

興衰而人倫五運遷變萬彙道

安真經太上說南斗

此經乃九天八

마봉비천(魔鳳飛天)

알에서 깨어나 하늘을 날다. 꿈에서의 수련이 현실의
무공으로 바뀌니 이것이야말로 신선무라 할 만하다

몸이 어느 정도 회복된 후, 공손설은 단지를 깨고 나왔다.
그다음에는 소운이 남긴 편지를 읽고 천마관의 기본적인 구
조를 알았다.

소운은 공손설이 혹시라도 깨어났을 때를 대비해 천마관
의 기관과 구조를 적어놓았던 것이다. 안쪽까지 다 적어놓지
는 않았지만 적어도 밖으로 나갈 수 있게는 해놓았다.

교주의 대리인을 증명하는 신패도 같이 놓아 교내에서 마
음대로 움직일 수 있도록 했다. 소운과 천마가 중원으로 나간
이상, 신패를 지닌 공손설은 그야말로 자유로운 몸이라 할 수
있었다.

그리고 할공멸영대법의 비급 역시 놓아두었다.

금제를 깨고 일어났을 때 그녀가 가장 바라는 것이 바로 할공멸영대법의 칠 단계와 팔 단계의 구결일 거라고 생각했었다.

공손설은 그걸 읽고 자신이 익힌 무공이 잘못된 것이라는 걸 알 수 있었다.

"어째서일까. 왜 사부님께서는 나에게 이런 구결을 전수해 주신 것일까?"

단지 잘못된 구결이 아니다. 의도적이고 악의적으로 사람의 정신을 금제하는 구결이 넣어져 있었다.

이건 너무나도 강렬하여 그녀가 벗어나지 못했다면 평생 깨어나지 못하고 그냥 말라서 죽었을 터이다.

"사형께 확인을 해봐야 해."

공손설은 이런 궁금증을 물어볼 사람이 소운밖에는 없다고 여겼다. 무서운 생각이 들어 사부인 혈장천마에게는 물어볼 수가 없었다.

"중원으로 가자. 아무도 모르게 사형을 만나야 해."

공손설은 일단 준비를 갖추고 천마관을 나섰다. 그리고 그 길로 자신의 거처로 향했다.

그녀는 가능하면 다른 사람들 눈에 띄지 않게 움직였다. 거처 안으로 들어가서도 안에서 일하는 사람들이 깨지 않도록 했다.

거처는 여느 때와 같이 깨끗했다. 특히 그녀의 방은 언제라도 편하게 쉴 수 있도록 침구가 정리되어 있고, 각종 옷가지도 가지런히 놓여 있었다.

이렇게 부지런히 정리를 한 것은 초초이리라.

초초는 옆방에서 자고 있었는데 약간 수척한 모습이었다.

"고생이 많구나."

공손설은 손을 뻗어 초초의 볼을 한 번 쓰다듬었다. 그리고는 조용히 방 안으로 들어가 서신을 남겼다.

사형을 만나러 중원에 갔다 올게.

옆집에 놀러간다는 듯 단순한 쪽지. 하지만 그것으로 초초에게 자신이 무사히 깨어났다는 것을 알려주리라.

이제 되었다고 생각한 공손설은 여행에 필요한 것들을 챙겼다. 초초가 깨면 시끄러워질 것이 뻔하기에 조용히, 소리를 내지 않고 움직였다.

새벽이 다 되었을 무렵 공손설은 천마신교를 나섰다. 지키는 자들 중 몇 명이 그녀를 발견할 수 있었지만 공손설이 내미는 신패를 보고는 조용히 입을 다물었다.

내총단의 문을 나서서 신교의 일반 신도들이 살고 있는 곳으로 나오니 새벽에 나무를 하러 나왔던 사람들이 그녀를 발견하고는 놀라 엎드린다. 아마 선녀로 착각한 모양이다.

공손설은 얼른 산속으로 몸을 날렸다. 그런데 막상 중원으로 나갈 생각을 하니 그녀는 여행의 경험이 거의 없었다.

중원은커녕 천마신교의 마을에 들어간 경험도 몇 번 없는 그녀였다.

한참 동안 고민하던 공손설은 현명하게 행동하기로 했다.

"우선은 경공으로 다른 마을까지 가서 안내인을 구해야지."

중원을 오가는 상인들에게 도움을 청하면 될 것이다.

공손설은 그렇게 정하고 다시 산을 내려가려 했다. 그런데 막상 몸을 일으키려 하니 등골에 오싹한 기운이 느껴졌다. 누군가가 그녀 쪽으로 접근하고 있었다.

"누구지요?"

공손설은 몸을 돌려 상대가 숨어 있는 쪽을 쳐다보았다.

"크크크, 감이 뛰어난 계집이군. 네년의 이름이 무엇이지?"

모습을 드러낸 자는 외팔이였다.

머리를 산발하고 옷도 거의 누더기나 마찬가지였다. 두 눈에서 흘러나오는 흉광은 상대가 절대로 좋은 마음을 먹고 있지 않다는 걸 알려주었다.

문제는 그의 전신에서 느껴지는 기세다. 공손설은 살짝 한쪽 발을 들어 다른 발 위에 포개듯이 놓았다. 그리고는 허리에 감고 있던 무음할공대의 매듭을 풀어 언제든지 발출할 수 있는 준비를 했다.

그러자 상대의 얼굴 표정이 굳었다.

"놀랍군. 이제 보니 만만치 않은 계집이었구나. 혹시 네년은 마교의 장로인 은발월희 진홍홍이 아니냐?"

"본교를 마교라 칭하는 것을 보니 적이로군. 네놈은 누구냐?"

"크흥, 맞는가 보군."

외팔이는 바로 남도왕이었다. 그는 그동안 인근을 돌아다니며 천마신교의 정보를 모았다.

사람들 앞에서는 모습을 드러내지 않고 항상 민간인들의 집에 숨어들어 천정과 지붕 사이에서 잠을 잤다. 음식도 꼭 훔쳐 먹었다. 그는 존재하되 존재하지 않는 사람이 되었다.

그러는 사이 남도왕은 천마신교의 내총단에 세 명의 장로가 남아 있다는 것을 알았다.

그래서 마음을 독하게 먹고 내총단으로 침투할 계획을 세우고 있었는데 오늘 새벽에 선녀가 나왔다고 마을 청년이 말하는 소리를 듣게 된 것이다.

혹시나 하는 마음에 쫓아와 보니 과연 눈이 휘둥그레 해질 정도의 젊은 여인이 있는데, 무공이 장난이 아니다.

이 정도면 최소한 장로급일 것이다. 그렇게 생각하니 생각나는 것은 은발월희였다. 그녀는 순진한 눈빛과 어려보이는 외모를 평생 잃지 않는 천하의 색녀라 했다.

과연 지금 보니 믿을 수 없을 정도의 미모라 할 수 있었다.

"씨발, 마교의 색공이 좋긴 좋군. 완전 처녀로 보이네."

남도왕은 자신의 심미안으로 색녀와 처녀도 구분하지 못했던 게 기분이 나빴다.

그러나 남도왕보다 기분이 더욱 나쁜 것은 공손설이다. 그녀는 허리띠를 완전히 풀어 천으로 만들었다.

팍, 파라라라!

곧 무음할공대가 공간을 나누기 시작했다.

"수상한 자. 네놈을 제압하겠다."

남도왕은 그 광경을 보며 더욱 놀란 표정을 지었다.

"그것은 무음할공대? 혹시 네년은 은발월희가 아닌 빙옥마봉?"

"그렇다!"

팍!

공손설이 차갑게 대답을 하며 손목을 살짝 흔들자 할공대의 천이 남도왕을 후려쳤다. 남도왕은 급히 도를 뽑아 그걸 쳐냈다.

"크카카카, 역시 내 심미안은 틀리지 않는군!"

좌악!

그가 다시 도를 휘두르자 할공대가 소리를 내며 잘렸다.

"고수!"

공손설은 방심하지 않고 기를 집중하였다. 그러자 은색의 빛이 할공대에 묻어 있는 금강석의 가루를 통해 흘러나왔다.

슈슈슈슈!

순식간에 남도왕의 주변 사방과 하늘 위까지 할공대의 막이 겹겹이 쳐졌다.

"과연 기문이기로군. 재미있는데? 크크크."

남도왕은 가소롭다는 듯이 웃으며 할공대를 무시하고 공손설의 움직임만을 쫓았다. 아무리 시야를 가로막고 현란하게 움직여도 공손설의 몸에서 흘러나오는 기를 놓칠 그가 아니었다.

'이 천 쪼가리에 몸을 숨길 수 있으리라 생각했다니, 오히려 네년의 눈이 가려질 것이다.'

남도왕의 도에서 붉은 기운이 치솟아 올랐다.

"도강! 너는 누구냐?"

공손설의 다급한 외침이 들려왔다.

"크흐흐, 내가 바로 남도왕이다!"

그러니까 꼼짝 말고 잡혀라. 남도왕은 속으로 그렇게 외쳤다. 천마도 없는 지금, 이런 산속에서 빙옥마봉이 혼자 있는 것을 발견한 것은 그의 인생에 몇 없던 행운이라고 생각했다.

'이렇게 재수가 좋을 수는 없다. 이건 다 하늘이 나에게 천마를 제거하라고 하는 거지. 암.'

그러나 공손설은 그런 남도왕의 생각대로 약하지 않았다. 그녀는 심각한 표정을 지었지만 그렇다고 해서 겁에 질리지는 않았다.

슈아악~ 캉!

"큭, 이건?"

장막 사이로 날아온 창이 남도왕의 도강을 튕겨냈다. 무서운 힘이다!

"타핫!"

쇄공창이 다시 날아왔다. 무음할공대는 할공막으로 상대를 가두고 쇄공창으로 공격을 가할 때 비로소 제 몫을 한다고 할 수 있는데, 지금의 공손설은 그게 가능했다.

제대로 된 파괴력을 발휘하기 시작한 무음할공대의 위력은 무섭다. 천마가 썼던 기문병기는 초절정고수 전용 무구였다.

당연히 강기를 상대할 수 있었고, 남도왕에게 심각한 압박을 주었다.

"크으으, 네, 네년이!"

남도왕은 믿을 수 없었다. 어린 계집에게 자신이 밀리는 일은 꿈에서라도 있을 수 없는 것이다.

그러나 그는 한쪽 팔을 잘리고 내공에도 심각한 타격을 받았던 몸이다. 이렇게 강적을 만나게 되니 과거처럼 몸이 움직여지지 않았다.

반면 공손설은 남도왕에게 전혀 겁을 먹지 않았다. 그녀는 천마의 제자, 천마의 무공 경지를 몇 번이나 보았기 때문에 지금 그녀가 이룬 성취에 대해서도 별로 놀라지 않고 있었다.

카카캉!

공손설의 춤이 격해지면서 쇄공창 역시 연속해서 날아들었다. 남도왕은 쉬지 않고 도를 휘둘러 그걸 막거나 튕겨냈다. 자르려고 했는데 잘리지가 않았다. 쇄공창의 끝부분에서 연보라색의 강기가 느껴졌다.

"씨발, 언제부터 이런 어린애까지 강기를 쓰게 된 거지! 마교의 년, 놈들은 다 괴물인 건가!"

남도왕은 그렇게 외치고는 크게 기합을 지르며 하늘로 뛰어올랐다. 위쪽 역시 할공막이 막고 있었지만 도강으로 억지로 자르니 어느 정도 공간을 확보할 수는 있었다.

그러나 할공막 위에는 또 할공막이 있었다. 벗어날 수 없는 포위망이라 할 수 있다. 남도왕은 그걸 깨닫고는 차가운 표정으로 정신을 집중했다.

상대를 얕보던 마음을 버리고 생사대적을 만났다고 생각하기로 했다.

'네년을 사로잡는 건 포기다. 그냥 죽어라.'

남도왕은 공손설의 위치를 잡아 그쪽을 향해 날았다.

"신도합일, 회전도강!"

콰콰콰콰!

겹겹이 쳐진 할공막이 순간적으로 모두 갈라졌다.

깨우침을 얻어 초절정의 경지에 들어간 공손설의 할공막

은 그전과는 비교도 할 수 없을 정도로 강해졌는데도 남도왕
의 회전도강을 막지는 못했다.

공손설은 춤을 추다가 갑자기 자신의 춤을 깨는 그것을 보
았다.

그녀를 향해 급격한 속도로 다가오는 붉은 도강의 덩어리
는 항거할 수 없는 불새의 춤과도 같아 보였다.

'움직여서는 안 돼. 거슬리지 않고 같이 춤을 추어야 해.'

공손설은 멈췄다. 할공대도 움직임을 멈추고 공간에 정지
했다. 호흡도 중지하고 기의 흐름도 완전히 고정시켰다.

시간과 공간 자체가 그대로 굳어버린 것처럼 느껴질 정도
였다. 그걸 통째로 가르며 들어오는 남도왕의 회전도강만이
오직 유일하게 살아 움직이는 것이었다.

춤은 혼자 추는 것이 아니다. 상대가 있으면 그와 호흡과
동작을 맞춰야 한다. 멈춰진 공간 속에서 남도왕은 혼자 춤을
추고 있었다. 공손설은 그것을 지켜보았다.

"거칠어. 그리고 강해."

소운이 보여주었던 청염의 불새와는 또 다른 강함! 그것은
공손설의 마음을 울렸다.

하지만 공손설은 알 수 있었다. 상대의 강기는 완전하지 않
았다. 비록 강하기는 몇 배나 더 강했어도 익숙하지 않은 중
병기를 휘두르는 것처럼 움직임이 탁탁 끊겼다.

"지금!"

순간적으로 공손설의 몸이 회전을 시작했다. 동시에 모든 공간이 그녀의 춤에 맞추어 돌아갔다. 정이 동으로 바뀌면서 생기는 틈이 오히려 무기가 되었다. 가장 극심한 변화는 이 순간 모든 것을 파괴할 수 있는 힘이 되었다!

팍!

"크윽!"

남도왕은 믿을 수 없다는 표정으로 자신의 가슴을 보았다. 쇄공창이 그의 가슴을 관통해 있었다.

"신도합일의 상태를 뚫고 들어오다니……."

완벽하게 회전강기로 몸을 보호했는데? 그는 그런 눈빛으로 공손설을 보았다.

공손설은 조용히 말했다.

"부상을 당한 후 무리를 했군. 잘려진 한쪽 팔이 원래 도를 쓰던 팔이었을 거야. 강기의 힘은 강한데 도법의 움직임이 둔하니 빈틈이 생겼다."

"그렇군. 네년은 정말 만만치 않았던 거군."

남도왕은 씨익 웃었다.

"이제 보니 난 신강에 죽으러 왔던 거였어."

그는 자신도 모르게 품고 있었던 속마음을 지금 깨달을 수 있었다. 혈불과 천마의 무공을 보고 팔도 잘린 후, 그는 더 이상 삶의 의욕을 느끼지 못했던 것이다.

넘을 수 없는 벽을 본 자의 절망감. 그것에 사로잡힌 지난 십여 년.

결과적으로 얻은 것은 없다. 남은 건 반쪽으로 줄어든 무공뿐. 그걸 바로잡아 원래대로 되돌리는 데에는 다시 몇십 년이라는 세월의 힘이 필요할 것이다.

하지만 남도왕은 그렇게 노력할 만큼 힘과 근성이 남아 있지 않았다. 그래서 몇 개월에서 몇 년 사이에 죽을 수 있는 길을 찾은 것이다.

"그래도 그렇지 더럽게 재수없군. 이런 어린 계집에게 최후를 맞이하다니."

털썩!

남도왕은 쓰러졌다. 절명한 것이다.

공손설은 한숨을 내쉬며 잠시 마음을 안정시켰다. 상대는 그녀보다 강했다. 그러나 결과적으로는 이겼다. 너무나 어이없을 정도로 쉽게.

"강할수록 균형이 흐트러지면 이토록 큰 틈이 생기는 건가. 멸영할공대법에서 말한 강한 것도 유한 것도 모두 좋지 못하니 조심해야 한다는 말이 이런 걸 의미하는 걸까?"

공손설은 방금의 결투를 처음부터 마음속에 되새겼다. 바둑의 승부를 복기하듯 동작과 심리상태 등을 모두 기억하여 잊지 않도록 했다.

처음으로 목숨을 걸고 싸운 상대가 이토록 강하고 또 많은 것을 주었다. 초절정고수 간의 싸움에서만이 얻을 수 있는 것은 결코 적지 않았다.

"이제 나오세요."

어느 정도 생각이 정리되자 공손설은 뒤쪽을 보며 말했다. 그러자 숲 속에서 한명의 여인이 걸어 나왔다.

"칠장로님을 뵈어요."

공손설은 인사를 했다.

상대는 다름 아닌 은발월희 진홍홍이었다. 사실 그녀는 공손설이 외부로 나갔다는 보고를 받고 놀라서 따라 나왔다.

지금 교내의 일은 그녀와 구장로인 은엽어림 무궁이 맡고 있었는데, 은엽어림은 명호처럼 남들 앞에 나서기를 싫어했다. 결국 실질적으로는 대부분 진홍홍이 일을 하고 있었다.

그런 상황에서 폐관 중이던 천마의 둘째 제자가 갑자기 교를 나섰다가 사고라도 당하면 그 책임은 결코 작지 않다.

그래서 그녀는 만사 제치고 급히 나온 것이다.

그런데 산에서 하늘을 찌를 듯한 기세를 느끼고 놀라서 달려왔다. 그리고 두 사람의 결투를 지켜볼 수 있었다.

"대단하군요. 공손소저의 무공이 이 정도였다니? 천마관의 폐관수련에서 커다란 성취를 얻은 모양이네요."

"사형의 도움이 컸어요. 저는 이제 사형을 만나러 갈 겁니다."

"그런가요? 그런데 이자는 누구인가요?"

"남도왕이라고 하더군요. 하지만 그게 진실인지 아닌지는 모르겠어요. 단지 무서울 정도로 강한 것을 보면 거짓은 아닐 거 같아요."

"남도왕! 공손소저는 중원의 최강자와 싸워 이긴 거였군요?"

"아니에요. 이자는 한 팔을 잃어 무공에 큰 허점이 있었어요. 정상이었다면 절대 이길 수 없었을 거예요."

"그럴지도 모르지요. 하지만 한 팔을 잃은 남도왕이라고 해도 이길 수 있다는 것은 놀랄만한 일이에요. 공손 소저의 무공이 우리들 장로들보다 위에 있다는 뜻이지요."

그 말은 진홍홍은 남도왕을 절대 이길 수 없다는 뜻이다. 진홍홍은 절대 자신을 과대평가하지 않는다.

하지만 공손설은 별로 좋아하는 표정이 아니었다. 이기고 지고는 문제가 아니다. 승부가 끝난 이상 아무런 의미가 없다.

"어쨌든 전 이 길로 중원으로 나가겠어요. 미리 말씀을 드리지 않은 것에 대해서는 사과드려요."

"상관없어요. 사형을 만나러 가나요?"

진홍홍은 척 보기만 해도 공손설의 속마음을 안다는 듯 웃으며 물었다.

"……."

공손설은 대답을 하지 못했다.

"호홋."

진홍홍은 다시 웃으며 남도왕의 시체 쪽으로 갔다. 그리고
는 조용히 시체를 뒤져 몇 개의 물품을 꺼냈다.

마지막으로 진홍홍은 남도왕의 도를 들어 살폈다.

"남도왕이 틀림없군요. 그의 표식인 오철편과 애병인 파수
도예요."

"그런가요?"

"그리고 이쪽 가죽에는 남도왕의 격신천애도법이 새겨져
있군요. 축하해요. 공손 소저는 해남도의 최고 무공 중 하나
를 얻으신 거예요."

진홍홍은 남도왕의 물건들을 갈무리하여 공손설 쪽으로
내밀었지만 공손설은 살짝 고개를 저으며 사양했다.

"저는 필요가 없어요."

"그럼 교에서 보관하도록 하죠. 이건 최상급의 무공으로
분류될 터이니 큰 공을 세우신 거예요."

진홍홍의 설명에 따르면 공손설은 교를 나서자마자 최상
급 무공을 얻어 교에 바친 셈이다. 이건 전무후무한 일이라고
할 수 있다.

"그런데 중원으로는 혼자 가실 건가요? 아무래도 경험이
없으니 혼자는 위험할 거예요."

"그건……."

공손설은 그렇지 않다고 단언하지 못했다. 무공 실력이 늘
었다고는 하지만 위험은 꼭 정면으로 닥치지 않는다. 진홍홍

의 지적에는 전혀 틀린 점이 없었기에 말문이 막혀 버렸다.

진홍홍은 공손설의 반응을 보고 보조개를 만들며 살짝 웃
더니 다시 말했다.

"이렇게 해요. 제가 따로 네 명의 수하들 딸려 드리죠. 그
녀들은 경험이 많으니 틀림없이 공손 소저를 중원으로 안전
하게 모실 거예요. 또한 공손 소저의 명에 목숨을 걸고 따르
고, 절대로 귀찮게 하지 않을 거예요."

진홍홍의 제안은 상당히 매력적인 것이었다. 그러나 공손
설은 사형과 몰래 만나고 싶었다. 사부인 천마에게도 알리지
않아야 했다.

"호의는 감사하지만 혼자 가고 싶군요. 안내인은 따로 구
하겠어요."

잠시 머뭇거리던 공손설의 입에서 나온 것은 의외로 단호
한 거절이었다. 진홍홍은 그녀의 태도에서 간섭하지 말라는
의미를 읽고 곧바로 단념했다.

어차피 천마신교의 교리는 강자존이다. 무공 실력이 아닌
다른 것으로 당한다고 해도 그 또한 힘이 약해 당한 것에 다
를 바 없다.

거기에 천마의 제자인 공손설과 장로인 자신은 상하라기
보다는 수평 관계인 만큼 딱히 강요할 방법도 없었다.

결정을 내린 진홍홍은 고개를 갸웃거리며 순순히 길을 비
켜서며 말했다.

"흠, 어쩔 수 없군요. 막는다고 들을 것 같지는 않고. 일단 교에 보고는 하겠어요. 이것들은 증거로 제시하지요."

"그러세요. 그럼 전 가보겠어요."

더 이상 이야기를 해도 시간만 낭비할 것 같은 생각에 공손설은 몸을 돌렸다. 그러자 진홍홍이 등 뒤에서 마지막 충고를 했다.

"그대는 더할 나위 없이 아름다우니 얼굴을 면사로 가리세요. 아니면 길을 가면서 귀찮은 일을 많이 당할 거예요."

"마음 써주셔서 고마워요. 그렇게 할게요."

공손설은 진홍홍의 호의에 사의를 표하고는 몸을 날려 산 반대쪽으로 나아갔다.

그 뒤로 공손설은 커다란 죽립을 쓰고 면사로 얼굴을 가린 채 중원으로 들어오는 상인에게 안내를 부탁했다.

상인들은 공손설의 무공이 비범함을 알고, 또 적지 않은 대금을 지불했기에 그녀를 상전처럼 모셨다.

한편 진홍홍은 교내로 돌아가 같은 장로인 은엽어림 무궁을 찾았다.

무궁은 오늘도 천마신교의 젊은 무인들을 어떻게 효과적으로 독하게 교육시킬까에 대해 생각하는 중이었다.

지필묵으로 무인들의 실전 능력에 대한 평가 방법을 몇 가지 적어놓고 어떤 것을 적용시킬까 고민한다. 그리고 또 그 평가에 따른 상과 벌도 정해야 하니 천마신교의 교마당 당주는 그것만으로도 머리가 항상 바쁘다.

그러나 사실 은엽어림 무궁은 진홍홍의 애인이다. 이 둘은 천마신교의 정치적인 인과관계에서 어느 정도 벗어나 있다.

"이봐요, 구장로. 재미있는 소식이 있어요."

"허, 이제는 우리 둘만 있는데도 구장로라 부르는구려."

"흐응, 이건 공적인 일이에요. 그러니 구장로라 불러야 하지 않나요?"

"상관없으니 일단 그 재미있는 소식을 말해보시오."

"삐치지 말아요. 아무튼 재미있는 소식이란 바로 빙옥마봉 소저가 출관을 했다는 거예요."

"호, 드디어 공손 소저가 출관을? 어디 있소. 임시 내단주로서 일단 만나보아야 할 것 같구려."

"없어요. 중원으로 떠났어요. 교주님을 만나고 사형인 십장로와 비무를 하고 싶다더군요."

"그건 좋지 않소! 아무리 교주의 제자라고 해도 내단에서 나가려면 허락을 받아야 하는 법. 몰래 빠져나가는 것은 마땅히 막았어야 하오."

역시 무궁은 엄하다. 진홍홍은 속으로 그렇게 중얼거리며 다시 말했다.

"막을 수가 없지요. 암, 제가 어찌 마봉의 행보를 막겠어요?"

“무슨 소리오?”

“그녀는 놀랍게도 벽을 깨고 경지에 들어섰어요.”

“뭐라고!”

“그러니까 교내에서 교주님을 제외하고는 가장 고수가 된 거예요. 호호호.”

진홍홍은 그 말을 하고서는 웃음을 터뜨렸다. 그녀와 같은 여성인 빙옥마봉이 젊은 나이에 초절정고수가 되었다는 사실이 크게 기쁜 듯했다.

하지만 무궁은 웃을 수 없었다. 그는 심각한 표정으로 말했다.

“으음, 그렇다면 십장로와 비무를 하겠다는 것은…….”

“정식으로 후계자 싸움에 뛰어들겠다는 거지요.”

“그런 건가.”

“그리고 내 미리 말해두겠는데, 저 진홍홍은 무조건 빙옥마봉을 지지하겠어요. 당신도 아시죠? 우리 환희전은 대대로 유혼천마님의 은혜를 잊지 않고 있다는 것을.”

“그건 알고 있소.”

무궁은 진홍홍을 이해한다는 듯 고개를 끄덕였다.

원래 천마신교에서 여인의 지위는 그다지 높지 않았다. 세상 어느 곳이나 그렇듯이 여인이란 하나의 상품이나 다름없이 취급된다. 그러나 여자의 몸으로 천마가 된 유혼천마는 그걸 용납하지 않았다. 이 점에 대해 그녀는 정말 무서울 정도였고,

그 결과 천마신교 내에서 여성의 지위는 훨씬 높아졌다.

적어도 여자라고 해도 무공이 높으면 무인으로 대접받을 수 있게 되었다.

또한 그 당시 환희전의 지위와 역할도 크게 확장되었다.

천마신교 내부의 유락녀들을 교육시키고, 또 처첩들과 하녀, 하인들까지 교육을 시키는 등 교 내의 모든 비무력 인력에 대한 공급을 총괄하게 되었다.

하급 유락관리부서에서 삼전의 하나로 승격되고 장로가 직접 관리를 한다. 그리고 그 관리는 여성 장로가 되는 것이 대부분이다.

그래서인지 몰라도 그동안 환희전은 여성천마가 또다시 탄생하기를 열망해 왔다. 그러나 여성으로서 유혼천마처럼 강한 사람은 아직까지 나타나지 않았다.

진홍홍은 자신만만한 미소를 지으며 말했다.

"십장로의 무공이 뛰어나기는 하지만, 마봉 소저의 무공을 따를 수는 없어요. 일단 마봉 소저가 십장로와 정식으로 비무를 해서 꺾게 되면 후계자 구도는 완전히 바뀝니다. 이십대에 초절정의 영역이라니? 틀림없이 장래에는 천마의 경지에 들어설 겁니다."

"확실히 그럴지도 모르겠구려."

무궁은 한숨을 쉬며 말했다. 마봉이 정말 그렇게 강하다면 환희전은 오랜 중립 선언을 깨고 적극적인 마봉지지를 표할 것이다.

환희전이 그동안 천마신교 내에서 키워온 힘은 외부에 알려진 것보다 훨씬 크다.

하지만 십장로 역시 만만하지는 않다. 본인의 무공도 대단하지만 그보다 더 무서운 것은 그의 심계라 할 수 있다. 아직 젊은 나이에 전 십장로를 완벽하게 몰아내어 후계자 자리를 굳히려 하지 않았던가?

'정말 다음 대 교주가 누가 될지 궁금하군.'

무궁은 고개를 절레절레 저으며 속으로 그렇게 중얼거렸다. 그러면서도 그는 속이 쓰린 것을 느꼈다. 교에서 천재적인 인재가 둘이나 나왔는데 그들이 모두 교마당 출신이 아니라는 것이 교육자로서 아쉬운 점이라 할 수 있었다.

그사이 진홍홍은 서류를 꺼내놓고 나중에 공손설에게 환희전이 어떤 도움을 줄 수 있는지를 검토하기 시작했다.

그녀는 이미 완벽하게 오해를 해서 공손설이 소운을 만나 비무를 하려 하는 이유에 대해 조금도 의심하지 않았다.

어쨌든 간에 진홍홍의 배려로 남도왕의 최후는 외부에 알려지지 않았고, 빙옥마봉 공손설이 교를 나왔다는 것 또한 비밀로 취급되었다.

그렇게 또 한사람의 고수가 중원에 들어왔다.

*　　　*　　　*

소운이 양주에 도착했을 때, 서문량은 본격적으로 회천신무회의 결성 준비를 하느라 눈코 뜰 새 없이 바빴다.

마양평야의 비무에서 혈장천마가 승리를 한 후에 무림맹은 마교와의 장기전을 대비하기 시작했다. 그리고 회천신무회는 이런 계획 중에 가장 은밀하고도 핵심에 속했다.

하지만 소운을 만나 자초지종을 듣는 것은 무엇보다 중요하다. 자정 무렵 서문량과 소운은 밀실에서 단 둘이 밀담을 나누었다.

"과연, 그렇게 된 거군요."

"그래, 거의 미칠 것 같은 순간이었어. 이제 어떻게 해야 할지가 문제네. 천마신교도 그렇고, 혈불도 십 년 후에는 중원으로 다시 들어온다고 했으니 말이야."

"혈불은 크게 문제가 안 될 수도 있습니다. 그들은 중원을 피로 씻겠다는 것이 아니라, 단지 천하제일로 인정을 받겠다는 것뿐이니까요."

"과연 그렇게 쉽게 끝날까? 중원의 자존심상 혈불이 천하제일고수로 인정받으면, 그때부터 서장의 혈뇌음사가 마교로 불리게 될지도 몰라."

"그 점이 제가 생각하고 있던 가장 무거운 부분입니다. 하지만 그걸 반대로 생각하면 오히려 해답이 있을 수도 있다고 봅니다."

"해답이라…… 어떤?"

"마교가 마교가 아니게 되면 됩니다."

"그게 가능할까?"

소운은 납득하기 어렵다는 얼굴로 물었다. 서문량의 말뜻 자체도 잘 이해할 수 없었다.

"불가능한 것은 아니죠. 하지만 쉽지는 않습니다. 일단 천천히 생각을 해봐야죠."

"천천히로는 곤란해. 내가 돌아가면 어떤 식으로든 천마신교가 움직이게 되니까. 그때 이미 최선의 방법에 따라 그들을 조정해야지."

"그래야겠죠."

서문량은 차분하게 대답을 하고는 소운에게 하나의 보따리를 내밀었다.

"이건?"

"검성께서 일로마협에게 전하는 비급과 서신입니다."

"나에게?"

소운은 의아한 표정으로 서문량을 보았다.

"무림의 운명을 일로마협께 맡긴다는 내용이 적혀 있더군요."

"으음……."

할 말이 없다. 아무리 요즘 소운이 양심을 버렸다고는 해도 검성이 그의 계획에 휘말려 죽은 것은 마음에 걸려 하고 있었다. 그런데 검성은 오히려 소운에게 자신의 깨달음이 담긴 무공비급을 전했다.

"후우, 운명의 흐름이 묘하게 돌아가는군. 하지만 멈출 수는 없어."

"사형의 마음은 이해합니다. 무림맹은 어떻게든 제가 바로 세울 테니 심려 마십시오."

"사제가 그런 식으로 말하다니, 검성께 의리를 느끼고 있군?"

"그렇습니다."

"알겠어. 무림맹이 잘되는 것은 나도 원하는 바이니, 최소한 할 것은 하자고."

소운은 서문량이 무림맹을 위하겠다는 말에 반대하지 않았다. 그들의 목표는 어디까지나 마교의 뼛속까지이지 무림맹은 아니다.

"그런데 말이야, 천마신교의 가장 큰 재산은 무공이잖아. 그러니 그걸 어떻게 할 방법은 없을까?"

"무공을 말입니까? 이미 필요한 것은 대충 얻었지 않습니까?"

"아니, 그게 말이야. 이번에 생각을 하게 된 건데 중원의 문파에 마교의 무공을 팔아먹는 건 어떨까 해서 말이야."

소운의 말에 서문량은 눈을 빛냈다.

"자세히 설명해 보십시오."

“그러니까……."

소운은 이곳까지 오면서 정리해 놓았던 자신의 구상에 대해 말했다. 그러자 서문량은 무릎을 탁 하고 치며 적극적인 시선으로 답했다.

“추진하죠."

“될까?"

“아마 불만과 저항이 적지 않을 테지만, 실행할 가치는 있습니다."

“그래?"

“예, 단순이 이익을 얻는 것만이 아니라, 제가 말씀드렸던 마교가 마교가 아니게 된다는 점과도 통합니다. 사형의 생각은 아주 훌륭한 계략입니다."

“그렇단 말이지."

소운은 미소를 지었다. 서문량이 확신을 가지고 말을 하는 이상 이 일은 꼭 해야 한다.

“하지만 일단 조금 교묘하게 일을 꾸밀 필요는 있습니다."

“그거야 사제가 알아서 해줘. 내가 할 역할과 혹시 모를 변수에 대한 예상을 가르쳐 주면 그 다음에는 알아서 해볼게."

“그러지요. 일단 며칠 간 이곳에서 계십시오."

이것으로 소운이 천마신교 내에서 시행할 새로운 정책이 결정된 셈이다.

이제 남은 것은 무림맹 쪽. 소운은 화제를 바꿔서 서문량에게 물었다.

"그나저나 회천신무회의 수련 장소는 구했어?"

소운은 당면한 가장 큰 문제에 대해 물었다. 천외신무회에서 추진하는 이 일은 활선문의 장래와 큰 연관이 있기 때문에 어떻게든 최우선적으로 처리를 해야 했다.

하지만 서문량은 고개를 저었다.

"쉽지 않습니다. 드러나지 않은 장소가 필요한데 그게 다른 무림세력하고 연관이 있어서도 안 되니, 어디 천외고도라도 찾아야 할 듯합니다."

"섬이라…… 그것도 나쁘지 않겠군."

천마신교에서도 가끔 외딴 섬에 사람을 보내 목숨을 건 훈련을 시키기도 한다. 그렇게 실전전투에 투입될 무인들을 확보하면 나중에 다 도움이 된다.

"마땅한 섬도 없습니다. 혹시 사형께서 봐둔 섬은 없습니까?"

"없지. 음, 차라리 등하불명이라는 말을 실천하는 셈치고 천마신교가 애용하는 명황도에서 수련을 하는 건 어떨까?"

"그것도 나쁘진 않지만 만약 그 사실이 알려졌을 때 마교와 무림맹 양쪽에 할 말이 없을 겁니다."

"하기야 그렇지."

"그리고 섬에서 수련을 하려면 뱃길을 알아야 하고, 뱃길은 어부의 눈을 속일 수 없으니 결국 시간이 흐르면 세상에 비밀이 새어나갈 겁니다."

서문량의 말대로 섬은 힘들 것 같았다. 다른 문파의 힘을 빌리면 혹시라도 적당한 곳을 찾을지도 모르지만 천외신무회의 능력, 다시 말해 소운과 서문량만으로는 섬을 수배해서 장소로 지정하는 것은 힘들다.

"참, 그건 그거고, '은무별곡에 쳐져 있는 진' 말인데."

소운은 문득 생각이 났다는 듯 서문량에게 물었다.

"예, 말씀하십시오."

"적당한 계곡에 그걸 설치하면 되지 않을까?"

"그건 나름대로 좋은 방법일 겁니다. 하지만 시간이 모자라겠군요."

"진을 설치하는데 시간이 오래 걸리나?"

"은무절진 정도의 대진이라면 일이 년으로는 안 끝납니다."

"으음, 역시 그렇군."

소운은 모처럼 좋은 생각을 했는데 시간이 모자라다는 것에 조금 실망한 표정을 지었다. 그러나 진에 대해서라면 소운은 거의 문외한이나 다름없다. 서문량의 말을 전적으로 믿을 수밖에 없다.

"아!"

소운은 드디어 생각이 났다는 듯 손바닥을 탁 치며 감탄성을 발했다. 이런 표정을 짓는 것은 정말 좋은 생각이 났을 때 뿐이다.

서문량은 기대에 찬 표정으로 소운의 말을 기다렸다.

"절진이 쳐져 있는 계곡이 하나 있기는 있어. 그것도 사람 들이 거의 모르는 곳이 말이야."

"어딥니까?"

"바로 만진자가 은거한 무재곡이야."

"만진자? 바로 은무절진을 설치해 준 분 아닙니까?"

만진자는 백여 년 전에 진법으로 제갈세가를 넘어섰다는 사람이다. 그야말로 드물게 보는 진법의 대가로 당대에는 일 인자였다고 할 수 있다. 그런 자가 은거한 곳이라면 범상치는 않을 것이다.

서문량의 눈에 찬 기대의 감정이 더욱 커졌다.

"그렇지. 그분이 당시 사조께 빚을 지고 그걸 갚기 위해 은 무절진을 설치한 후에 말이야. 남은 재산을 모두 투자해서 무 재곡을 만들었거든. 그 뒤로 안에서 나오지 않은 걸로 알고 있어. 사조님도 몇 번 만나러 가셨다가 뜻을 이루지 못하셨다 고 되어 있지."

"그렇군요."

"그런데 생각해 보면 만진자가 무슨 절세고수도 아니니 지 금까지 살아 있을 리가 없잖아. 그러니 아마 무재곡은 지금 비어 있다고 봐야 할 거야."

"그것 나쁘지 않군요. 다른 사람은 그곳을 알지 못합니까?"

"거의 모를 걸. 무재곡은 이름 그대로 존재하지 않는 계곡이야. 사부님도 만진자가 마지막으로 남긴 서신에서 장소를 알았을 뿐, 계곡을 다 뒤졌어도 결국 장소를 찾아내지는 못했어."

"흠, 그럼 지금도 찾기 어려울 것 같군요."

"이제는 아니야. 내가 찾을 수 있을 것 같아."

"그런가요?"

"적어도 진이 있는지 없는지는 알 수 있어."

반대로 말해서 초절정의 경지에 도달하지 않으면 진이 있는 것을 찾을 수 없다는 뜻이 된다.

서문량의 소운의 말에 담긴 뜻을 알아차리고는 고개를 끄덕였다.

만진자가 은거한 계곡을 무림맹의 사람들에게 제공할 정도가 되면 사람들은 천외신무회의 저력에 감탄할 것이다.

"그곳이 가장 적합할 것 같습니다. 사형께서 수고를 해주십시오."

"알았어."

소운은 대답을 하고는 몸을 일으켰다. 시간이 많은 것이 아니니 결정이 난 사항은 바로바로 처리를 해야 했다.

"내가 다녀올 동안 사제는 천마신교 쪽 정책을 구체적으로 정리해 줘."

“알겠습니다.”

두 사형제는 일을 할 때 손발이 척척 맞았다. 그들은 즉시 자신이 해야 할 일들을 하기 시작했다.

第七章
칠채앵무(七彩鸚鵡)

난 영조야 !

太上說南斗延壽保命

說南斗延壽保命時老君告天師曰
天八會之真文三洞三清之上
於彙道元始天尊昔經歷于億萬劫天地始終

安真經太上說南斗
此經乃九天八
與衰而人倫五運遷變萬彙道

칠채앵무(七彩鸚鵡)

난 영조야! 제발 내단만은 뽑지 말아줘!

"저곳이군."

소운은 산을 헤맨지 얼마 되지 않아 무재곡이 있을 것 같은 장소를 찾아냈다.

이미 산세를 읽을 수 있었고, 외면이 아닌 숨겨진 기의 흐름도 보이는 경지에 이르렀다. 진이 아무리 교묘해도 완전히 자연에 동화될 수는 없다.

하지만 그렇다고 해서 들어갈 수 있는 것은 아니었다. 소운은 무재곡의 진이 전에 경험했던 제갈세가의 그것에 비해 결코 만만치 않다고 생각했다.

"이걸 어떻게 뚫고 들어가지? 혹시 만진자가 살아 있어서 진을 열어주었으면 좋았을 텐데……."

차라리 서문량이 왔으면 더 좋았을지도 몰랐다는 생각도
들었다. 그러나 서문량이라고 해서 진을 파해할 수 있는 것은
아니다.

한참 궁리를 한 끝에 소운은 일단 뛰어들어 보기로 결심했
다. 무작정 들어가는 건 정말 위험한 일이지만 무재곡의 진은
침입자를 자신도 모르는 사이 외부로 내보내는 힘이 있다고
했다. 사람을 죽이기 위한 진이 아닌 것이다.

일단은 그게 정말인지 확인해 봐야 했다.

"흐읍."

소운은 심호흡을 하여 정신을 맑게 하고는 한 걸음씩 안으
로 걸어 들어갔다. 경치도 전혀 변하지 않았고 주변의 기운
역시 이상한 곳이 없어 보였다.

그러나 이미 진 안으로 들어온 것만큼은 틀림없다. 소운은
계속 걸었다. 정면을 보고 걷는 것이 아니라 주변의 산세를
보고 자신도 모르는 사이 방향이 틀어지지 않게끔 했다.

그런데 반나절쯤 걷다 보니 뭔가 이상했다. 뒤를 돌아보니
처음 들어올 때와 똑같은 경치가 눈에 들어왔다.

"나도 모르는 사이 되돌아 나온 것인가?"

소운은 인상을 쓰며 주변을 살폈다. 그러나 아까 있었던 곳
은 아니었다.

한참을 더 헤맨 끝에 소운은 겨우 이곳이 처음 있었던 곳과

는 정반대 쪽의 숲이라는 걸 알았다. 놀랍게도 이 산세는 앞과 뒤가 완전히 같아 보여서 좌우를 분간할 수가 없었다.

"천연의 절진이라 할 수 있구나! 만진자가 왜 이곳에 은거를 했는지를 알겠다."

소운이 보기에 이곳은 산세 자체가 사람을 현혹시키는 힘을 지니고 있었다. 그 위에 다시 진을 설치하면 어떤 사람도 깨기 어려운 절진이 되리라.

"제길, 어렵겠군."

소운은 암담함에 몸을 떨었다. 그러나 한 번 온 이상 어떻게든 들어가야 했다.

"그나마 단서가 있으니 망정이지 말이야."

소운은 품속에서 오기 전에 서문량이 준 은무절진의 해설서를 꺼내 들었다. 오면서 수백 번이나 읽었지만 아직 내용의 반의반도 이해를 할 수 없었다.

진법을 익히려면 적어도 십 년은 파야 겨우 방위에 대한 개념이 잡힌다고 했다. 그나마 소운은 무공의 깨달음을 얻은 것이 도움이 되었기에 방위의 변화는 쉽게 익혔다. 그러나 그것이 어떻게 자연의 기를 움직여 사람의 정신을 현혹시키는지는 알 수 없었다.

"그래도 하나씩 대비를 해보면 뭔가 알게 되겠지."

서문량이 말하길 만약 무재진의 성격이 은무절진처럼 안의 공간 중 일부를 숨기는 것이라면 기본 구조가 같을 것이라고 했다.

그리고 같은 구조의 진이라면 시작점과 끝점의 방위는 일치할 가능성이 아주 높다.

소운은 은무절진의 진도와 이곳의 산세를 비교해 보았다. 과연 계곡 주변의 산형이 비슷해 보였다. 단지 이곳은 어떤 곳에서 봐도 반대편과 같아 보인다는 점이 더 교묘할 뿐이다.

"그렇다면 동쪽으로 더 가야 출입구가 나온다는 소린데……."

소운은 방위를 따져 가며 이동을 시작했다.

은무절진은 입구에 있는 바위로부터 시작된다. 그곳에서 이동을 잘하면 별부로 들어갈 수 있고, 아니면 병자들이 사는 지역으로 가게 된다.

하나의 거대한 바위가 있는 곳에 도착하니 과연 이곳인가 싶었다. 그러나 이제부터 어떻게 들어가야 할지는 알 수 없었다.

"역시 가장 무식한 방법이 도움이 되겠군."

소운은 즉시 검을 뽑아 바위를 두 쪽으로 갈랐다.

쩍!

집채만한 바위가 단숨에 둘로 갈라져 양쪽으로 벌어졌다. 소운은 그사이로 다시 길게 검강을 뽑아 일직선으로 쏘아 보냈다.

슈우우욱!

검강에 걸린 나무가 몇 그루나 잘려 나갔다. 이것으로 표식은 만든 셈이다.

진의 시작점을 파괴하면 어느 정도 틈이 벌어질 가능성이 적지 않다. 그 후에 다시 안쪽으로 들어가 중요 지역을 하나씩 건드리다 보면 안으로 들어갈 가능성이 없진 않다.

일단 안으로 들어가면 만진자가 있거나 그의 유물이 있을 테니 그걸 찾아서 나온 후에 서문량에게 연구를 시키면 되는 것이다.

과거 만진자가 살아 있을 때에 누군가가 이렇게 진을 훼손시키면 만진자는 그를 안으로 들이거나 아니면 진을 이용해 공격을 가해왔을 것이다.

하지만 아직까지 그런 기미가 없는 것으로 보아 이곳은 아무도 지키지 않는 곳인 듯했다.

"기본적으로 산 전체에 불을 지르면 진이 깨어지겠지만, 그러면 의미가 없지. 그럼 다시 시작해 볼까."

소운은 마음을 굳게 먹고 한 걸음씩 안으로 걸어 들어갔다. 그리고는 중간 중간 산세를 살피면서 은무절진과 비교를 해서 진의 중요 지점이라고 생각되면 표식이 되는 나무나 바위를 파괴했다.

그렇게 삼 일 밤낮을 작업하니 어느새 무재진의 기운이 밖으로 새어 나와 만만치 않은 귀기가 느껴졌다. 하지만 그것이 어디서 나오는지는 알 수 없었다.

"귀기, 어디서 나오는 거지?"

귀기가 흘러나오는 곳만 확인하면 또 한 단계는 안으로 들어가게 될 것이다.

진의 존재와 시작점, 그리고 기본형까지 알고도 이렇게 고생을 하는 것이 믿기 어렵지만 앞으로 몇 번만 더 고생하면 안으로 들어갈 수 있을 것 같았다.

멀지 않았다는 생각에 소운은 쉬지 않아도 기운이 나는 듯했다.

그런데 그때 소운은 누군가의 시선을 느꼈다. 멀지 않은 곳, 바로 등 뒤쪽 삼 장 거리.

"응?"

의식이 자연스럽게 움직여 상대를 잡아내려 했지만 그 순간 사라져 버렸다.

허깨비일까? 그렇지 않다면 한 번 느꼈던 존재감이 꺼지듯 사라지지는 않을 것이다. 적어도 이동을 한다든가 해서 그의 감각 영역 밖으로 벗어나야 한다.

소운은 일단 그곳을 확인했다. 둥근 바위가 하나 있었다. 귀기가 느껴지는 바위는 귀신의 얼굴이 새겨진 것으로 진의 중추 중 하나임에 틀림없었다.

"재수가 좋군."

팍!

소운은 바위를 부수었다. 그러자 공간이 열리는 것 같은 느

낌과 함께 정면으로부터 강렬한 귀기가 쏟아져 나오기 시작
했다.

꺄아아아아!

반투명한 여인이 비명을 지르며 다가온다. 이것이 말로만
듣던 처녀귀신이란 말인가? 소운은 무시했다.

그런데 감각이 그걸 무시하지 못하게 했다. 반사적으로 몸
을 움직여 피해야 했다.

휘류류류!

일단 진이 본격적으로 발동되자 소운은 고달팠다. 특히 처
음에 처녀귀신의 기운에 몸을 피한 게 더욱 진의 발동을 강하
게 만든 것 같았다.

수많은 귀신의 형상이 나타나 웃음소리와 곡성을 흘렸다.
어설픈 내공을 가진 자였다면 단번에 기절을 했을 법한 힘이
담겨 있었다.

소운은 가능한 한 그런 허상이 아니라 진 자체를 보려 했
다. 그의 무공이라면 충분히 가능하리라 생각했다. 그런데 전
혀 보이지 않았다. 그가 발로 디디고 서 있는 땅조차도 느낄
수 없었다.

"완전히 걸렸나!"

소운은 다시 그의 앞에 나타나 거대한 낫으로 목을 베려고
하는 귀신을 피하며 중얼거렸다.

검을 뽑아 반격을 하고 싶었지만 억지로 참았다. 피하는 것

만 해도 이미 넘어간 셈인데, 여기서 반격까지 했다가는 죽을
때까지 진의 기운에 휘말려 버릴 가능성이 높았다.

"젠장, 움직이면 안 돼."

소운은 귀신의 공격을 피하지 않으려 했다. 그런데 또다시
몸이 저절로 움직였다. 스스로의 몸을 제어할 수 없다니! 지
닌 바 무공의 경지가 모두 다 헛것처럼 느껴졌다.

마음이 흔들리니 귀신의 공격에서 느껴지는 살기를 진짜
로 받아들이는 것이다. 이 정도면 진에 완전히 휘말려 버렸다
고 해야 했다.

이제는 진이 소운을 죽이려 하면 죽일 것이고, 자비를 베풀
어 외부로 내보내려 하면 나갈 수밖에 없다. 소운은 자신이
무재곡의 진에 패배한 것이나 마찬가지라고 생각했다.

진 앞에서 무공은 전혀 쓸모가 없었다.

'아니지. 그게 아니야.'

무공을 의심하면 안 된다. 그것은 소운의 가장 깊은 곳에
존재하는 힘이고 최후까지도 함께 할 아군이다.

소운은 생각을 바꿨다.

'만약 내 본능이 저걸 피해야만 한다고 느끼는 거라면? 지
금 나는 위기를 맞아 이성보다 본능의 힘이 더욱 강하게 작용
하고 있는 걸지도 몰라.'

진에 걸려 정신이 현혹되기 시작되면 움직이지 않는 것이
좋다. 진이 만들어내는 환상은 무시해야 한다. 소운의 지식은

그렇게 알고 있었다. 그리고 이성은 그 지식에 따라 판단을 했다.

그런데 본능은? 위기가 오면 반응한다. 본능마저 현혹되었을 지도 모르지만, 그렇지 않다면 지금 저 귀신들의 공격은 위험한 것이다!

소운은 차분히 마음을 가라앉히고 귀신들의 움직임을 보았다.

'움직임은 곧 형(形). 형이 있다는 것은 나의 인식 아래에서 움직인다는 것을 뜻한다.'

허상이면 어떻고 실상이면 어떠리. 소운은 모든 귀신들의 움직임을 한꺼번에 살폈다.

그리고 알았다. 귀신들의 움직임은 소운의 상상이 만들어내는 것이 아니었다. 만약 그랬다면 소운이 그렇게 정확하게 저들의 모든 동작을 인식할 수 없었을 것이다.

진 자체의 힘으로 귀기가 형상을 만든다. 그게 가능할까?

휘익!

다시 귀신의 공격이 있었다. 그러나 소운은 이번에는 피하지 않았다. 공격이 눈앞에서 사라졌다.

슈우욱!

소의 머리를 한 귀신이 도끼를 휘둘렀다. 소운은 그걸 피했다. 그건 피해야 한다고 느꼈다.

"과연 그렇군. 어떤 놈이냐!"

소운은 내공을 동원하여 버럭 소리를 질렀다. 누군가가 진 안에 숨어 그를 공격하고 있었다.

"꾸룩!"

누군가가 비명을 질렀다. 과연 있었다! 소운은 전신의 내력을 있는 대로 끌어올려 다시 소리를 질렀다. 불문의 사자후와 비견되는 천마소가 그의 입에서 시전되었다.

"끓어라!"

끓어라, 어라, 어라, 어라.

산 전체가 요동을 치는 듯했다.

"꾸루룩!"

비명 소리가 다시 들려왔다. 그리고는 귀신의 형상이 사라졌다.

하지만 이번에는 깊은 안개가 끼여 한 치 앞을 가릴 수 없게 되었다. 마치 은무별곡의 운무와 비슷한 기운이었다.

"이게 원래 진의 효과로군. 그렇다면 방금 나타난 귀신들은 숨었던 놈이 만들었단 소린데……."

만진자일까? 그가 살아 있는 것일까? 그건 아닐 것이다.

"제자가 있나 보군. 재미있는데?"

만약 만진자의 후인이 있다면 그는 틀림없이 진법에 정통할 것이다. 소운은 제갈세가에서 한번 호되게 당한 이후 진법이 가진 힘에 대해 큰 매력을 느끼고 있었다.

그러나 소운이 지금부터 진에 대해 공부를 할 수는 없다.

사제인 서문량 역시 마찬가지, 그가 할 수 있는 것은 계략을 꾸미는 것이지 진을 설치하는 것과는 또 다르다.

"좋아! 네놈이 누군지는 모르겠지만 꼭 잡아서 우리 천외신무회의 진법담당으로 삼겠다."

소운은 의욕백배하여 진 안으로 들어갔다. 이제 또 하나의 관문을 통과했으니 거의 중심에 도달할 때가 된 것 같았다.

안개의 기운은 귀기라기보다는 영기에 가까웠다. 숨을 들이쉬면 마음이 가라앉고 정신이 맑아지는 게 이곳에서 무공을 수련하면 적지 않은 이익을 볼 것 같았다.

"나쁘지 않아."

소운은 이런 영기를 모을 수 있는 진법에 대해 일종의 경외감을 느꼈다. 그러는 한편 아까까지 느껴졌던 귀기를 일으킨 자에게 화가 났다.

"영기를 귀기로 바꾸어서 쓰다니, 필시 마음이 올바른 자는 아닐 거다. 붙잡으면 일단 버릇을 고쳐야겠군."

성격이 삐뚤어진 자는 천마신교 내에서 수없이 보았다. 그리고 그곳에서는 미친 자를 길들이는 방법 또한 아주 체계적으로 개발된 상태다. 이곳에 있는 자가 아무리 괴팍한 성격이라고 해도 소운은 그자를 다룰 자신이 있었다.

"그러고 보니 혹시 그자는 이곳에서 한 번도 밖으로 나가지 못한 게 아닐까?"

문득 그런 생각이 들었다. 만진자가 죽은 후에 이곳에서 진을 지키며 살았을지도 모른다.

"그렇다면 상당히 불쌍한 놈인데, 심하게 다루면 안 되려나……."

몇 년일지도 몇십 년일지도 모르는 세월을 이런 곳에서 혼자 지낸다는 것은 정말 괴로운 일일 터이다. 소운은 마음이 약해지려는 자신을 느꼈다.

"아니지, 그런 과거는 내가 동정해도 소용이 없는 것이야. 내가 할 일은 그놈을 잡아 가진 바 능력을 모두 발휘할 수 있도록 해주는 거다."

소운은 다시 마음을 독하게 먹었다. 계곡의 주인이 자신을 공격한 것은 이해한다. 그는 지금 허락도 받지 않고 진을 파괴하고 있으니까.

하지만 반대로 말하면 경고도 하지 않고 공격을 가해온 이상 상대로 패배했을 때에는 나름대로 각오를 했을 것이다. 이것은 지극히 천마신교다운 사고방식이었지만 소운은 그렇게 생각하기로 했다.

그때 다시 진에 변화가 발생했다.

스스스슥!

안개가 갈라지면 안에서 귀신들이 몰려나왔다. 소운은 두 눈을 부릅뜨고 그것들이 위험한지 아닌지를 의식적으로 구별하려 했다.

하면 된다! 무의식이 구별하는 걸 의식수준으로 끌어내는 것이다. 이건 잠재 능력의 개발과도 직결되는 것이니 상당히 훌륭한 수련이라 할 만했다.

"없군."

소운은 이번에 나온 귀신들이 그야말로 허깨비라는 걸 알 수 있었다. 그것들은 소운의 앞까지 왔다가 비명을 지르며 사라져 버렸다.

"위인가!"

소운은 위쪽에서 그를 해하려는 기운을 느꼈다. 그는 즉시 검을 뽑아 그것을 베었다.

팍!

작은 철표 하나가 둘로 갈라져 떨어졌다.

그것은 소운의 정수리를 노리고 날아들었던 모양이다. 그런데 그게 소운의 위기감각을 자극했다. 그렇다면 적어도 소운의 호신강기를 뚫을 만한 힘이 있었다는 소리가 된다.

"그냥 떨어진 게 아니다. 위에서 던진 건가?"

제갈세가에서는 끈을 타고 위로 올라갈 수 있었다. 이곳 역시 그럴지도 모른다. 어쨌거나 처음의 공격과는 또 다른 방식이다.

소운은 신경을 극도로 긴장시키며 속으로 중얼거렸다.

'시간을 끌면 안 된다. 단숨에 제압하지 않으면 상대는 점점 더 기묘한 방법으로 나올 것이다.'

그래도 계속해서 공격을 가해오는 걸 보면 진의 중심에 점점 다가가고 있다는 것을 미루어 알 수 있다. 상대는 당황스럽고 조급한 상태이다!

소운은 그렇게 결론을 내리고 검을 쥔 손에 힘을 주었다. 몸 안에서 내력이 서서히 끓어오르려 하고 있었다.

그동안 운공요상법에 의해 열심히 치료를 했지만 역시 아직은 무리를 할 수 없었다.

'한번에 승부를 내자. 만약 실패하면 가능한 한 무시를 하고 일단 진의 안쪽까지 들어간다.'

지금까지 느낀 바에 의하면 상대의 공격은 그렇게까지 위협적이지는 않았다. 단지 이대로 중심까지 들어갔다가 만약 진의 최후 변화라든가 진의 최종 자폭이라든가 하는 무시 못할 봉변을 당할 수 있다는 생각이 들었다.

소운은 일단 상대를 제압하기로 했다. 다음 공격 때 무리를 해서라도 제압에 성공하면 그 뒤에는 마음 놓고 진을 파헤칠 수 있는 것이다.

마음의 결심이 서자 소운의 걸음은 더욱 당당해졌다. 귀기가 감히 다가오지 못할 정도로 강력한 기세를 몸에서 뿜어내니 과연 허상은 스스로 사라지고 오직 안개만이 남았다.

또한 이제는 거의 확실하게 느낄 수 있었다. 누군가가 항상 소운을 보고 있었다. 진의 변화 안에서 보고 있어서 위치는 알 수 없지만, 상대에게서 적의와 경계심이 느껴졌다.

그 감정은 점점 커져 가고 있었다. 이제 곧 상대는 자신의 감정을 행동으로 옮기리라.

'아까 무기를 던졌으니 이번에는 직접 노릴 가능성이 크다.'

소운은 그렇게 생각하며 내력을 끌어올렸다. 그러자 그것이 몸속에서 뭉쳐 하나의 검과 같은 모습을 형성했다. 그리고 서서히 화조무령검의 안으로 흘러 들어갔다.

검은 겉으로 보기엔 전혀 변화가 없었지만 안에 내포하고 있는 화기가 극성으로 달아올라 지금이라도 외부에 모습을 드러내려고 꿈틀거렸다.

'와라!'

소운은 마음속으로 외쳤다.

드드드드!

그가 외친 것과 거의 동시에 상대도 움직였다. 갑자기 땅이 격하게 흔들리며 세상이 거꾸로 뒤집힌 것처럼 위아래의 구분이 사라져 버렸다.

"이런 젠장, 정말 대단한데!"

소운은 일부러 인상을 꽉 쓰며 거친 말을 내뱉었다. 상대가 모처럼 절기라 할 만한 변화를 보였으니 성심성의껏 칭찬을 해주어야 했다.

하지만 소운은 검을 잡은 손을 쥐며 감각을 계속해서 사방으로 퍼뜨렸다.

어딜까? 어디서 올까?

사방에서 귀신이 나타나 소운을 둘러싸고 춤을 추었다. 귀곡성이 공간을 울리고 땅이 하늘이 되었다. 소운은 일단 귀를 막았다. 그리고 다시 눈을 감았다. 그래도 하늘과 땅이 뒤집힌 기분은 사라지지 않았다. 이미 오감이 모두 진에 휘말려 버린 듯했다.

'휘말리면 어떠냐. 앞뒤나 위아래가 조금 헷갈린다고 내공이 사라지는 건 아니지.'

소운은 자신의 몸속에서 힘차게 뛰는 심장의 박동 소리를 들었다. 그리고 단전에 웅크리고 있는 지금이라도 터질 것 같은 혈장천마의 내공과 독정의 기운도 생생하게 느꼈다.

우주가 혼돈이 되어도 그 자신은 변한 게 없었다!

드드드드!

진동이 다시 느껴졌다. 그곳이 바로 땅인 듯했다. 그리고 소운을 해하려는 기운은 바로 땅속에서 다가왔다.

그걸 깨닫는 순간 소운의 의식이 안개를 뚫고 사방으로 퍼졌다.

진이 영기를 모아 만들어낸 감각의 혼란이 지금 뚫렸다.

"좋군!"

화르르르륵!

소운은 스스로에게 감탄하며 검을 뻗었다. 그러자 거의 검이 깨질 정도로 꽉 차 있었던 그의 내력이 검봉을 타고 뿜어져 나왔다.

거대한 청색의 불새! 그것은 형성되자마자 크게 날갯짓을 했다. 그 기운은 일순간 진의 영기를 모두 밀어낼 정도로 강했다.

불새는 다가온 상대가 도망가지 못하게 날개로 감싸고 부리를 크게 벌려 단숨에 덥석 삼켰다.

"꾸류류류!"

상대는 기묘한 비명 소리를 질렀다. 소운의 진기가 그의 전신으로 파고드니 도저히 버틸 수 없을 것이다.

"되었다."

소운은 미소를 지었다. 방금 그가 일으킨 강기는 상대를 죽이기 위한 것이 아니라 제압하는 것이었다.

다른 사람의 기와 만나면 그것을 강하게 흔들어 버리는 강기. 하지만 파괴하지도 않고 소멸시키지도 않는다.

그것은 검성의 대정태극에서 얻은 방식인데, 지금 처음으로 써서 성공시켰다.

소운은 이걸 심전검이라 이름 붙였다. 대살검의 극치인 심극검이 대정태극을 만나 비살검의 구결을 얻은 셈이다.

소운은 마음속으로 심전검의 묘리를 다시 한 번 정리하며 끓어오르는 내력을 안정시켰다. 역시 그동안 열심히 치료한 보람이 있어 이제는 한두 초로는 크게 고생하지 않을 듯했다.

일단 몸이 안정되자 그는 의식적으로 제어했던 감각을 다시 활성화시켰다. 귀는 바람 소리를 듣게 되고 눈은 사물을 보았다.

"어디, 어떤 놈인가 얼굴 좀 보자."

소운은 조심스럽게 그쪽으로 향했다. 그런데 아무도 없었다.

"이상하군. 한 명이 아닌가?"

만약 또 다른 자가 있어 쓰러진 자를 옮긴 것인지도 모른다. 하지만 분명히 소운의 감각에는 단 한 명이었다. 되돌아 생각해 보아도 상대는 분명 하나, 소운은 자신의 감각을 믿었다.

"흐음, 내 강기에 당했다면 움직일 수 있을 리가 없는데?"

정신을 잃지 않았다고 해도 그건 마찬가지다. 강기가 몸 안을 완전히 훑고 지나갔으니 당분간은 손가락 하나 까닥할 수 없다.

소운은 다시 주변을 잘 살폈다. 이동을 했다면 이동한 흔적이라도 남아 있어야 하니 그거라도 찾으려 했다.

그러는 사이 진의 안개가 다시 짙어지고 있었다. 영기가 모이며 저절로 진세가 회복되는 것이다.

"흠, 어디 갔지?"

소운은 고민했다. 그러다가 문득 한쪽 나뭇가지에 걸려 있는 하나의 앵무새를 보았다.

"앵무새!"

앵무새가 진 속에 살 리는 없다. 상대가 키우는 새일 것이다.

"음, 사람은 도망가고 새만 남았나?"

소운은 일단 그 새를 집었다. 새는 정신을 잃지는 않았지만 몸을 전혀 움직일 수 없는 듯 두 눈동자로 소운만 보았다. 무척 겁을 먹은 듯한 표정이었다.

"심전검에 당했군. 그럼 역시 그자하고 같이 있었단 소린데……"

"끼루루."

"이상하게 우는군. 보통 앵무새는 뾰로롱 하고 우는데 말이야."

자세하게 살펴보니 몸에 일곱 가지 색의 깃털이 아주 화려하게 돋아 있어 무척 아름다웠다.

이건 틀림없이 최고급 앵무새일 것이다. 울음소리도 특이하니 희귀종임에 틀림없고 싸우는 데까지 데려온 것을 보면 주인이 이 새를 각별히 좋아하는 듯했다.

소운은 일단 앵무새의 몸속에 약간의 내공을 흘려 넣었다. 동시에 소운은 이기어검의 묘리에 따라 새의 몸에 기의 끈을 연결했다.

"주인을 찾아갈 수 있겠지? 진 안으로 들어왔으니 나가는 방법도 알 것이고."

"끼루루!"

금새 활기를 되찾은 앵무새는 날개를 퍼덕이며 소운의 손에서 날아올랐다. 하늘을 향해 수직으로 솟아오른 앵무새는 허공을 작게 한 바퀴 돌아 방향을 살폈다.

그러더니 갑자기 소운을 보며 말했다.

"끼룩, 바보, 바보! 넌 진에서 죽을 때까지 헤매라! 헤매라!"

"저놈이!"

소운에게 속 시원하게 욕을 한 앵무새는 뒤도 돌아보지 않고 날아서 도망가려 했다. 그러나 앵무새의 몸에는 소운이 연결해 놓은 기의 끈이 남아 있다.

소운은 손가락을 까닥거려 그 끈을 당겼다.

"끼루룩!"

"잘 들어보니 갈매기하고 비슷한 울음소리군."

소운은 앵무새의 버둥거림을 무시하고 손가락에 더욱 힘을 주었다. 그런데 생각보다 앵무새의 힘이 강했다. 그냥 강한 게 아니라 말도 안 될 정도라 할 수 있었다.

보통 사람이었다면 거꾸로 앵무새의 힘에 끌려 하늘로 날아올랐을 것이다.

"네가 무슨 황소라고 힘을 써!"

"끼라락!"

툭!

결국 앵무새는 소운의 손바닥 위로 다시 떨어졌다. 그런데 떨어진 앵무새는 꼼짝도 하지 않았다. 발을 하늘로 향하고 발랑 드러누운 자세에 숨을 쉬는 기미도 없다.

척 보기에도 충격을 크게 받아 죽은 모습이었다.

소운은 기가 막히다는 표정으로 손바닥 위에 놓인 앵무새를 바라보았다.

'나 참, 무슨 새가!'

소운이 아니라면 분명 죽은 것으로 보았을 것이다. 무엇보다 앵무새가 숨까지 멈추고 죽은 척을 한다는 것은 상식 밖의 일이다. 하지만 이 새는 지금 그렇게 하고 있다.

지독하게 운이 없게도 앵무새는 자신이 지금 속이려는 이가 중원에서도 손꼽히는 의원임을 모르고 있었다.

"반항을 하는군."

소운은 웃기지도 않는다는 듯 고개를 살짝 저었다. 그리고는 앵무새의 몸 안에 진기를 흘려넣기 시작했다.

아까는 몸의 기운을 되찾게 해주기 위해 부드러운 기를 넣었는데. 이제는 칼날과도 같이 거친 파동의 기운을 흘린 것이다. 일종의 분골착근과도 같은 수법이었다.

"끼라라라락! 항복! 항복!"

앵무새는 꼬리 깃털을 내렸다. 그는 벌떡 일어나 소운에게 엎드려 날개를 내린 자세로 외쳤다.

"음, 넌 이제 보니 단순히 사람의 말을 기억하고 따라하는 게 아니었군."

"꾸룩, 난 영조다. 영조다."

"오호, 그럼 네 주인은 어디 있지?"

"주인? 꾸루. 진 안에 있다. 있다."

앵무새는 부리로 한쪽 방향을 가리켰다. 그런데 소운은 그 순간 뭔지 모르게 기분이 나빠졌다. 기감이 극대화된 이후 상대의 속 감정을 어느 정도 느낄 수 있게 된 그였다.

"허 참, 새가 사람에게 사기를 치려하다니."

소운은 그렇게 중얼거리며 품속에서 금침을 한 다발 꺼냈다.

"내 전에 닭을 상대로 시험해 본 적이 있는데, 열두 개 정도는 꽂아도 닭이 죽지 않더군. 이 기회에 앵무새의 혈맥에 대해 조금 살펴보도록 하지."

"끼라라!"

앵무새가 난리를 치려했지만 소운의 손아귀에 들어온 순간부터 이미 저항할 방법이 없었다.

소운은 조용히 앵무새의 몸에 금침을 하나 꽂았다.

"나 죽는다! 끼루라라."

"그거 비명이냐? 상당히 듣기 좋군."

이것은 솔직한 감상이었다. 이 앵무새는 평소의 울음소리보다 뭔가 당황하거나 고통스러워하며 '끼라라' 하고 우는 게 더 맑은 소리를 낸다.

그러나 앵무새는 그것을 소운의 협박으로 들었나 보다. 그는 급히 부리를 다물며 공포에 질린 표정으로 전신을 부들부들 떨었다.

'그 참, 새 주제에 표정 한번 풍부하군!'

소운은 이제 되었다고 생각하며 다시 물었다.

"한 마디라도 허튼소리나 행동을 하면 네 날개 깃털을 모두 뽑아버리겠다. 주인은 어디 있지? 뭐하는 자냐?"

새에게 사람처럼 말을 거는 것은 조금 우스웠지만 영성이 트인 영조에다 말까지 하는 앵무새이기까지 하니 편했다.

"날개는 안 된다! 끼루루!"

"일단 몇 개만 뽑고 시작할까?"

소운은 앵무새의 날개깃을 손가락으로 살짝 흝으며 말했다.

"끼루루루루루라!"

비명을 지른다. 놀란 모양이다.

"말한다. 꾸룩. 주인없다. 내가 주인이다. 내가 주인이다."

"응? 너 혹시 이곳에서 혼자 살고 있냐?"

"꾸루루, 그렇다. 그렇다!"

"그럼 진을 움직여서 날 공격한 것도 너냐?"

"……."

소운의 말에 앵무새는 다시 겁먹은 표정으로 부리를 다물고 눈치를 살폈다. 소운은 자신을 그렇게 고생시킨 것이 바로 새 한 마리라는 사실에 황당해하면서 짐짓 무서운 표정으로 말했다.

"일단 깃털부터 다 뽑자. 감히 새가 사람을 공격해? 이 기름에 튀겨 뱃속까지 씹어먹을 닭이!"

"끼락! 내 몸속에 독 있다. 공작담이나 학정홍보다 더한 독이다. 먹으면 죽는다! 먹으면 죽는다!"

"정말? 너 혹시 내단도 있는 거냐?"

소운은 반색을 하며 되물었다. 방금까지는 화가 나서 욕을 한 거였는데 방금 앵무새가 한 말을 들으니 크게 구미가 당겼다. 이제는 농담이 아닌 진담이 되었다.

독을 함유한 영조라니? 아마도 이 정도면 천하에서 찾아보기 어려운 기독일 것이다. 내단 역시 처음 보는 영조의 것이니만큼 아주 드문 약재라 할 수 있다.

앵무새는 소운의 눈에서 진정한 살기와 탐욕을 읽었다. 그는 더 이상 소리도 지르지 못하고 몸만 부들부들 떨었다.

"오호, 있구나."

눈치를 보니 내단도 있는 진짜 훌륭한 영물임에 틀림없다. 내단을 형성할 정도면 적어도 수백 년은 살아야 할 터인데, 그걸로 미루어 보아 이 앵무새는 보기보다 오래된 놈인 것 같았다.

소운은 횡재했다고 속으로 소리치며 점잖게 말했다.

"일단 안전한 곳으로 안내해 봐라. 그 뒤에 널 통째로 먹을지 내단만 빼 먹을지를 고민해 봐야겠다."

“끼랄라랄.”

소운의 말에 앵무새는 그대로 까무러쳐 버렸다. 이번에는 진짜였다.

*   *   *

소운은 결국 무재곡의 안으로 들어가 만진자의 무덤을 볼 수 있었다. 그의 생각대로 만진자는 이미 죽은 지 오래였다.

하지만 그가 남긴 기록은 남아 있었다. 언젠가 이 진에 파훼되거나 누군가에 의해 뚫릴 경우를 대비해 남겨놓은 것 같았다.

소운은 만진자의 유서를 읽고 다시 칠채앵무의 약간 많이 과장된 부연 설명을 들었다.

앵무새의 정체는 전설 속에나 내려오는 보광앵무였다. 만진자는 이 보광앵무를 위해 전 재산을 다 써서 무재곡을 세웠다고 했다.

보광앵무는 앵무새들 중에서도 굉장히 특이한 종으로 태어나서 처음 백 년간은 전혀 화려하지 않은 한 가지 색의 깃털만을 가진다. 그러나 백 년이 지나면 전혀 다른 색의 깃털이 새롭게 돋아나면서 점점 영성을 얻게 된다.

그 뒤 백 년마다 보광앵무의 깃털은 하나씩 색을 더해간다. 그리고 마침내 보광앵무의 깃털이 일곱 가지 색을 띠게 되면 완전히 영성을 얻어 사람처럼 말을 할 수도 있게 되는 것이다.

이른바 칠채앵무가 바로 그것이다. 소운이 봤을 때 그의 손아래 잡혀 있는 것이 바로 칠채앵무였다. 영조 중의 영조로 앵무새의 왕이라 할 만한 새!

만진자는 이곳을 발견했을 때 안에서 보광앵무가 살고 있는 것을 발견하고는 감동의 눈물을 흘렸다고 했다.

"아무리 그렇다고 해도 앵무새 하나 때문에 천하제일의 절진을 설치해?"

"꾸루, 난 영기가 진한 곳을 좋아한다. 그 영감이 나와 같이 있어주는 대신 쓸 만한 집을 주겠다고 했다. 주겠다고 했다."

"만진자가 앵무새 키우는 걸 즐겼다는 소리는 들었지만 그 정도일 줄은 몰랐군."

소운은 한숨을 쉬었다.

사실 중원의 사람들은 귀뚜라미나 구관조 등 여러 가지 애완동물을 기르는데 그것들은 사람의 신분에 따라 그 품종이 크게 차이난다. 비싼 것들은 성 하나를 살 정도라는 소문도 있는 것이다.

만진자는 그중 앵무새에 미쳐 있었고, 우연히 발견한 칠채앵무에 반해 모든 것을 투자해 칠채앵무의 환심을 산 모양이다.

"너도 날 기르려면 뭔가를 해줘야 한다. 꾸꾸. 안 그러면 난 도망가 버릴 거다. 도망가 버릴 거다."

칠채앵무는 이제야 자신의 가치를 알았냐는 듯 꼬리 깃털을 하늘로 치켜세우고 소운에게 말했다.

"그런가? 하기야 너 정도 영물을 기르려면 확실히 투자를 해야겠지."

소운이 순순히 고개를 끄덕이며 말하자 칠채앵무는 더욱 기세가 등등해져 부리까지 쳐들며 오만하게 말했다.

"지금이라도 알았으니 다행이다. 다행이다."

"그런데 말이야. 난 영조를 기르는 취미는 별로 없고, 각종 영물의 내단과 독을 수집하는 건 거의 이성을 잃을 정도로 좋아하거든. 그러니까 난 전직 의사였지. 미안하다."

"까루룩! 살려주세요! 살려주세요!"

"네가 나한테 영단보다 더 좋은 것을 제공할 수 있을 것 같으냐? 그냥 포기하고 죽어라."

소운은 품속에서 의료용 소검을 꺼내 들었다. 이제 자초지종을 다 알았으니 결단을 내릴 때다. 괜히 사람 말을 한다고 해서 영단을 포기할 수는 없다. 이럴 때에는 좀 잔인하다고 생각되어도 냉정해져야 한다.

당연히 칠채앵무는 죽기 싫었다. 그놈은 다급하게 외쳤다.

"까라락, 나 여기 진법 다 알아요. 여기 없는 진법도 알아요! 진법도 알아요!"

"응, 진법?"

소운은 일단 멈췄다. 생각해 보니 이놈이 무재곡의 진을 움직여 자신을 공격해 왔었다.

"꾸루, 지난 백 년간 이곳에서 살면서 만진자에게 진을 배웠어요. 그 뒤로도 이곳을 관리해 왔다고요. 관리해 왔다고요."

"흠, 그럼 이런 진을 계속 유지해 온 거군?"

원래 진이 오래 유지되려면 바위로 만들어야 한다. 그러나 그것도 세월이 흐르면 풍상을 이기지 못하고 점점 모양이 변하게 된다.

하물며 계곡에 쳐진 진은 풀과 나무가 자람에 따라 아무래도 진이 흐뜨러지게 된다. 자연의 기운이 이상하게 고정된 진의 힘을 언제까지나 그대로 놔두지는 않는 것이다.

그런데 칠채앵무의 말을 들어보니 이 새 한 마리가 계곡 전체의 진을 유지해 온 모양이다.

"흠, 그건 약간 흥미가 있는데?"

소운은 유서와 함께 놓여 있는 만진자의 진법도해를 보았다. 이걸 공부해서 실전에 응용을 하려면 무척이나 힘들 것이다. 그런데 알고 보니 만진자의 제자가 있었다.

인간이 아니라 새인 게 조금 마음에 걸리기는 하지만 그래도 사람 말을 하는 앵무새다.

'마침 적격이군!'

소운은 속으로 결심을 했지만, 저 앵무새의 버릇을 고쳐 줄 필요를 느꼈다. 그는 일부러 갈등하는 표정을 드러내며 손으로 턱을 살살 쓰다듬으며 중얼거렸다.

"으음, 내단이……."

칠채앵무는 다시 한 번 전신의 깃털이 거꾸로 서는 공포를 느끼며 소운의 눈치만 보았다. 이미 밑천을 다 내보였는데도 이 인간은 아직도 영단을 아쉬워하는 것처럼 보였다.

앵무새는 인간으로 치자면 침도 삼키지 못하고 최대한 애절한 표정으로 간절하게 소운을 바라보았다.

잠시 생각을 하는 듯 조용하던 소운이 비로소 입을 열었다.

"근데 네가 기문진을 안다고 해서 내가 무슨 도움이 되지? 생각해 보면 널 기를 정도로 난 여유가 없어."

여유가 없다는 건 거짓말이다. 소운은 지금 남는 게 돈이라 할 수 있다. 하지만 눈치를 보니 이놈의 영조는 이미 오만이 하늘 끝까지 올라 있는 상황, 만진자가 버릇을 잘못 들인 티가 꽉꽉 났다.

"끼루룩."

"생각해 보니 널 신용할 수가 없다. 언제 배신을 할지 알 수 없어. 살려서 마음이 불편해 지느니 죽여서 내단을 얻는 게 나을 듯하구나."

"끼라라라!"

"미안하다. 너도 알겠지만 영물의 내단은 정말로 쉽게 구해지는 게 아니거든. 너에게 딱히 감정은 없다만 인간이 원래 그러려니 해라."

"끼라리. 죽이지 말아요! 죽이지 말아요!"

칠채앵무는 거의 죽을 듯한 표정을 지으며 사정을 했다. 새라서 눈물을 흘릴 수가 없기에 망정이지 사람이었다면 펑펑 울었을 것이다.

소운의 눈은 그만큼 비정해서 눈동자에 내단이라고 써 있는 것 같았다.

마음속에 절망이 가득 찼는데 그렇다고 해서 목숨을 포기하기는 싫었다. 지금까지 살아온 나날들이 아깝지 않은가? 영물로 태어났으면 천 년은 채워야 하늘에 우러러 '나 진짜 영물이오' 라고 떳떳하게 말할 수 있는 것이다.

칠채앵무는 최후의 최후까지 소운에게 사정했다. 적어도 생에 대한 집착은 누구 못지않게 강력한 것이 틀림없었다.

그런 칠채앵무의 간절한 눈동자가 소운의 마음을 움직였을까? 소운은 결국 칠채앵무의 가슴을 소검으로 찌르지 못했다.

"휴우, 그냥 가라."

소운은 손을 벌려 움켜잡고 있던 칠채앵무의 목을 놓았다.

"꾸루? 정말? 정말?"

돌변한 소운의 태도에 칠채앵무는 믿기 어렵다는 표정을 지었다. 그러나 정말로 소운이 눈에서는 탐욕의 빛이 사라져 있었다.

"그래, 넌 만진자의 후계자나 마찬가지지. 사조께서 만진자와 교분이 있는데 내 손으로 그 후예를 잡을 수는 없구나."

"꾸루루, 맞아요! 난 만진자의 후예예요! 후예예요!"

"그리고 아무래도 사람 목소리 내는 놈을 잡기는 싫다. 내단이 좋기는 좋지만 그래도 내키지 않은 살생을 하기는 싫구나."

"꾸꾸루, 당신 좋은 사람이에요. 좋은 사람이에요."

칠채앵무는 맹렬하게 감동한 표정을 지었다.

그러나 칠채앵무는 미처 짐작하지 못했다. 만약 그가 소운의 손을 떠나 날아가려 했다면 소운은 즉시 칠채앵무를 잡아 내단을 취했을 것이다.

그는 살려준다고 말한 적이 없다. 그냥 떠나라고 했을 뿐이다. 다시 잡지 않겠다고 말한 적도 없다.

'사람 손에 길들여지지 않을 앵무새라면 그냥 내단으로 취하는 게 훨씬 좋지. 소나 돼지를 먹는 이상 영조라고 대우를 해 줄 필요는 없다.'

속이 아무리 음흉해도 겉으로는 전혀 그런 티를 내지 않는다. 그런 점에서 소운의 심계는 이미 화경에 접어들어 영조의 감각도 충분히 속일 수 있을 정도였다.

"어쨌든 이곳을 떠나라. 이곳은 이제 내가 쓰겠다."

"뭐라고요? 끼꾸, 이곳은 내 집이에요. 집이에요!"

"난 이 무재곡이 필요해서 온 거다. 여기를 다른 사람들의 수련장으로 쓰기 위해서 말이야. 그러니 네가 그냥 떠나라."

"끼루루, 안 되는데, 안 되는데!"

칠채앵무는 날개를 퍼덕거리며 고개를 저었다.

사실 이곳 무재진은 그야말로 천하의 영기가 모이는 명당자리, 원래 이곳은 무재곡이라는 이름으로 불릴 정도로 천연의 기환진이 자연스럽게 형성되어 있어 보통 사람들은 발견할 수조차 없었다.

만진자는 말년에 이곳을 발견하고 크게 기뻐하며 혹시라도 다른 지관들이 이곳을 알아보지 못하게 은환진을 설치했다.

그리고 다시 주변의 영기가 이곳으로 흘러들기 좋도록 계속해서 진을 개량하여 마침내 천하의 절진인 무재영진을 완성시킨 것이다.

그런 만큼 영기에 민감한 칠채앵무는 이곳을 벗어나기 싫었다. 잠시 외출을 하여 건너편 산으로 가 보아도 그곳은 공기가 탁해서 숨을 쉬는 것도 짜증이 날 정도다.

소운은 이것만은 어쩔 수 없다는 듯 엄한 표정을 지으며 말했다.

"마음 변하기 전에 어서 가라. 그리고 가능하면 사람들 눈에 뜨이지 않는 곳에서 살아. 기껏 살려줬는데 다른 놈이 네 내단을 빼먹으면 내 마음이 편치는 않을 것 같다."

"끼루루루!"

칠채앵무는 소운의 말에 겁이 덜컥 났다.

그는 태어나서 지금까지 이곳 무재곡을 벗어나지 않았다.

그런 만큼 바깥 세상이 얼마나 험한지 좀처럼 실감할 수 없었다. 그런데 생각해 보니 정말 다른 인간들에게 잡히면 소운처럼 내단을 빼어먹으려 하지 않겠는가?

생각해 보니 만진자는 정말 신선과도 같은 훌륭한 인간이었다. 내단보다는 자신의 깃털을 먼저 보고, 모든 것을 아낌없이 주었다.

"꾸리, 할아버지!"

칠채앵무는 울었다. 눈물을 흘리지는 않았지만 틀림없이 울고 있었다. 세상의 험난함에 처음으로 몸을 부딪쳐 가족의 따뜻한 정이 추억으로 변해 파도처럼 밀려왔다.

아무리 영조라 해도 칠채앵무가 아는 사람은 만진자 한 명뿐이었다. 만진자는 절대적으로 이 앵무새의 뜻에 맞게 모든 일을 해주었다.

그 결과 칠채앵무는 부자 할아버지 아래서 자란 버릇없는 아이같은 성품을 지니게 된 것이다. 하지만 그만큼의 순진함도 가지고 있었다.

'이 사람을 잡아야 해!'

이 진을 뚫고 자신을 잡기까지 한 인간은 처음이다. 이 인간이라면 자신을 충분히 지켜줄 수 있을 거라는 생각이 떠올랐다. 이제 영단을 빼앗을 마음을 버렸으니 저 사람과 함께하면 충분히 안전할 것이라는 믿음이 생겼다.

"꾸르르, 저 말 잘 들을게요. 저의 주인이 되어주세요. 주인이 되어주세요!"

결국 칠채앵무는 모든 자존심을 버리고 항복 선언을 했다. 하지만 소운은 그걸로 만족하지 않았다. 그는 고개를 가로저으며 곤란하다는 표정으로 말했다.

"너와 같은 영조를 지키는 것은 쉽지가 않다. 혹시 내단을 노리고 무림고수가 덤빈다면 일일이 막아내야 하니 그 또한 귀찮은 노릇이지."

"끼라라라. 제가 진을 움직여서 막아볼게요. 여기 있게만 해주면 뭐든지 할 거예요. 뭐든지 할 거예요!"

사람이라고 치면 거의 울면서 매달리는 지경이다. 주인으로 삼게 해달라는 말까지 거절당했으니 칠채앵무로서는 절망적일 수밖에 없었다.

그런 한편 묘하게 거절하는 소운의 모습에 더욱 마음이 쏠렸다. 저 인간이 허락만 해주면 자신의 안전은 보장받을 거라는 무조건적인 믿음이 쑥쑥 커가는 순간이었다.

칠채앵무는 더 이상 말을 하지 않고 애처롭게 높은 목청으로 울기 시작했다. 소운이 듣기 좋다고 했던 말을 떠올린 것이다.

"끼라라라, 끼라라라."

인간의 말은 아니지만 '살려주세요. 도와주세요' 라는 감정을 실었다. 맹세컨대 칠채앵무 조생 챌백 년 동안 이처럼 애달프게 울어본 일은 처음이었다.

소운은 그 모습에 다시 마음이 움직이는 듯 한숨을 내쉬었다.

"휴우, 정말 이곳을 떠나기 싫은 거냐?"

"꾸리리, 여긴 내 집이에요. 여길 떠나면 살 수 없어요. 살 수 없어요!"

칠채앵무는 소운의 마음이 어느 정도 돌아섰다는 것을 느끼고 온 힘을 다해 간절하게 말했다. 그런 마음이 통한 것인지 드디어 소운의 입에서 기다리던 말이 튀어나왔다.

"그럼 그냥 살래?"

"정말요? 끼루."

"다른 사람들이 들어와 수련을 할 거다. 그들 눈에 뜨이지 않고 살 수 있겠니?"

"그건 얼마든지 가능해요. 조기를 살짝 바꾸면 북쪽이 막히니까 거기하고 진의 경계선에서 살면 되요. 꾸루루루."

"호, 그건 역시 은무별곡하고 같은 식이구나. 그럼 그렇게 하렴."

"꾸꾸! 네."

"그럼 넌 지금부터 이곳 무재곡의 곡주다. 사람들 수련하는 건 방해하지 말고, 혹시라도 침입자가 있으면 그놈들이나 골탕을 먹여 쫓아내면 된다.”

“꾸꾸, 무재곡의 곡주. 맞아요. 난 무재곡의 곡주예요. 무재곡의 곡주예요!”

칠채앵무는 소운의 말이 당연하다고 여겼다.

사실 사람들이 들어오는 건 마음에 안 들지만 이런 상황에서 그것까지 뭐라고 할 수는 없다. 더군다나 무재곡의 곡주라지 않은가? 자신은 원래 이곳의 주인이었고, 이제 소운이 그걸 인정해 주니 기분이 좋아졌다.

무엇보다 분위기를 보니 목숨을 부지하는데 지장이 없어 보였다.

‘흐흐흐, 되었군. 사람들은 신비의 무재곡주가 천외신무회의 또 다른 회원이라고 생각할 것이고 말이야.’

칠채앵무가 진속에 살면서 모습을 드러내지 않는다면 그야말로 찾기 어렵다. 소운의 경우는 그래도 관련된 진의 해법서를 가지고 있었고, 또 무공 또한 초절정의 영역에 달했기에 칠채앵무를 잡을 수 있었던 것이다.

더군다나 칠채앵무는 한번 당했기 때문에 이제는 더욱 조심할 것이다. 소운이라고 해도 다음번에 또 잡을 수 있다고는 확신할 수 없을 정도다.

물론 이제는 무재영진의 해법서를 얻었으니 만약의 경우 진을 해제해 버리면 된다.

그러나 그럴 필요는 없다. 이미 칠채앵무는 천외신무회의 일원이다!

　'사람 손이 모자라서 결국 새의 손까지 빌리게 되는군. 아니지, 새의 날개인가? 아니면 발?

　소운은 천천히 생각을 정리하며 무재곡 안을 살폈다. 칠채앵무는 이제 소운을 적대시하지 않고 스스로 이곳저곳 중요한 지점을 안내했다.

　원래 영조는 한 번 사람에게 굴복하면 그 사람이 죽을 때까지 따른다. 칠채영무는 자신도 모르게 소운을 주인으로 인정한 것이다.

　그렇게 소운은 천외신무회의 비밀수련장인 무재곡과 기문진학의 전문조를 얻게 되었다.

第八章

십대문파(十大門派)

구파일방의 시대는 갔다

說南斗延壽保命時老君告天師曰

天八會之真文三洞三清之上

新彙道元始天尊昔經歷于億萬劫天地始修

太上說南斗延壽保命

安真經太上說南斗

此經乃九天八

熙衰而人倫五運遷變萬彙黃

십대문파(十大門派)

구파일방의 시대는 갔다.
이제는 마도의 십대문파가 중원을 움직일 것이다

소운은 칠채앵무의 이름을 '쿠루'라 짓고 정식으로 주인이 되었다. 쿠루에게 새장을 만들어주고 쿠루는 그곳에 들어가 살게 된 것이다. 물론 새장은 닫혀 있지 않기에 쿠루는 언제라도 밖으로 나갈 수 있었다.

그렇게 무재곡을 손에 넣음에 따라 양주에서의 일은 예정대로 진행하게 되었다.

서문량은 소운이 가져다 준 만진자의 진법도해를 보고 크게 감탄했다. 그것은 한 권의 책자로 이루어져 있었는데 만진자가 평생 구상한 진의 도해가 그려져 있고 옆에는 해석이 붙어 있었다. 아마 그는 당분간 그 도해를 공부하며 지내게 될 것이다.

"쿠루하고 잘 지내야 할 거야. 하하하. 그놈이 그래도 무재곡의 주인이니까 말이야."

소운이 농담을 하듯 웃으면서 말하자 서문량도 같이 웃으며 대답했다.

"그야 당연하지요. 쿠루가 만진자의 진에 대해서 잘 안다고 하니 제가 스승처럼 받들며 가르침을 받을 겁니다."

"허, 그놈에게 진을 배우게?"

"배울 게 있으면 꼭 사람이 아니라도 배워야지요."

서문량의 말은 틀린 것이 없다. 하지만 과연 쿠루가 서문량에게도 순순히 따를지는 모를 일이다.

"그 녀석이 워낙 버릇이 없어. 일단 가면 내 사제라는 걸 꼭 말하는 게 좋을 거야."

"허, 이미 사형이 죽으라고 하면 죽은 척도 한다면서요?"

"그거야 나니까 그렇지. 아마 만만해 보이면 금방 머리 꼭대기 위에 올라서려 할 걸? 그놈이 만진자를 뭐라고 불렀는지 알아?"

"주인님? 주인?"

"훗. 영감이라더군. 그분이 완전히 버릇을 망쳐 놓았어."

"흐음. 그렇군요."

서문량의 눈빛이 변했다. 마치 큰 도전을 받은 듯 빛나고 있었다. 그는 잠시 생각하는 듯하더니 소운과 닮은 웃음을 지으며 말했다.

"무재곡주는 사형, 다음으로 저를 윗사람으로 여기게 될 겁니다."

"그럼 잘해봐. 하하하."

소운은 알아서 하라는 듯 고개를 끄덕이며 크게 웃었다. 그리고는 그동안 서문량이 세워 둔 계획서를 받아들고 양주를 떠났다.

이번 계획은 이름하여 십대문파 창설계!

천마신교의 숨겨진 저력을 모두 끌어내는 것이 이번 계획의 주요 안건이다.

더불어 이것은 천마신교의 힘을 빌어 혈불을 상대하는 일종의 연횡책이기도 하다. 혈장천마가 죽은 이상 십 년 후에 다시 중원을 찾을 혈불과 서장의 무력을 막을 수 있는 대책이 필요한 것이다.

그렇지만 딱히 혈불을 처치할 필요는 없다.

서문량은 이점에 대해 이렇게 설명했다.

"혈장천마는 살아 있었다면 그야말로 중원에 크나큰 재앙이 되었을 자입니다. 그가 중원을 장악하면 적어도 수십 년간은 피의 강이 흐르게 되었겠지요. 그건 혈장천마 혼자만의 힘이 아닌 천마신교라는 세력의 힘 때문이기도 합니다. 하지만 혈불은 이미 늙었습니다. 백오십 세까지 살아서 무공을 수련했다면 천하제일로 인정을 받아도 크게 이상하지 않지요."

"하기야 얼마 안 가서 수명이 다하겠지. 진짜 부처가 아닌 다음에야 말이야."

"또한 서장의 무인들은 천마신교와는 또 달라서 중원을 손에 넣으려 하지는 않습니다. 즉, 중원의 무인들은 단순히 천하제일인이 변방에서 나왔다는 사실에 자존심만 상할 뿐, 실제로 피를 흘리지는 않을 것입니다."

"그 자존심이 중요한 것 아닐까? 애초에 천마신교가 그렇게 배척당한 것도 중원 무림인들의 자존심 때문이라고 보는데."

"자존심은 중요합니다. 하지만 반대로 말하면 아무런 가치도 없는 것입니다."

"선문답 같은 소리는 웬만하면 안 했으면 좋겠어."

"맹자가 말하기를, 태산을 옮기거나 동정호의 물을 모두 말리는 것은 누가 보아도 불가능한 일이나, 자존심을 꺾고 남에게 사과를 하는 것은 충분히 가능하다고 했습니다. 중원의 무인들은 쓸데없이 자존심을 세우기보다는 진정한 실력에 의한 자부심을 얻기 위해 일시적인 치욕을 겪어야 합니다."

"흠, 그게 말은 쉬운데……."

"어떻게든 되겠죠. 뭐, 아무튼 혈불 쪽은 일단 어느 정도 조사를 해보며 대응책을 만들면 됩니다. 서장 무인들의 사상이나 혈뇌음사의 특징 같은 것을 충분히 조사하면 어떻게든 답이 나올 겁니다.”

“그건 그래. 적을 알아야 적절한 대응책을 세울 수 있는 거지.”

소운은 서문량의 의견에 전적으로 동의했다. 사실 그들이 이렇게 천마신교와 무림맹을 효율적으로 이용할 수 있는 것도 모두 양쪽의 내실을 잘 알기 때문이다.

소운이 천마신교에 들어와 그들을 연구한 결과, 천마신교가 생각하는 중원의 무림은 소운이 그동안 자연스럽게 상식으로 여겼던 것들과는 큰 차이가 있었다. 반대로 무림맹이 가지고 있는 천마신교의 정보도 정말로 허황될 정도로 틀린 부분이 많았다.

이래서야 서로 부딪쳤을 때 쓸데없는 피해만 증가한다. 원래 두 세력이 싸울 때에는 나름대로 상대를 알고 분석을 해야 효율적으로 전력을 운용할 수 있는데, 그게 안 되면 국지적인 힘의 불균형이 자주 일어나니 싸움도 훨씬 격해진다.

정보가 어느 정도 유출이 되어야 서로 비슷한 전력으로 대치하며 눈치를 봐야 실전이 줄어들게 되는 것이다.

또한 겸사겸사 천마신교의 기존 자금뿐만이 아니라, 무공이나 무력 등의 무형의 자산마저 모두 자금으로 바꾸어 빼먹는 것도 이 계획 중에는 포함되어 있지만, 그건 중원 전체의 운명에 비하면 그다지 큰일은 아닐 것이다. 라고 소운은 애써 생각하기로 했다.

결국 소운은 신강행을 포기하고 곧 바로 다시 감숙의 은하장으로 돌아왔다. 일단 계획을 시행하고 뒤에서 계속해서 문제를 해결하며 보완을 하게 되어 있었다.

"가신 일은 잘 되셨습니까?"

경천마뇌가 소운을 맞이하며 물었다. 왜 신강으로 가다가 말았냐는 질문처럼 들렸다.

"기연을 얻었소. 이걸 보시오."

소운은 경천마뇌에게 만진자의 진법도해를 내밀었다.

"이것은?"

"백 년 전쯤 중원에 기문진으로 이름 높은 만진자란 자가 있었는데 혹시 알고 있소?"

"오, 만진자는 제법 유명합니다. 저처럼 머리 쓰는 사람이라면 대부분 알고 있지요."

"그자의 유물을 찾았소. 산세가 흐트러진 곳이 있기에 들어갔더니 바로 그의 은거지더군."

"그런 일이 있었습니까?"

경천마뇌는 눈을 빛내며 얼른 진법도해를 펼쳐 보았다. 과연 기기묘묘한 진법이 그려져 있는 것이 틀림없는 진품인 것 같았다.

"이건 좋군요."

경천마뇌는 진법에 능하다. 또한 아주 좋아한다고 알려져 있다. 천마신교는 원래 특유의 진법을 개발해 왔는데, 당대에 그 부분을 책임지고 있는 사람이 바로 경천마뇌다.

그런 그가 만진자의 진법도해를 얻었으니 당연히 기뻐할 수밖에 없다.

소운은 경천마뇌가 기뻐하는 모습을 보며 자신의 일처럼 같이 기뻐했다.

"도움이 된다니 좋구려. 중원의 진법이 제법 뛰어나나 이제 만진자의 도해를 연구하면 우리 천마신교의 진법이 최고라 불리게 될 것이오."

경천마뇌는 새롭게 교주가 될 소운이 진법의 중함을 알아주는 듯하자 더욱 기운이 났다. 평생 지모로 이름을 날린 그였지만 소운의 은근한 속마음을 알 수는 없었다.

"그야 이를 말이겠습니까, 원래부터 신교의 진법은 중원에 비해 전혀 뒤떨어지지 않았습니다. 웅장함은 조금 뒤떨어지지만 기기묘묘함과 파괴력은 훨씬 강했지요. 만진자의 도해를 연구하면 아마도 천마관 주변에 쳐진 마정소요진보다 훌륭한 진을 개발할 수 있을 것입니다."

"그것 참 경사스러운 일이오."

소운은 고개를 끄덕이며 웃었다.

'그렇게 좋은 진은 꼭 개발해야지. 어떻든 간에 절차탁마란 좋은 거니까 말이야. 물론 그렇게 얻은 진은 모두 천외신무회의 것이 되는 거지만. 하하하.'

중원의 무림인에게 천마신교의 무공을 연구시키며 얻은 무공은 모두 천외신무회의 무공이 된다. 이미 개성을 정점으로 천마신교의 무공은 철저하게 분석되고 있다.

반대로 중원의 것을 천마신교가 연구하면 그걸 또다시 빼돌려 천외신무회로 가져간다.

이렇게 개발한 무공을 나중에 소운이 정리하여 새로운 체계를 만든다. 그럼으로써 천외신무회는 독자의 무공체계를 가지게 된다. 아마도 무공의 양과 질에서 어떤 거대문파에도 뒤떨어지지 않는 규모일 것이다.

그야말로 천외신무회는 천마신교와 무림맹이라는 두 거대세력이 협력해서 키우는 비밀조직인 셈이다.

이것이 바로 소운이 생각한 절차탁마계다.

경천마뇌가 아무리 머리가 좋다 해도 이런 소운의 음흉한 속마음을 알 수는 없었다. 그는 마냥 좋아할 뿐이다.

소운은 경천마뇌의 기분이 좋아지자 다음 단계로 넘어갔다.

"그리고 우리 천마신교가 중원에 뿌리를 내릴 수 있는 방법에 대해 생각을 해보았소. 이 일은 빨리 시작할수록 좋기 때문에 신강행을 포기하고 돌아온 것이오."

"무엇입니까?"

"그건 바로 중원에 새로운 십대문파를 세우는 일이오."

"십대문파를 말입니까? 자세하게 듣고 싶군요."

"원래 중원의 땅은 대부분 아홉 개의 대문파와 다섯 세가
의 영향력 아래에 놓여 있다고 봐야 하오. 일방이라는 개방의
경우는 따로 세력권이 있는 게 아니니 일단 따로 생각합시
다."

소운은 경천마뇌에게 설명을 시작했다.

그가 말하는 계획의 요지는 바로 구파일방에 의해 세력이
위축된 다른 문파들을 키우자는 것이었다.

"다른 문파들을 말입니까? 그러니까 우리 천마신교에서 지
원을 하자는 것이군요."

"그런 셈이오."

"하지만 웬만한 문파는 우리의 지원을 받으려 하지 않을
것입니다. 그리고 지원을 하려고 해도 여유 자금이 없습니
다."

"우리가 지원하는 것은 자금이 아닌 무공이오. 그리고 공
짜로 지원을 하는 것이 아니라 일정한 대가를 받고 파는 것이
오."

"대가를 받고 판단 말입니까?"

경천마뇌는 안색을 굳히며 물었다. 이건 말도 안 되는 소리
다. 무인이 자파의 무공을 돈 받고 판다면 그건 길거리의 약
장수지 무인이 아니다.

하지만 소운은 섣불리 판단하지 말라는 듯 고개를 저으며
말했다.

　"우리가 팔 수 있는 무공은 크게 세 종류가 있소. 하나는 그동안 중원과 싸우며 얻은 중원의 무학들. 그리고 둘째는 그걸 연구해서 얻은 무공의 파해법. 나머지 하나가 천마신교 본래의 무공이오."

　"으음, 그럼 중원의 무공을 중원에 되팔자는 뜻이군요."

　경천마뇌는 슬슬 소운의 의중을 눈치 챘다. 이건 의외로 먹힌다는 생각이 그의 뇌리를 스쳤다.

　왜냐하면 그들이 손에 넣은 중원의 무학들이란 바로 각 문파들의 절기에 해당하기 때문이다.

　이걸 원하는 자에게 판다면? 문파가 커지면 은원이 산처럼 쌓인다. 어떤 문파에 원한이 있는 자나 적대관계에 있는 자들은 틀림없이 그 문파의 절기와 그걸 파해할 수 있는 무공을 얻고 싶어 할 것이다.

　하나의 절기에는 그 문파의 기본 철학에 대한 이치가 모두 포함되어 있다. 그런 만큼 절기의 유출은 문파에게 있어 크게 경계해야 할 일이다. 하나가 유출되면 둘이 약해지고, 둘이 유출되면 넷이 약해지는 이치다.

　"그러니까 기존의 대문파들의 힘을 약화시키는데 효율적이겠군요."

　이건 지극히 천마신교다운 악랄한 방법이다. 그러니 구미가 당기겠지. 소운은 경천마뇌의 빛나는 눈을 보며 그렇게 생각했다.

"그렇소. 하지만 반대로 생각하면 그쪽 대문파에서 따로 손을 써서 이 절기들을 살지도 모르오. 한 번 판 무공은 다른 곳에 팔지 않겠다는 약속을 하면 틀림없이 그럴 것이오."

"으음. 그럴지도 모릅니다."

"그리고 천마신교의 무공도 팔아야 하오."

"그건!"

"이것 또한 무림맹을 비롯한 적지 않은 자들이 열심히 사려 할 것이오."

"돈으로 본교의 무공을 팔 수는 없습니다!"

'방금까지는 좋은 의견이라며?'

남의 무공을 유출하는 것에는 눈을 빛내면서 자파의 절기는 절대로 안 된다니? '세상에 그런 법은 없다' 라고 소운은 속으로 중얼거렸다.

"이건 아주 중요한 일이오. 우리 신교가 중원에 자리를 잡기 위해서는 먼저 중원에게 우리를 조금 더 알려야 하는 것이오."

"그렇다고 해서 절기를 유출한다는 것은 말도 되지 않습니다."

경천마뇌는 이것만은 절대 안 된다는 듯 상당히 완강한 태도로 말했다. 하지만 이미 그 정도의 반대는 짐작했던 바다. 소운은 그의 태도를 질책하지 않고 조용히 자신의 의견을 주장했다.

"넓게 생각해야 할 것이오. 과거 우리 천마신교가 어떻게 성장했소? 시조천마께서는 중원의 무인들이 가르침을 청하면 절기를 아끼지 않고 가르치셨소. 그 결과 본교의 무공을 익힌 중원의 무인들이 결국 더 높은 경지의 무공을 보기 위해 본교에 대거 귀의하지 않았소?"

"……."

소운의 말대로이다. 천마신교는 그렇게 커진 것이라 할 수 있다. 그때부터 천마신교에서는 인재의 출신을 상관하지 않고 오직 능력과 재질로만 평가를 하여 무공을 전하는 관습이 생겼다.

소운은 말했다.

"본인이 보기에…… 중원과 우리 천마신교의 사이가 틀어진 것은 틀림없이 중원 무림인들의 질투 때문이오. 그 증거로 과거 세상에서 천하제일로 인정받은 사람 중 태반이 본교의 교주라는 것을 들 수 있소."

"그건 저도 그렇게 생각합니다."

원래 중원의 정파무림인들은 자신보다 낮으면 사도로 취급하며 경멸하고, 반대로 뛰어나면 마도로 몰아붙여 배척을 한다. 정파란 바로 기득권을 의미하고, 사파는 비기득권, 그리고 마도는 기득권을 위협하는 존재들인 셈이다.

그것이 천마신교의 교도들이 대부분 가지고 있는 사상이고, 어떤 면에서는 소운도 인정하는 부분이기도 했다.

"그렇다면 만약 우리가 절기를 공개하면 어떻게 될 것 같소? 사람들은 처음에는 본교를 연구하여 상대하기 위해 그것을 구할 터이지만 나중에는 오히려 본교의 절기를 익히려는 자가 나올 것이오. 특히 인연이 닿지 못해 진정한 절기를 얻지 못한 무인들이나 중소문파들 중에서는 말이오."

"으음."

경천마뇌는 소운의 말에 인상을 찡그렸다. 소운의 말에 반대를 하고 싶기는 한데, 딱히 아니라고 할 수도 없었다. 그 좋던 머리가 지금은 거의 쓸모가 없어진 듯했다.

소운은 다시 말했다.

"이건 중원무림을 위해서 좋은 일이라 할 수 있소. 중원무림의 무공의 단계를 우리 천마신교가 앞장서서 한 단계 높이는 일이오."

"결과적으로 그렇게 됩니다."

"우리는 중원에 선의를 베푸는 거요. 말하자면 선행투자라 할 수 있고, 그 결과로 중원의 중소문파들은 대문파들이 만만히 대하지 못할 만큼의 힘을 얻게 될 것이오."

이건 일종의 이간계라 할 수 있다. 중원무림의 가장 큰 문제점은 바로 대문파와 소문파 간의 갈등이라 할 수 있는데, 소운은 그걸 부추기자고 하는 것이다.

"그리고 이 계획이 숙성하면 나중에는 본교의 무공을 받아들인 문파들 중 몇몇 문파를 골라 집중적으로 키우는 것이오.

바로 천마신교에 우호적인 새로운 대문파로 성장시키자는 것이 본인의 생각이오."

그것이 바로 십대문파다. 마도십대문파! 만약 성립만 된다면 새로운 중원의 세력이 될 것이다.

이건 남의 땅에 쳐들어가서 빼앗는 것과는 다르다.

중소문파는 원래 자신들의 영역이 있는데, 그걸 토대로 문파의 힘이 커지면서 자연스럽게 주변의 세력을 흡수한다.

원래는 이렇게 되기가 하늘의 별을 따는 것처럼 어려워서 십 년이나 이십 년으로도 쉽게 문파의 크기가 변하지 않는다. 그러나 천마신교의 무공을 절기로 받아들이고, 다시 적극적인 지원까지 받는다면 충분히 십 년 이내로 대문파가 될 만하다.

"쉽지 않은 일일 겁니다."

경천마뇌는 아직 회의적인 표정을 풀지 못하면서 가능한 온건한 말투를 사용하려 애썼다. 소운은 그런 그의 속을 훤히 들여다보면서 오히려 더욱 강하게 말을 했다.

"지금이라면 할 수 있소. 전대 교주의 위명이 중원을 울리는 지금, 우리가 직접 무력을 행사하지 않는 이상 다른 문파에서 감히 먼저 도발을 할 수는 없을 것이오. 그러니 지금은 섣불리 움직이지 말고 씨를 뿌려야 하오."

"십장로님의 말씀은 잘 알겠습니다. 일단은 적극적으로 검토해 보겠습니다."

암묵적으로 차대 교주로 내정된 사람의 말이다. 경천마뇌
로서도 더 이상 반대할 만한 명목이 없었다. 그렇다면? 오히
려 적극적으로 나서는 것이 나았다. 이런 일에 우유부단하다
는 인상을 주면 차후 그가 교주로 추대되었을 때 실무에서 배
제될 가능성도 있다.

소운은 경천마뇌의 말에 만족한 듯 미소를 지으며 '당신만
믿는다' 라는 분위기를 팍팍 풍기며 쐐기를 박았다.

"사장로의 능력을 믿고 있겠소. 빠르면 빠를수록 좋으니
제대로 추진을 해보시오."

"알겠습니다."

마침내 경천마뇌는 소운의 계획에 동조하기 시작했다. 이
것으로 일단 된 셈이다.

소운은 경천마뇌가 돌아간 후에 약간 정신적으로 피곤함
을 느꼈다. 머리가 좋은 자와 대화를 하는 것은 결코 쉽지 않
은 일이다. 그는 곧 의자에 앉아 호흡을 가다듬으며 정신을
맑게 했다.

어쨌든 지금은 계획대로이다. 돈을 받고 절기를 파는 것은
정말 할 짓이 못 되기는 했지만 지금은 보통 때가 아닌 일종
의 전시이니 통용될 것이다.

'대문파들은 욕을 하면서도 뒤로 열심히 비급을 구입하겠
지. 흐흐흐.'

문제는 그렇게 얻은 자금을 어떻게 소운이 빼돌리는가에

있다. 그리고 그 뒤에 일어날 일들을 잘 조율하여 지속적으로
수익을 얻을 수 있게 되어야 한다.

'그래도 저쪽의 반응과 결단을 서문사제가 어느 정도 조정
할 수 있으니 다행이지. 아무쪼록 이번에는 끝까지 계획대로
잘 성공해 보자.'

소운은 과거의 실패를 이미 잊었다. 그땐 그때고, 지금은
지금이다.

*   *   *

얼마 후, 천마신교는 중원 전체가 놀랄 만한 발표를 했다.
그것은 바로 중원의 무공을 돌려준다는 것이다.

천마신교는 이미 강함을 증명했다. 그런 만큼 이제는 싸움을
원하지 않는다. 우리를 공격하는 자들에겐 대응을 하겠지만,
그렇지 않으면 가능한 한 먼저 무력을 동원하지는 않을 것이
다.

그 증표로 과거 본교가 입수한 중원의 문파들의 무공을 돌려
주겠다. 또한 우리와 우호를 맺고 싶은 문파나 가입을 원하는 자
는 언제든지 환영한다.

천마신교가 싸움을 원치 않는다는 말을 믿을 사람은 없다.

당연히 중원의 문파들은 아무도 천마신교를 찾아가지 않았다. 찾아갔다가는 거의 무림공적으로 몰릴 가능성이 크다.

그러나 어느 순간 또 다른 발표가 났다.

믿지 못한다면 좋다. 돌려주려 해도 찾지 않으면 아무나 줄 수밖에.

중원의 무인들은 두 번째 발표의 의미를 몰라 한동안 고심했다. 하지만 그것도 잠시. 이미 발표와 함께 천마신교의 움직임은 시작되었고 그 진정한 의미가 알려지는데는 거의 시간이 걸리지 않았다.

두 번째 발표 이후 천마신교는 각 대문파의 무공과 그것을 파해할 수 있는 무공을 하나로 묶어서 뿌리기 시작했다. 그것은 은밀한 작업이었지만, 완전히 비밀로 붙일 수는 없는 것이었다.

곧 소문이 났고, 진상조사단은 비급 중 일부를 회수해 무림맹에 보고를 했다.

그 결과 무림맹에서는 난리가 났다.

"아니! 우리 문파의 소청검법이!"

"어헉, 상벽십팔괘가?"

"아아아, 무적의 상암권에 이런 대응초식이 존재할 수 있다니……"

하나같이 진산지보가 아닌 비급이 없었고, 파해법은 모두 치명적인 것들이었다.

"회수해야 하오! 무슨 수를 써서든."

"이 비급을 본 자는 모두 두 눈을 뽑는 것이 우리 문파의 문규인 것을!"

무림맹의 주요 대문파들은 격분했다. 그들은 지금이라도 당장 천마신교가 이런 만행을 저지르지 못하게 하기 위해서 전면전을 벌여야 한다고 주장했다.

이미 사태는 손익계산을 따질 수 있는 단계가 아니다. 어떤 희생을 치루어도 문파의 절기가 외부로, 그것도 저잣거리로 유출되는 것을 막아야 한다.

그러나 천마가 웅크리고 있는 감숙으로 섣불리 무력을 집중했다가 잘못하면 크게 당할 수 있다. 그들로서는 답답해서 뛰다가 죽을 정도지만 마땅한 대책이 없다.

"어쩔 수 없소. 이 일은 하루라도 빨리 해결을 해야 하니. 각 문파의 대표가 가서 그들이 돌려준다는 비급을 회수하는 게 좋겠소."

초산과 제갈부가 한숨을 쉬며 말하자, 다른 문파의 대표들은 조용히 입을 다물었다. 천마신교에게 비급을 돌려받는다는 것은 말하자면 일종의 굴욕이다. 하지만 이건 정말 어쩔 수 없다는 생각에 다들 무언의 동의를 했다.

그러나 세상 일이 그들의 뜻대로는 되지 않았다.

천마신교는 다시 발표를 했다.

몇몇 문파와 사람들이 재물을 들고 와 비급을 사겠다고 청했다. 생각해 보니 누가 비급을 받아가도 우리는 중원에 무공을 돌려준 셈이다.

원하는 자에게는 적당한 대가를 받고 비급을 팔겠다. 그리고 그 수익 또한 원하는 자에게 나누어주겠다.

이것은 음모다! 무림맹의 핵심 인물들은 그렇게 생각하며 안색을 굳혔다. 생각해 보면 애초에 이런 식으로 끌고 나가기 위해 수를 쓴 것이 틀림없다.

"마교가 이런 간악한 음모를 꾸미다니……."

초산은 이를 갈았다. 제갈부, 역시 주먹을 부르르 떨며 초산과 같이 분노를 터뜨렸다.

"마땅한 방법은 없겠소?"

초산은 억지로 냉정을 유지하며 물었다. 그러자 제갈부는 더욱 화가 난 표정을 지으며 말했다.

"무슨 방법이 있겠소이까? 그놈들이 우리의 절기를 길거리의 약장수들에게 팔아도 우리가 막을 방법은 없소. 하지만 내 마교의 놈들을 절대로 용서치 않을 것이오."

그의 말처럼 이번 일은 뼛속까지 떨릴 정도로 원한에 사무치는 일이라 할 수 있었다. 그러나 생각해 보면 지금까지 무림맹이 해 왔던 처사 역시 천마신교를 철천지원수로 생각하지 않으면 할 수 없는 일. 별로 나빠진 것도 없는 셈이다.

초산은 제갈부의 분노를 보며 오히려 냉정해졌다. 그들마저 흥분하면 이 일을 해결할 사람은 없는 것이나 마찬가지가 아닌가?

"침착합시다. 일단 천문기사와 의논을 해봐야 하오."

"그는 지금 양주에 있소. 언제 그를 만나고, 또 만난다고 해도 언제 대책을 세워 시행하겠소? 절기는 이미 유출되고 있는 상황이오."

"그래도 하루라도 더 빨리 대책을 세워야 하니 그를 만나는 게 좋겠소."

"……."

제갈부는 잠시 입을 다물고 호흡을 조절했다. 그의 이성이 초산의 말에 동의했기에 필사적으로 감정을 죽이려 노력했다.

"초장로의 말이 맞소이다. 하루라도 빨리 그를 찾읍시다."

그들은 곧 비상용 전서구를 준비했다.

서문량는 지금 회천신무회의 일로 양주에 가 있는데, 이번 일은 그야말로 극비에 해당하기 때문에 아무도 그 위치를 알 수 없게 되어 있다. 그런 만큼 서문량을 찾으려면 사람을 동원하여 양주 일대를 수색해야 한다.

비상용 전서구는 곧 집중 수색령이 쓰여진 지령서를 발목에 묶고 하늘을 날았다. 이걸 받은 무림맹의 양주지부는 최우선적으로 서문량의 신원을 확보할 것이다.

그날부터 초산과 제갈부는 하루하루 뼈를 깎는 심정으로 상황 보고를 기다렸다.

천마신교가 정말로 절기를 팔아먹는지 아닌지는 알 수 없었다. 그들에게는 이미 전 중원에 걸친 비밀조직망이 있는 듯했다. 그런 만큼 만약 정말로 절기를 몰래 팔려고 하면 얼마든지 팔 수 있는 것이다.

또한 절기를 산 자들도 그걸 남에게 자랑하지는 않는다. 필사적으로 비밀을 지키고 남몰래 그것을 익히니 적어도 십수 년간은 절기를 얻었는지, 얻지 않았는지 알 수가 없다.

그때 서문량이 무림맹으로 돌아왔다. 양주지부의 사람들이 자신을 찾는다는 소리를 듣자마자 상황을 알아보고 급히 달려왔다고 했다.

"늦어서 죄송합니다. 사람들을 깊은 산속으로 인도하느라 소문을 접하는 것이 늦었습니다."

"그건 어쩔 수 없네, 그런데 천문기사께서는 무슨 좋은 대응책이 있는가?"

초산은 다른 말은 모두 생략하고 바로 본론을 물었다.

서문량은 별로 좋지 않은 얼굴로 대답했다.

"이번 일은 근본적으로 해결책이 없습니다. 지난 몇 번의 겁난 속에 마교가 우리 중원의 무공들을 많이 훔쳐간 것은 사실입니다. 그리고 그걸 그들이 어떻게 처분하든 막을 방법이 없습니다. 그들은 가장 무서운 방법을 쓰기 시작한 것입니다."

"크윽, 천문기사도 마땅한 대책이 없다면……."

"하지만 일단 변칙을 써서 대응을 할 수는 있습니다."

"방법이 있나?"

"나뭇잎을 숲에 숨기는 이치입니다. 가짜 무공비급을 만들어 팔면 됩니다."

"뭐라고!"

"그러니까 무림맹의 비밀요원들이 천마신교의 사람임을 가장하고 가짜 무공비급을 사람들에게 전하는 것입니다."

"으음, 그건……."

"절기가 진짜 절기인지 아닌지는 깊이 익혀본 사람만 압니다. 적어도 진본만 도는 것보다는 십 배에 해당하는 사본이 같이 도는 것이 훨씬 유리할 겁니다. 또한 일단 절기가 가짜이고 깊이 익히면 오히려 유해한 것이라는 소문이 나면 그건 모두 마교에 대한 미움으로 작용할 겁니다."

"그렇군!"

제갈부가 옆에서 크게 감탄한 표정을 지었다.

"전에 마교가 행했던 이간계에 대한 대응책과 거의 비슷한 것입니다. 단지 그 일보다는 훨씬 번거롭고 또 비밀스럽게 행해야 한다는 점이 다릅니다."

"흠, 그건 그렇군. 만약에 우리 무림맹이 가짜 절기를 만들어 퍼뜨렸다는 것이 밝혀지면 정말로 곤란해질 터이니 말이야."

"제 생각은 이렇습니다. 각 문파의 장로님들께서 논의하시어 적당한 가짜 절기를 만들어주십시오. 그러면 천외신무회에서 따로 사람을 동원하여 그걸 퍼뜨리겠습니다."

"천외신무회에 그 정도 인원과 정보망이 있나?"

가짜 무공비급을 만들어도 그걸 살만한 사람을 찾지 않으면 안 된다.

가령 화산파의 비급은 화산파와 원한이 있는 사람이나 화산파와 경쟁을 하려는 문파에게 팔아야 하는 것이다. 그것도 상대가 살 사람인지, 아니면 절대 마교와는 타협을 하지 않을지를 알아야 한다. 잘못했다가는 마교도로 오인 받아 죽을 수 있다.

그러나 서문량은 단호하게 말했다.

"이번 일은 모든 것을 우선해서 막아야 하는 것입니다. 약간 무리를 하더라도 어쩔 수 없습니다."

"으음, 그럼 천문기사께 맡기겠네. 시간이 없으니 내 사람들을 모아 이 계획을 설명하겠네."

"마교의 무리들이 알면 안 됩니다. 적어도 장로급 이상의 분들에게만 알리도록 해주십시오."

"그렇게 하지."

초산은 대답하자마자 몸을 돌려 밖으로 나갔다.

서문량의 계책은 완벽한 것은 아니지만 그나마 피해를 줄일 수 있는 좋은 방법임에 틀림없었다. 더불어 마교의 간악함을 세상에 알릴 수도 있으니 더욱 좋다.

서문량은 멀어져 가는 초산의 등을 보며 속으로 생각했다.

'진짜 비급이 백 권이 풀리면 가짜 비급은 천 권이 풀린다. 그렇다면 진짜로 번 돈보다 가짜로 번 돈이 열배나 크게 되는 것은 당연한 이치.'

서문량의 머릿속에는 이미 이번 일로 얻을 수 있는 이익이 얼마나 되는지 계산이 대충 끝나 있었다.

'욕은 마교가 먹는다. 그리고 비밀은 무림맹이 지켜준다. 이제 다음 단계로 넘어갈 수 있겠군.'

설마 무림맹이 비급을 팔아 생긴 돈을 원하지는 않을 것이라고 서문량은 확신하고 있었다.

만약 돈이 무림맹으로 흘러 들어가면 어떤 식으로든 흔적이 남게 되는데, 이번 가짜 비급 사태가 들통 나면 무림맹에서는 그야말로 치명적인 일이 된다.

자파의 절기가 유출된다는 위기감이 아니었다면 절대로 하지 않았을 일이다.

판매 대금에 대한 문제는 나중에 따로 어떤 식으로 썼다는 것을 살짝 보고만 하면 된다. 그것으로 끝이다.

서문량의 제안대로 무림맹의 장로들은 자파의 비급을 가

짜로 만들기 시작했다.

일단 한 권을 고심해서 만들어내면 복사본을 열 개나 만들 수 있다. 실제로 그렇게 하기로 했다.

각 문파의 장로들은 비급을 만들면서 이걸 산 놈들은 모두 죽어도 싸다고 생각했기에 정말로 교묘하게 만들었다. 이 가짜 비급에 따라 무공을 수련하면 크게 몸을 상하게 되는 것이다.

서문량은 일단 그걸 계획에 따라 복사를 했다. 그러나 실제로는 열 부가 아닌 열한 부씩 복사하여 한부는 따로 보관을 했다.

아무리 가짜라고 해도 기본적인 요결은 진짜와 같다. 그런데 만약 진짜 비급을 가지고 있는 사람이 가짜마저 보게 되면 어떻게 될까?

일부러 위험하게 만들었다는 것은 다시 말해서 위험한 부분을 지적해 준 것이나 마찬가지이다. 하나가 교과서이면 다른 하나는 참고서라 할 수 있다.

진짜 구결과 가짜 구결을 비교하여 연구하면 훨씬 좋은 성과를 얻을 수도 있는 것이다.

또한 이걸 연구하면 가짜 비급을 익히다 잘못된 것을 치료할 방법도 찾을 수 있다. 적어도 소운이라면 그게 가능할 것이다.

'어차피 마교에 유출된 비급들. 이것들은 천외신무회가 접

수한다.'

서문량은 서늘한 시선으로 비급들을 보며 속으로 그렇게 중얼거렸다.

그렇게 절기유출 사건이 벌어지면서 삼 개월이 후딱 지나 갔다.

천마신교에서 나온 비급과 무림맹에서 만든 비급은 모두 순조롭게 중원의 각지로 팔려 나갔다. 재미있는 것은 그것을 파는 자들이 같은 부류의 사람들이라는 점이다.

말하자면 천마신교가 중원에 심어 놓은 간세들인데, 그들 중 말단에 속하는 자들은 자신들이 천마신교 소속인지도 모 르고 있다.

소운과 서문량이 착안한 점이 바로 그 부분이다. 두 적대세 력의 판매 경로가 일원화되어도 양쪽의 판매 책임자인 소운 과 서문량이 그걸 묵인하는 한 들킬 염려가 전혀 없었다.

서문량과 소운의 짜고 치는 도박은 이제 거의 극에 달해 수 많은 수법을 자체적으로 개발하는 단계라 할 수 있었다.

그러는 사이 무림인들 중에는 이상한 비급을 얻어 잠적한 사람이 상당수 늘어났다. 그러나 그들 대부분은 얼마 못가 몸 에 이상이 생겼다는 것을 알아차렸다.

무엇인가 잘못되었다! 그렇게 느낄 무렵, 무림에는 이상한 소문이 돌았다. 마교가 흘린 중원의 비급들은 대부분 가짜라 는 것이다.

비급을 얻은 자들은 이 소식에 미칠 정도로 경악했다. 하지만 이미 늦었다. 내공이 꼬여 적게는 무공에 큰 손실이 있게 되었고, 잘못하면 주화입마에 빠질지도 모르는 상황이다.

고심하던 사람들은 결국 자신들이 치료를 받아야 한다는 것을 깨달았다.

장일도 그런 이들 중 하나였다. 장씨 집안의 첫째, 이 흔한 이름이 알려주듯이 그는 평범한 농사꾼의 집안에서 태어났다. 그런 그가 표국의 표사가 된 것은 나름대로 운이 따랐다고도 볼 수 있다.

하지만 단지 그뿐이었다.

자신을 친아들처럼 귀여워하던 표사에게 무공을 전수받았지만 그의 한계는 역시 삼류 표사에 불과했다. 작은 문파의 무공이라도 전수받고자 발품을 팔아보았지만 끈이 없는 이상 외부인에게 전해지는 무공이란 다 거기서 거기였다.

그러던 그가 그토록 소원하던 무공비급을 얻었다. 그것을 유출시킨 것이 마교임은 며칠 후에 알게 되었지만 장일에게 그것은 중요한 문제가 아니었다.

'이것만 익히면 나도 고수가 될 수 있다!'

그토록 갈구하던 상급 무공이 아닌가? 그것도 내로라하는 명문 대파에서 애지중지하는, 이름만 대도 알만한 무공의 비급이었다. 장일은 주변의 눈과 귀를 조심하면서 조용히 신변을 정리했다.

그리고 적당한 핑계를 대어 표국의 일을 그만두고 미리 마련해 놓은 은밀한 거처에 틀어박혀 무공 수련을 시작했다. 처음 접하는 상승무공인 만큼 조급한 마음에 돌이킬 수 없게 되지 않을까 무척 신중하고 착실하게 운기를 했다.

불행히도 장일의 행운은 행운이 아니었다. 그가 가진 것은 바로 가짜 비급이었고 정교하게 만들어진 비급의 함정에 따라 그 또한 의심할 수 없는 몸의 이상을 느끼게 되었다.

"이럴 수가! 그렇게 조심했는데 어째서?"

장일은 다시 조심스럽게 운기를 해보았으나 이번에는 그야말로 돌이킬 수 없을 위기에 처했다가 간신히 역류하는 기혈을 진정시켰다. 결국 그는 은거하던 곳을 떠날 수밖에 없었다.

몇 달 만에 거리로 들어서니 굳이 들으려고 하지 않아도 사방에서 비급에 관한 말들을 떠들어 댔다. 간단히 요기를 하려고 들렀던 식당에서 일의 전말을 알게 된 장일은 쏟아지는 통곡을 간신히 참아내었다.

'가짜! 가짜라니? 마교, 이 악독한 놈들 같으니!'

그토록 기뻐하며 모든 걸 버리고 익히려던 무공이 가짜란다. 그것도 최대한 악랄한 것이라 수련하는 이마다 부작용으로 폐인이 되거나 죽기까지 한다는 것이다.

식당을 나선 장일은 조용히 한곳으로 향했다. 이미 주워들은 이야기로 활선문에서 자신과 같은 이들을 치료해 준다는 것을 알게 되었다.

지금의 장일로서는 먹고 살 표사 일이라도 다시 할 수 있을 정도의 몸 상태라도 회복하는 것이 가장 급한 일이라 할 수 있었다.

활선문에는 늘 사람들이 들끓는다. 무림인이라고 해서 특별히 표가 나는 것은 아니다. 장일은 그 사람들 사이에 섞여서 자신의 진료 차례를 기다렸다.

"어디가 안 좋으셔서 오셨습니까?"

막상 의원이 묻자 장일은 말을 하기가 막막했다. 마교에서 뿌린 비급을 구해 수련하다가 문제가 생겨 왔다고 해야 하나? 잠시 침묵하던 장일은 어렵게 입을 열었다.

"제가 무공을 수련하던 중에 기혈에 문제가 생긴 듯합니다."

"아, 그러시군요. 그런 종류의 치료는 저와 같은 일반 의원은 해결하지 못합니다."

못한다는 소리에 장일의 고개가 푹 숙여졌다. 하지만 의원의 말은 그것이 끝이 아니었다.

"무공에서 생긴 문제는 무공에 대해 아는 의원들이 치료합니다. 일단 이 종이를 가지고 안쪽의 세 번째 문으로 들어가시면 다른 의원을 소개해 드릴 겁니다."

"아, 네. 감사합니다. 감사합니다."

"별말씀을. 속히 쾌차하시기를 빌겠습니다. 그럼."

의원은 자신의 일이 끝났다는 듯 조용히 인사를 했다. 장일은 거기에 응대를 하고는 허둥지둥 의원이 가르쳐 준 곳을 향했다.

"저, 이것을……."

문을 열고 들어가자 안내를 하는 사람이 서 있었다. 그는 장일의 손에 쥐여진 종이를 받아 들고는 조용히 앞장을 섰다.

장일이 안내를 받아 가게 된 곳은 꽤나 안쪽에 있는 한 건물이었다.

"들어가시지요. 잠시 앉아서 기다리시면 의원님이 나오실 겁니다."

안내인의 말에 따라 장일은 소박한 방 안으로 들어섰다. 앉아 있으라는 말을 들었기에 환자의 자리로 보이는 곳에 일단 자리를 잡았다.

"늦어서 죄송합니다. 기혈에 문제가 있으시다구요?"

"아!"

맑고 청아한 여인의 음성에 시선을 돌린 장일은 자신의 눈을 의심했다. 백약선자! 일개 표사라고는 하지만 칼밥을 먹는 자로서 어찌 그 명성을 모르겠는가? 장일은 활선문주쯤 되는 이가 자신을 직접 진료하기 위해 나섰다는 것을 보고도 믿기 힘들었다.

"음, 많이 안 좋으신가요? 그럼 먼저 진맥부터 하겠습니다."

능아연은 장일의 반응에도 아랑곳하지 않고 양해를 구한 후 바로 진맥에 들어갔다.

완전히 혼비백산한 장일은 멍한 표정으로 능아연이 묻는 말에 기계적으로 답했다. 그것은 주로 증상에 관한 질문이었다. 조금 후 진맥을 마친 능아연은 담담한 표정으로 입을 열었다.

"잘못된 방법으로 무리하게 기를 보내어 혈맥이 상했습니다. 일단 금침으로 기혈을 진정시킨 후 손상된 부분을 보할 약재를 함께 써야 합니다."

장일은 이 말에 정신이 번쩍 난 듯 다급하게 물었다.

"그렇게 하면 완치가 가능합니까?"

주화입마의 직전까지 갔던 이를 원래대로 돌려놓는 것은 지극히 어렵다고 알려져 있다. 그런데 능아연의 말을 듣자니 마치 당연히 치료가 된다는 것으로 들려 오히려 놀란 것이다.

"완치는 가능합니다. 하지만 수련하시던 무공이 무엇인지 모르지만 그건 중단하셔야 합니다. 기혈의 움직임으로 보아 조금만 더 수련을 한다고 무리를 하셨으면 돌이키기 어려울 뻔했습니다."

"아, 정말 완치가 가능하다는 겁니까? 고맙습니다. 정말 고맙습니다."

어차피 가짜 무공이다. 그것을 계속 수련할 마음 따위는 없었다. 장일은 그저 자신의 건강하던 몸을 되찾을 수 있다는 점에 감사할 따름이었다.

능아연은 그런 장일의 반응에 조용히 미소를 지었을 뿐이다. 왜 그런 이상한 무공을 수련했는지, 그것이 항간에 회자되는 마교의 가짜 비급은 아닌지 일언반구 묻지도 않았다.

장일은 능아연의 배려에 따라 활선문의 가장 안쪽 은밀한 곳에서 치료를 받을 수 있었다. 그리고 그런 이는 장일 한 명만이 아니었다.

능아연은 그들 모두를 그저 평범한 환자로 대해주었다. 선녀와 같이 아름다운 그녀는 마음마저 그러한 것인지 오히려 이들의 속사정을 이해한다는 듯한 태도를 보였다.

이렇게 말 못할 은혜를 입고 들어설 때와 같이 은밀하게 활선문을 나서는 이들은 하나둘 늘어났다. 그리고 드디어 장일도 그날을 맞이하게 되었다.

"축하드립니다. 이제 다시 건강해 지셨으니 돌아가서도 되겠군요."

능아연은 첫날과 다름없는 태도로 장일의 완치를 선언했다. 이미 치료비에 대해서는 개인이 가진 재물에 따라 받은 후이다. 치료도 끝났으니 다른 이들처럼 외곽쪽 환자들의 병동을 통해 나가면 된다.

하지만 장일은 떠나고 싶지 않았다. 그는 조용히 일어나 바닥에 무릎을 꿇었다.

"활선문에 남고 싶습니다. 별것 아닌 몸이지만 활선문을 위해 나무라도 패겠습니다."

"마음은 고맙습니다만, 이러실 필요가 없습니다. 저는 의원입니다. 찾아온 환자를 치료한 것이고 적당한 보수도 받았으니 장 표사님은 저나 활선문에 빚진 것이 없습니다."

"아닙니다. 활선문이, 문주님이 아니었다면 저는 이미 죽었을 몸입니다."

"곤란합니다. 의원의 본분은 바로 환자를 치료하는 것입니다. 환자의 살고 죽음은 환자분 자신의 운명에 따른 것이지 제가 살린 것이라 할 수는 없습니다."

능아연은 완곡하게 장일의 청을 몇 번이나 거절했다. 하지만 장일, 또한 만만치 않았다. 그는 이미 지난 보름 간 거듭 다짐하고 결심한 바가 있었다.

능아연은 다른 말로 장일을 달래보았다.

"식구들이나 친구분들, 생활도 있으실 텐데 어찌 이곳에 남겠다고 하십니까? 건강한 몸이 되었으니 예전처럼, 그보다 더 충실하게 살도록 하세요."

"저놈의 엉터리 비급을 수련한다고 이미 주변을 다 정리한 지 오랩니다. 지금 제게는 기다려 줄 사람도 나가야 할 직장도 없습니다. 그리고 다시 표사를 할 바엔 활선문의 문지기라도 하는 것이 더 좋지 않겠습니까?"

"아, 일신의 무공도 있으신 분이 어찌 그런 일을 하겠다고 하십니까?"

"상관없습니다. 어차피 무공은 고사하고 제대로 살기도 힘들었던 몸입니다. 이제 멀쩡해졌으니 얕은 무공이라도 허드렛일을 하는데는 쓸모가 있겠지요."

"하아……."

능아연은 어쩔 수 없다는 듯 살짝 고개를 저었다. 아무리 간곡하게 권해보아도 장일은 마음을 고쳐먹기는커녕 바닥에서 일어날 생각도 하지 않았다.

잠시 고심하는 듯하던 그녀는 살짝 체념한 듯한 목소리로 말했다.

"어쩔 수 없군요. 장 표사님이 꼭 활선문에 남으시겠다면 저희 문도로 받아들이겠습니다."

"고맙습니다. 고맙습니다."

"하지만 문지기로 쓸 수는 없지요."

능아연은 장일에게 거처로 돌아가 있으라고 한 뒤 다시 사람을 통해 불렀다. 그곳에는 이미 몇 명의 사람들이 모여 있었다. 그들의 눈빛은 대부분 장일의 그것과 비슷했다.

"여러분은 활선문의 문도가 되기를 제게 청하신 분들입니다. 그리고 대부분 비슷한 사연과 과정을 통해 그런 결심을 하게 된 것으로 알고 있습니다."

능아연의 말에 자리에 모였던 이들은 슬쩍 서로의 얼굴을 돌아보았다. 말을 하지 않아도 마교의 비급을 수련하다가 문제가 생겨 활선문의 은혜를 입은 이들임을 알 수 있었다.

'나 같은 놈이 한 둘이 아니었군!'

치료를 받고 나가는 자들도 꽤 많았는데 자신처럼 고집을 부린 사람들만 남긴 듯했다. 장일은 조용히 능아연이 재차 떠나라는 권고를 하여도 입을 꾹 다물고 서서 버텼다.

다른 이들도 비슷한 생각인지 누구도 입을 열지 않았다. 결국 단상 위의 능아연은 그들 모두를 활선문도로 받아들이겠다고 선언했다. 그제서야 굳게 다문 입매들이 살짝 풀렸다.

그들은 주위를 돌아보며 이제 같은 문도가 된, 같은 실수를 한 동료들과 하나하나 눈을 마주쳤다. 그때 능아연이 뜻밖의 말을 했다.

"이제 문도가 되었으니 의원으로서의 환자를 대하는 것이 아님을 밝힙니다. 여러분은 아마도 상승 무공에 대하여 크게 한이 있는 분들일 겁니다. 그렇지 않다면 불순한 자들이 뿌린 거짓 비급 따위에 그토록 연연해하지는 않았겠지요."

그녀의 말은 자리에 모였던 이들의 아픈 곳을 건드렸다. 중원 무림인 치고 마교를 좋아하는 이는 없다. 마음속 깊이 공포와 혐오의 감정을 조금이라도 가지고 있게 마련이다. 그런데도 그 무공을 수련하고자 했던 자들은 그만큼 상승 무공에 목말라 했던 자들이다.

참담한 기억에 일그러지는 사람들의 얼굴을 보며 능아연은 말을 이어갔다.

"재능은 있지만 적당한 기회를 갖지 못한 분들이 많다는 것을 저도 압니다. 아마도 그 부분은 여러분에게 평생 한이 될 수 있겠지요. 마음의 병은 몸의 병을 부르는 법입니다. 저는 그런 마음의 병을 가진 문도들을 거느리고 싶은 생각은 없습니다. 그래서……."

그녀의 말이 계속될수록 장일의 입은 점점 더 벌어졌다. 나중에는 마치 턱이 목에 붙은 형상이 될 지경이었다. 능아연은 그간 그들을 치료하면서 적은 기록부를 들고 한 명씩 호명했다.

그리고 그들에게 책자 하나씩을 나누어주었다.

무공비급. 그것은 정말 무공비급이었다. 그것도 각자의 체질과 성향에 가장 잘 맞을만한 것으로 하나하나가 절기라 이를만 했다.

"제가 나누어 드린 비급들은 모두 저희 활선문에서 치료했던 무림인들이 남긴 것입니다. 이것을 이렇게 쓰게 될 줄은 저도 몰랐습니다만……."

장일은 그날부터 새로운 인생을 살게 되었다. 그것은 그날 함께했던 동료들도 마찬가지였다. 그리고 그런 동료들의 숫자는 점점 늘어났다.

그들에게 제공된 것은 단지 비급만이 아니었다. 활선문에서는 이들에게 보유한 약재를 아낌없이 투자해서 능아연이 직접 조제한 단약을 복용시켰다. 일단 활선문에 든 사람들은 하나같이 무공이 크게 늘었다.

그렇게 활선문은 세력과 인맥과 무력을 강화시켜 나갔다. 그 기세는 누구도 상상할 수 없을 정도였지만 다른 사람들은 거의 알지 못했다.

활선문은 어느새 구파일방도 무시할 수 없는 무력을 손에 넣게 되었다.

*　　　*　　　*

"허, 가짜 비급이 퍼지기 시작했단 말입니까?"

경천마뇌는 감탄한 표정으로 소운에게 물었다.

"그렇습니다."

"그것 참, 무림맹 놈들도 꽤 파격적으로 일을 하는군요."

"혹시나 하는 생각을 하기는 했었는데, 설마 정말로 그런 짓을 할 줄을 몰랐소."

"저쪽도 필사적이라는 소립니다. 어찌 됐든 이것 또한 예상한 일이니 다음 단계로 넘어가면 될 겁니다."

"그렇게 합시다."

"단지, 무림맹에서 이런 일을 실행할 정도로 머리가 트인 사람이 누군지 궁금하군요. 누구인지 꼭 밝혀내야 할 것입니다. 어쩌면 본교의 가장 큰 걸림돌이 될지도 모르니까요."

"그야 이를 말이겠소? 내 외총단을 총동원해서라도 알아낼 것이오."

소운은 눈을 날카롭게 빛내며 말했다. 확실히 초절정고수가 되니 눈빛조차 마음대로 조정할 수 있어서 좋았다. 조금만 노력하면 분노의 기색, 슬픔의 분위기, 고민의 흔적 등을 얼마든지 자연스럽게 나타낼 수 있는 것이다.

'슬슬 천마신교에도 천문기사의 정체를 알 때가 되었나? 그렇다면 천외신무회의 존재도 밝혀질 수밖에 없다.'

그건 일단 재껴두고 일단은 닥친 문제를 처리해야 한다.

소운은 경천마뇌에게 다음 단계를 실행하도록 명했다.

얼마 후, 천마신교는 대대적인 선언을 했다. 이미 몇 번에 걸친 폭탄선언이 있었기에 사람들은 숨을 죽이고 그 내용을 보았다.

우리는 선의로 무공을 베풀었으나, 시중에는 사사로이 이익을 챙기려 본교의 이름을 팔아 가짜 비급을 거래하는 자가 생겼다고 한다. 하늘과 땅이 더불어 통탄을 할 만한 일이다.

이에 우리는 책임을 지려 한다.

혈장천마께서 천하제일의 위엄을 세우신 마양평야. 그곳에 우리는 하나의 성을 쌓겠다.

무황성!

천하의 무공이 그곳에 모여 있다.

누구든지 무황성을 찾으면 우리는 그자가 원하는 무공을 전해주겠다.

또한 비밀스럽고 안전한 수련장을 원한다면 무황성 내에서 수련을 할 수 있게 해주겠다.

물론 일정한 대가를 받는다.

이것은 구파일방이나 오대세가의 사람들에게도 통하는 말이다. 본교는 무공을 나누어주는데 상대와 과거의 은원을 일절 따지지 않겠다.

아울러 본교는 본교의 무공마저도 공개를 하겠다. 누구든지 와서 익힐 수 있다.

강해지고 싶은 자는 무황성에 들라!

"정말일까?"

"마교 놈들을 믿어? 저곳에 가면 틀림없이 갇혀서 죽을 때까지 나오지 못하게 될 걸."

"그런데 무림맹에서는 도대체 무엇을 하는 거지? 정말 마교놈들이 무황성이라는 걸 세우게 내버려둘 건가?"

"그러게 말이야."

"모르는 소리 말아. 천마가 저 무황성에 틀어박히면 아무도 저긴 못 건드려. 그때 마양평야에서 천마와 혈불의 비무를 본 사람들은 모두 사색이 되어 지금까지 거의 말을 하지 않고 있다는 거 몰라?"

“어허, 그래도 각 문파들이 자파의 절기가 저렇게 유출되게 놔두지는 않을 거야.”

사방에서 의견이 분분했다.

사태를 잘 파악하는 자들, 아무것도 모르고 그저 벽보만을 보는 자들, 천마신교를 미워하는 자들, 또는 오히려 천마신교에게 호감을 느끼는 자들.

사람마다 생각이 다르고 말도 달랐다. 하지만 중요한 것은 이제는 가짜 비급이 소용이 없게 되었다는 점이다.

서문량은 다시 초산과 제갈부를 만나 이 일에 대해 논의를 했다.

“역시 그들은 본거지를 세우려 하는 거였군요.”

서문량은 이미 천마신교가 가짜 절기에 대한 대응책으로 본거지를 세울지도 모른다고 예상한 바 있다.

바둑에 수순이 있듯 계략의 싸움도 기본적인 순서대로 진행되어 가는 경우가 있는데, 지금이 바로 그런 상황이라고 했다.

“천문기사의 예상대로요. 드디어 마교놈들의 의도가 드러났구려.”

“중원, 한가운데에 마교의 본산을 세우려 하다니…….”

이건 결코 적당히 대응할 일이 아니다.

사실 마교가 중원에 성을 쌓는 것은 전례가 없던 일은 아니다.

과거의 기록을 보았을 때, 천마가 일단 중원을 침공하면 이런 성을 하나씩 쌓고는 했다.

그러면 그 지방의 무림방파들은 그야말로 재난을 만난 것과 같다. 천마신교가 물러날 때까지 그곳은 가장 수복하기 어려운 지역이 된다.

하지만 그렇게 성을 쌓아도 그 지역 이외의 곳은 큰 지장이 없었다.

중원은 넓고 천마가 혼자 아무리 날뛰어도 중원을 손에 넣을 수는 없다. 다시 말해서 천마의 강함은 '한 성을 유지할 강함인 것이다' 라고 중원의 무인들은 평했다.

하지만 이번에는 그걸로 끝나지 않게 되었다. 천마가 들어선 성에서 무공비급을 판다면 그걸 무력으로 막을 방법은 거의 없다고 봐야 한다.

기껏해야 일대에 경계망을 치고 다른 사람들이 들어가지 못하게 하는 것뿐인데, 천마와 마교의 무리들이 성에 갇혀 있는 것도 아니고, 경계망을 치면 오히려 한 부분씩 각개격파로 공격을 가해올 것이다.

서문량은 말했다.

"이제 결단을 내려야 할 때입니다. 제가 전에 말씀드린 세 가지 대응책 중 어떤 것이라도 좋으니 그걸 정해서 본격적으로 추진을 하는 것이 좋겠습니다."

"으음, 드디어 때가 온 것인가……."

초산도 제갈부도 씁쓸한 표정을 지으며 중얼거렸다. 그들은 그동안 서문량과 많은 대화를 나누었다.

그 대화의 주제는 주로 천마신교가 왜 마교인가 하는 점이었다.

서문량은 처음 무림맹의 비밀군사가 되었을 때 말한 적이 있었다.

"마교는 망할 수 없는 세력입니다. 지난 세월 동안 그들은 중원의 어떤 단일문파보다도 강력한 힘을 유지했다고 했습니다. 그렇다면 그들의 체제와 사상에 뛰어난 점이 있다고 봐야 합니다. 하지만 그것이 중원의 무림과는 맞지 않을 겁니다."

"마교가 뛰어나다는 것은 부인할 수 없지. 하지만 그놈들은 사악해. 무란 곧 협이고 예인데, 마교놈들은 패를 숭상하고 약한 자는 강한 자 앞에 굴복을 해야 한다고 하니, 어찌 인간이라 할 수 있는가? 그들의 도는 아수라의 도이기에 받아들이면 싸움과 분쟁만이 있을 뿐, 화합은 없네."

"바로 그 점이 마교의 업이라 할 수 있습니다. 그러나 우리가 마교와 맞서 싸우려면 적의 업을 풀어 마교가 마교가 아니게 만드는 것이 가장 상책입니다."

"잘 이해를 못하겠구먼."

"말하자면 마교를 마교가 아닌 변황의 한 방파로 다시 되돌려야 한다는 것입니다."

"흥, 그놈들이 과연 우리 중원을 포기할 것 같은가? 힘을 얻으면 항상 중원으로 들어오니 피가 강을 이루고 원한이 구름 위까지 쌓이게 되지."

"저들이 힘으로 우리를 대한다고 해서 우리도 힘을 대할 필요는 없습니다. 저들에게 예의를 가르치기 위해서는 우리의 예를 잃지 않아야 합니다."

서문량의 이 마지막 말에 사람들은 인상을 찡그릴 수밖에 없었다. 그의 주장은 바로 마교의 악적에게도 중원무인의 도의를 지키자는 것이기 때문이다.

그때에는 그 말이 전혀 먹히지 않았다. 하지만 마교의 음모는 대부분 그 부분을 찌르고 들어왔기 때문에 서문량은 계속 주장을 할 수 있었다.

그리고 지금 무림맹은 하나의 결단을 내려야 한다.

이것은 사실상 항복이라고도 할 수 있기에 그들에게 가장 필요한 것은 자존심을 버리는 것이다.

"이 일에 대한 대응책 중 하나는 바로 각 문파가 자파의 무공을 스스로 공개하는 것 입니다."

"그건 아마 절대로 불가할 걸세."

"그렇다면 반대로 무림맹이 희생을 각오하고 무황성의 건설을 막아야 할 겁니다. 하지만 그럴 경우 항상 천마의 그림자를 느끼며 싸워야 하고, 일전에 천마가 선언한 내용이 일단 전쟁이 벌어지면 일절 수단과 방법을 따지지 않는다고 했으니 얼마나 많은 피가 흐를지는 아무도 예측할 수 없습니다.”

“그게 문제지. 하지만 결국 그렇게 해야 될 것 같구먼.”

문파의 자존심은 피보다도 진하다.

초산은 그걸 잘 알고 있기에 한숨을 내쉬었다. 어쩌면 이번 천마지란은 과거의 그 어떤 때보다 많은 피를 흘릴지도 모른다. 과거에는 적의 주력을 피하고 약한 곳을 칠 수 있었다.

한 곳에서 밀리면 두 곳을 되찾으니, 천마가 아무리 강해도 결코 일정이상 세력을 확장시키지는 못한 것이다.

그러나 이번에 천마는 그렇게 세력을 확장시키려고 하지 않았다. 단지 앉아서 중원 문파들을 통째로 뒤집어엎으려는 것이다.

서문량 역시 별로 좋지 않은 표정을 짓고 있었다. 만약 무림맹의 인물들이 전면전을 결정하게 된다면?

그들의 예상과는 다르게 큰 싸움은 일어나지 않을 것이다. 그럴 때를 대비한 계획도 있으니까.

그러나 피가 흐르는 것은 어쩔 수 없다. 정말 적지 않은 희생을 치루어야 무림은 평화를 되찾을 수 있을 것이다.

서문량은 일단 포기하지 않으려는 심정으로 세 번째 대응책을 말했다.

“마지막 세 번째는 마교와 타협을 하는 겁니다.”

“타협이라…….”

“이미 혈장천마가 천하에 적수를 찾을 수 없는 자임은 모

두 인정하고 있습니다. 그런 만큼 무황성의 존재를 인정하고
아예 적극적으로 돕는 것도 방법입니다."

"허어, 돕는다니? 어떻게 돕는다는 건가?"

"무황성으로 무림맹의 사람이 대거 무공을 배우러 들어가
는 겁니다."

"어허, 어떻게 그런!"

"말하자면 마교의 뛰어남과 천마의 강함을 인정하고 그들
에게 허심탄회하게 가르침을 청하는 것이죠. 그들이 비록 우
리를 비웃기 위해 조건을 달았지만 그게 그들이 보인 허점인
것입니다."

서문량의 말은 간단했다.

마교가 공개를 하는 비급은 수가 정해져 있고, 그걸 모든
사람에게 다 가르쳐 주는 것이 아니다. 그럴 거였으면 그냥
구결을 모두 적어 벽보로 붙이면 된다.

만약 소림사의 제자들이 그곳으로 달려가 일제히 소림의
무공을 배우겠다고 한다면? 그들은 애초에 말한 것이 있으니
소림사의 무공을 그들에게 전할 것이다.

말하자면 되돌려 받는 셈이다.

그리고 일단 그렇게 무림맹의 사람들이 대거 무황성으로
들어가면 무림맹의 눈을 피해 비급을 얻고 싶어 하는 사람들
은 참으로 움직이기 껄끄러워 진다.

자파의 절기를 다른 문파에게 받아 익히는 것은 참으로 부

끄러운 일이나 이왕 무공을 되찾으려면 잠시 자존심을 버리고 마교의 무공까지 모두 받아와서 연구를 하는 게 좋다.

그렇게 됨으로써 각 문파는 일시적은 굴욕을 넘어 더욱 강한 무공을 얻게 될 것이다.

"이 대응책을 선택하면 무림맹은 더 이상 마교를 적대할 수 없습니다. 단지 천마를 꺾을 수 있게 되면 그때에는 무황성 자체를 통째로 빼앗을 수 있을 것입니다."

"무황성 자체를 빼앗는다고?"

"제가 그동안 조사한 마교의 관습이 그렇습니다. 다시 말해서 우리 무림맹은 천마가 살아 있는 동안에는 그들을 인정하고 가르침을 청하지만, 천마가 죽거나 다른 자에게 패하는 순간 무황성에서 물러나 신강으로 돌아가라고 할 수 있습니다."

"흐음."

"그리고 이건 혈불도 마찬가지입니다. 그러니까 무황성은 바로 천하제일인이 탄생했을 때 머물면서 후인들에게 가르침을 베푸는 장소가 되어야 할 것입니다. 그리고 천하제일인이 존재하지 않을 때에는 무림맹이 무황성을 관리하면 될 것입니다."

"그게 그렇게 마음대로 될까?"

"천마나 혈불이 없으면 됩니다."

"하긴, 혈불도 문제긴 하지."

초산은 한숨을 내쉬며 중얼거렸다. 사실 천마신교와 중원의 무림이 적대하게 된 것은 자존심 문제가 크게 작용을 했는데, 혈불이 나타나 그 점이 많이 희석되어 버렸다.

그렇다면 서문량의 말대로 중원에 천하제일고수의 거처를 마련하고 변황이든 중원이든 제일인이 탄생하면 그곳을 사용하도록 하는 것도 나쁘지는 않다.

그렇게 하여 시간이 흐르면 흐를수록 세상의 강한 무공이 중원으로 모여들게 될 것이다.

"이 점에 대해서 다른 장로들과 진지하게 논의를 해보겠네. 천문기사의 의견을 무조건적으로 수용하면 좋지만 이번 건은 아무래도 독단적으로는 결정할 수 없을 것이네."

"저는 상관없습니다. 어느 쪽이든지 결정을 해주시면 그쪽 방향으로 최선을 다해 방법을 생각하겠습니다."

"알겠네."

"만약 제 삼의 계책을 선택한다면 서두를 필요는 없습니다. 무황성이 완성되고 사람들을 모으기까지는 적어도 일 년은 걸릴 테니까요. 하지만 공격을 하려면 하루라도 빨리 서둘러야 합니다. 그리고 효과적인 공격을 위해서는 각 문파의 지휘권을 모두 무림맹이 가져야 하고 그 상벌에 대해서도 엄하게 정해야 할 것입니다."

"그 또한 알겠네."

초산과 제갈부가 돌아가고 서문량은 혼자가 되었다.

저들이 정말 싸울지 안 싸울지는 서문량도 알 수가 없었다.

단지 싸울 때 지휘권과 징벌에 대한 권한을 무림맹이 가지는 것을 말한다면 각 문파의 수장들은 크게 마음에 걸려 할 것이다.

결국 무림맹은 정말로 완벽하게 일치 단결을 할 수는 없는 연합체인데, 만약에 그게 되면 싸우는 것도 꼭 나쁘다고는 할 수 없다.

'이제 주사위는 던져 졌다. 나오는 것이 어떤 수이든, 난 냉정하게 계획대로 진행을 할 뿐이다.'

구대문파나 오대세가에 악감정은 없다. 하지만 반대로 좋은 감정도 없다.

그들이 지키려는 것은 바로 활선문이다. 그리고 중원무림이기도 하다.

문파가 망하고 흥하는 것은 개인의 능력이니, 서문량이 신경을 써야 하는 것은 바로 가능한 한 피를 적게 흘리고 중원무림의 무공수준을 신장시키는 것이다.

'그게 그건가. 하하하.'

어차피 다 자기변명이다. 서문량은 그걸 깨닫고 속으로 웃었다.

동시에 서문량은 세상을 가지고 노는 자신의 마음이 얼음으로 된 것처럼 아무런 감흥을 느끼지 않는다는 것에 문득 놀랐다.

흥분도 하지 않았고, 죄책감도 느끼지 않았다. 그저 소요의 경지에서 저들이 원하는 것을 행할 뿐이다.

어쨌거나 그들이 뿌린 씨앗으로 인해 중원무림 전체가 움직이기 시작했다. 커다란 도박을 행하는 자로서 서문량은 소운과 자신에게 후회는 없어야 한다고 마음의 각오를 새삼 다졌다.

*   *   *

무황성은 바로 소운이 구상한 십대문파 중 제일문파에 해당한다. 그것은 바로 천마신교의 중원 총단이고. 차후에는 그대로 무림맹의 총단이 될 예정이었다.

"일이 순조롭게 진행되는군."

소운은 자신의 단전을 손으로 가볍게 쓰다듬으며 서류를 확인했다. 단전이 아직도 약간 거북하기는 하지만 이제는 예전의 내공을 모두 사용해도 내력이 들끓지 않게 되었다.

단지 혈장천마에게서 얻은 그 대해(大海)와도 같은 힘과 독정의 독은 아직 제대로 움직일 수 없었다. 무리를 해서 그 힘을 쓰면 십중팔구 내력의 흐름을 제어하지 못해 주화입마에 빠지게 될 것 같았다.

"그래도 어디야. 부상은 회복됐고, 이 굳어 있는 내공은 앞으로 천천히 흡수하면 되니까. 서두르지만 않고 조심스럽게 하면 앞으로 몇 년 안으로는 확실하게 다 녹일 수 있겠지.”

그때에는 아마 승리란 자보다는 강해질 것이다. 아무래도 내공이 압도적으로 강하면 그만큼 유리하다.

아무리 승리가 뛰어난 자라고 해도 그 정도 내공의 차이를 뒤집기는 힘들다는 것이 소운의 냉정한 판단의 결과였다.

“그나저나 이제 결정을 해야 한다.”

소운은 다시 한 번 단전을 쓰다듬으며 생각했다.

천마의 내공, 그리고 독정의 기운. 이걸 녹이는 방법은 이미 안다. 그것도 두 가지나 되는 수법이 있다.

하나는 지금 익히고 있는 묵혈신마공이다.

묵혈신마공은 천하 모든 기운을 자신의 것으로 바꾸어 버릴 수 있다. 그러나 소운의 묵혈신마공이 혈장천마의 그것과는 비교도 할 수 없기에 굉장히 조심스럽게 행해야 한다.

그런 만큼 처음에는 시간이 걸린다. 반면에 어느 정도 진행이 되면 그 다음에는 급속도로 빠르게 내공이 불어날 것이다.

반대의 방법으로는 독존공으로 독정을 먼저 녹일 수도 있다. 독존공은 독을 내공으로 바꾸어 지존의 내공과 융합을 시키는 데, 그렇게 되면 소운은 궁극의 독공을 연성하게 되는 셈이다.

이 방법은 처음부터 확실하게 내공을 증진시킬 수 있다. 하지만 일단 독정의 기운을 모두 녹이면, 그때에 소운의 내공이 과연 묵혈신마공의 기운이라고 할 수 있을까?

다른 모든 성질의 기운을 녹일 수 있는 힘이 아닌, 독존공의 독내공으로 바뀔 가능성이 크다.

이 경우 혈장천마의 내공은 모두 쓸모가 없어진다. 흩어버리지 않으면 평생 짐이 될 것이다.

"처음에 느리지만 나중까지 안전하게 모든 내공을 흡수하는 방법하고, 처음부터 빠르지만 절반 정도를 그냥 날릴 수 있는 방법이 있다는 거지."

소운은 섣불리 결정을 할 수가 없었다. 욕심 같아서는 당연히 묵혈신마공의 기운을 먼저 흡수해야 하겠지만 지금은 언제 어떻게 될지 모르는 상황이다.

미래의 백 년 내공보다는, 현재의 오십 년 내공이 간절하게 필요할지도 모른다.

삼 년 후에 혈장천마가 죽은 것을 발표하게 되면, 그때에는 소운이 전면에 나서서 전 중원의 무인들과 싸우게 될지도 모른다.

그렇게 싸우다 죽은 척하는 것도 계획 중 하나이기는 하지만, 정말로 죽지 않기 위해서는 무공이 강해야 하는 것이다.

고심하던 소운은 결국 한숨을 쉬며 중얼거렸다.

"욕심도 욕심이지만 결국 내 목표는 혈불이다. 그자를 상대하기 위해서는 한줌의 내공이 아쉽구나."

소운은 마음을 굳혔다. 그 뒤로 그는 묵혈신마공의 수련에 박차를 가했다. 일이 바빠 폐관은 못했만, 그래도 경지에 다 다른 보람이 있어 어떤 상황에서도 운기조식을 할 수 있게 되었다.

그 결과 소운은 하루하루 착실하게 강해져 갔다.

『칠대천마』 6권에 계속.

BLUE BOOK
BLUE STYLE! EXCITING BLUE!

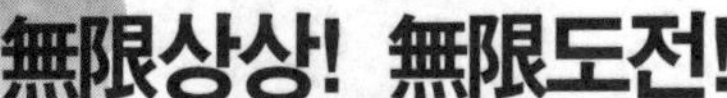

無限상상! 無限도전!
새로운 미래와 희망을 향한 작가 여러분의 도전에 블루부크는 든든한 파트너가 되겠습니다.

BLUE에는 미래에 대한 희망과 보다 넓은 미지의 세계에 대한 동경이 담겨 있습니다.
언제나 새로운 시작을 위한 힘이 있고 세상에 대한 도전의식이 충만합니다.

BLUEBOOK와 함께 새로운 상상과 도전을 시작하십시오!

소정의 양식(원고지 900~950매, A4용지 150매 정도의 작품원고와 줄거리, 자기소개 등)을 메일이나 우편으로 보내주시면 성의껏 검토한 후 연락드리겠습니다

E-MAIL: blue_book@hanmail.net | 미니홈피 : http://cyworld.com/bluebook_
TEL: 032)656-4452(4454)/ FAX: 032)656-4453

과거와 현재에 머물러 있지 않고 새로움과 낯섦에 도전합니다. BLUE STYLE!
젊음과 활기가 넘치는 무한 상상과 무한 내공의 힘으로 함께합니다. EXCITING! BLUE!

상상하면 다친다. 상상조차 하지 마라!
Mr. 공녀의 유쾌한 폭풍이 시작된다!!

용병으로 유명했던 한 남자의 인생역전. 마법(?)에 걸린 제국
최강의 미녀가 되다!
하지만 누구라도 인정할 제국 최강의 남자.

"아름다운 나의 누이여, 용병 놀이는 오늘부로 끝이다!"
그에게 닥친 황당한 운명.
"이런 미친 놈…… 오빠 같으니라구!!"

나는 당당한 남자란 말이다!
"나는 유쾌한 폭풍, 펠트 하르그의 넬
에이어라고!!"

기상천외한 상상, 거침없는 입담. 긴장과 웃음의
아주 건전한 경험!
지금까지 이런 황당한 시츄에이션은 없었다.

제국의 운명을 바꿀 한 남자의
엽기적인 이중생활.
그녀…… 그놈을 조심하라!

초등학생이 반드시 읽어야 할 좋은 책 49권

각 학년별로 초등학생이 반드시 읽어야할 좋은 책을 선정하여 통합논술의 기본이 되는 '올바른 독서법'을 일깨워 줍니다.

교과서와 함께하는 초등학교 통합논술

초등1학년 | 값 12,000원 / 초등2학년 | 값 9,500원 / 초등3학년 | 값 11,000원 / 초등4학년 | 값 9,500원 / 초등5학년 | 값 9,500원 / 초등6학년 | 값 11,000원

♣ 혼자 할 수 있어요.

엄마가 책 읽는 방법을 가르쳐 주어도 좋아요.
독서지도하는 선생님이 가르쳐 주어도 좋답니다.
"초등 교과서와 함께하는 **통합논술 시리즈**"는
아이 스스로 독서할 수 있도록 꾸며진 책이에요.
엄마와 선생님은 요령만 가르쳐 주시면 된답니다.

♣ 교과서의 중요한 내용이 총정리되어 있어요.

각 학년별로 중요한 교과 내용이 함께 수록되어 있어요.
초등학생은 교과서 내용을 충실하게 공부해야 합니다.
아울러 그와 병행한 독서가 대단히 중요하지요.
"초등 교과서와 함께하는 **통합논술 시리즈**"는
두가지 방법 모두 알려준답니다.

♣ 이 책은 훌륭하신 선생님들이 함께 쓰신 책이랍니다.

동화작가 선생님들이 쓰셨어요. 소설가 선생님도 쓰셨답니다.
국어 논술독서지도 선생님들도 함께 쓰셨지요.
"초등 교과서와 함께하는 **통합논술 시리즈**"는
엄마의 마음으로 모든 선생님들이 함께 꾸민 책이랍니다.

입소문을 통해 아는 분은 다 알고 계십니다!
올 한해 공인중개사 최고의 화제작!

1~2권 합본 | 이용훈 지음
3~4권 합본 | 이용훈 지음
5~6권 합본 | 이용훈 지음
용어해설 | 이용훈 지음

수험생 기본 필독서
만화 공인중개사

제목 : 만화공인중개사 쓰신 분에게 감사드립니다.

학원을 두 달 다녔어요. 근데 과연 그 숫자 외우기 그런 게 몇 문제나 나올까 생각을 했어요.
아니라는 생각이 드네요. 학원강의를 뒤로하고 서점을 갔어요. 내 머리에 가장 이해될 수 있는
책이 없나 하구요. 거기서 만화를 발견했어요. 무조건 세 번 봤어요. 3개월 걸렸어요. 문제집을 보라고
했는데 그건 시행을 못했어요. 근데 합격을 했네요.
어떻게 감사의 말을 해야 될지……
도서관에서 만화책 들고 다니니까 사람들이 비웃더라구요. 만화책으로 공인중개사를 공부한다고
미친 사람처럼 보더라구요. 근데 그거 다 감수하고 했던 내가 자랑스럽습니다.
어떻게 감사의 말을 해야 할지… 정말 감사합니다.
부디 행복하세요. 제 나이 41살에 좋은 스승을 만난 것 같습니다.
엎드려 감사드립니다.

－본사 홈페이지에 독자분이 올린 메일 中 에서 발췌－